Les Malveillants

Du même auteur

La Faiseuse d'anges, Hugo Poche, 2020.
L'Arlequin, Hugo Poche, 2021.
Ainsi sera-t-il, Hugo Poche, 2021.
Ils étaient cinq, Pocket, 2019.
Les Jumeaux de Piolenc, Hugo Roman, 2018, Pocket, 2019.
Le Prieuré de Crest, Hugo Roman, 2019, Pocket, 2020.
Madame B, Hugo Roman, 2020, Pocket, 2021.
Le Dernier Procès de Victor Melki, Hugo Roman, 2021, Pocket, 2023.
Les Disparus de la Durance, Hugo Roman, 2023, Pocket, 2024.

SANDRINE DESTOMBES

LES MALVEILLANTS

Thriller

XO
EDITIONS

ISBN : 978-2-37448-688-8

À toi, encore et toujours…

« Le mal a deux façons de nuire :
en faisant le mal, et en faisant le bien. »

Joseph Roux

1

27 septembre – 14 h 30
Départementale 907 du Gard

Dix-neuf jours. Dix-neuf jours que des pluies torrentielles s'abattaient sur la région. Plus personne n'osait parler d'épisode cévenol. Les rus, asséchés quelques semaines plus tôt par un été caniculaire, se transformaient en rapides, les routes étaient noyées sous la boue et de nombreux habitants dormaient une valise au pied de leur lit, de crainte d'être évacués dans la nuit.

Chaque jour, un bilan provisoire était dressé. La commune déplorait déjà quatre décès. Un homme de quatre-vingt-trois ans avait été retrouvé au petit matin dans sa voiture, au fond d'un ravin. Deux touristes néo-zélandais, adeptes de canyoning, s'étaient aventurés dans les gorges du Souci – un nom prémonitoire pour un lieu ne présentant pourtant aucun danger – en dépit de l'interdiction temporaire émise par la préfecture. Une injonction qui avait dû attiser la motivation de ces deux férus de sports extrêmes. La dernière victime, un homme de trente-cinq ans, avait plongé dans le Rhône pour sauver son chien. Seul ce dernier s'en était sorti.

Douze autres personnes étaient portées disparues. Les forces de l'ordre peinaient à organiser les recherches dans ces conditions climatiques, d'autant que les interventions auprès des sinistrés, en soutien des pompiers, mobilisaient déjà une grande partie de leurs effectifs.

Domitille Fourest regardait avec désolation ce paysage qu'elle connaissait si bien et qu'elle avait aujourd'hui du mal à reconnaître. Tandis que son second conduisait, elle cherchait quelques repères mais il lui semblait que tout le Gard avait été chamboulé. Ici, un pont de pierre qui n'était plus que ruine, là, plusieurs arbres centenaires déracinés. La route était à peine praticable et Domitille ne pouvait s'empêcher d'enfoncer régulièrement son pied droit à la recherche d'une pédale de frein.

— Ralentis ! cria-t-elle soudain alors que la voiture qui les précédait venait d'enclencher ses feux de détresse.

— Relax, maman, je gère.

Domitille ne s'offusquait plus de cette familiarité. Depuis trois ans, elle faisait équipe avec Malo à la brigade de recherches de Nîmes et elle ne doutait pas du respect qu'il lui vouait. De plus, il n'était pas tout à fait faux de dire qu'elle avait une légère tendance à le materner. De neuf ans son aînée, elle portait sur lui le même regard que sur son jeune frère. Malo Prigent était heureusement plus autonome et bien plus consciencieux.

Une longue file se formait sur la départementale alors qu'ils n'étaient plus qu'à une quinzaine de kilomètres de leur destination, Saint-Jean-du-Gard, une commune qui comptait jusqu'à la veille deux mille six cent une âmes précisément.

Domitille se redressa sur son siège et réussit à apercevoir, malgré le rideau de pluie, des gyrophares et le bandeau lumineux d'un camion de la DDE[1].

---

1. DDE : direction départementale de l'équipement.

— Un accident ? s'enquit Malo.

— Sûrement. S'ils roulent tous comme toi alors qu'on n'y voit pas à dix mètres…

— Je mets la sirène ?

— Délicat d'évoquer une urgence mais ça m'ennuierait de débarquer après le proc.

— Ça veut dire oui ?

Domitille donna son accord d'un simple hochement de tête.

Quand ils arrivèrent à hauteur du point de ralentissement, Malo s'arrêta et baissa sa vitre. Un gendarme au calot dégoulinant trottina jusqu'à lui.

— Vous venez pour la relève ?

— Pas vraiment, répondit Malo en se calant plus profondément dans son fauteuil pour que Domitille puisse poursuivre.

— On parle de quoi ? Un accident ?

— Si seulement ! On a été appelés pour réguler la circulation à cause d'un glissement de terrain un peu en amont et c'est là qu'on l'a trouvée.

— Trouvé qui ?

— Ben, la petite !

— Quelle petite ? s'agaça Domitille.

— Ce n'est pas pour ça que vous êtes là ? Toutes mes excuses, capitaine, je croyais que c'était vous qui preniez le dossier. On vient de déterrer une jeune fille. Elle était ensevelie sous les pierres et une tonne de boue. Son corps a été découvert grâce à la DDE qui a déblayé la voie. Elle est dans un sale état. Pas sûr qu'elle s'en sorte. Vivement que cette foutue pluie s'arrête !

Domitille observa le gendarme volontaire de première classe qui lui-même devait être à peine majeur, et se fit la réflexion qu'il n'avait sans doute pas encore été confronté à ce genre de situation. Une partie d'elle l'enviait.

— Vous avez prévenu vos supérieurs ? demanda-t-elle par réflexe.

— Bien sûr, capitaine, ils m'ont dit qu'ils envoyaient une équipe de la BR[1].

— Alors la brigade d'Alès ne va pas tarder. De notre côté, on est attendus ailleurs et on est plutôt pressés. La route est tout de même accessible ?

— Je préviens mon collègue qui est un peu plus haut. Il vous aiguillera.

Malo reprit la route à une allure plus modérée. Il avait éteint la sirène depuis longtemps mais laissé le gyrophare. Un gendarme au milieu de la route leur fit signe de serrer à droite.

Domitille jeta un œil sur la gauche. La DDE avait créé un cordon de sécurité. Le véhicule des secouristes était toujours sur place. Elle imaginait facilement les urgentistes s'affairant sur le corps de l'adolescente. Elle ne doutait pas un instant qu'elle aurait plus d'informations ultérieurement. Pour l'heure, une autre victime l'attendait et celle-ci ne serait pas mise sur le compte des intempéries.

1. BR ou brigade de recherches : unité de la gendarmerie nationale dédiée à l'exercice de la police judiciaire.

2

27 septembre – 14 h 45
Saint-Jean-du-Gard

Deux hommes discutaient sous un énorme parapluie de golf. La pluie battante ne permettait pas à Domitille Fourest de distinguer leurs visages. Cela ne l'empêcha pas de pester. Le procureur était arrivé avant elle.

— C'est qui à côté de Dusier ? voulut savoir Malo.

— Certainement le nouveau juge d'instruction dont il nous a parlé la dernière fois.

— Il l'a déjà saisi ?

Domitille haussa les épaules, releva la capuche de son K-way et ouvrit sa portière.

Les deux officiers de police judiciaire de la brigade de recherches parcoururent les trente mètres qui les séparaient des deux hommes à petites foulées en évitant tant bien que mal les nids-de-poule devenus pédiluves.

Les véhicules des techniciens en identification criminelle étaient déjà positionnés de part et d'autre de la maison. Cette demeure de plain-pied à la sortie du village aurait pu paraître abandonnée si des hommes et femmes en combinaison blanche n'en étaient pas sortis régulièrement. Loin des constructions traditionnelles de la région, le pavillon datait des années soixante. Quatre murs impersonnels, dont les parpaings apparaissaient derrière une peinture écaillée et striée de traînées verdâtres. Le toit était recouvert d'une bâche bleue qui semblait être là depuis plusieurs années. On pouvait parier que les Saint-Jeannais, si fiers de leur village restauré, appréciaient cette baraque autant qu'une verrue.

— Merci de nous faire l'honneur de votre visite, capitaine Fourest, l'apostropha le procureur alors qu'elle parvenait à sa hauteur. J'hésitais à appeler votre supérieur pour vérifier que rien de grave ne vous était arrivé.

— Bonjour, monsieur le Procureur, répondit Domitille sur le même ton faussement urbain. Vous avez dû passer par un autre chemin que le nôtre, sinon je ne doute pas que vous auriez pris le temps, comme nous l'avons fait, de vous intéresser à l'accident survenu un peu plus bas, à une dizaine de kilomètres d'ici.

— Des morts ?

— Une blessée sévère. Mes collègues sont sur le coup, rassurez-vous.

— Foutue pluie, souffla le procureur avant de se tourner vers l'homme à sa gauche qui tentait tant bien que mal de rester au centre du parapluie. Monsieur le Juge, je vous présente le capitaine Domitille Fourest et le lieutenant…

— Prigent, compléta Malo. Lieutenant Malo Prigent. Enchanté, monsieur le Juge.

— M. Côme Perfetti est notre nouveau juge d'instruction, continua Dusier d'un ton égal. Je compte sur vous pour collaborer pleinement avec lui sur cette affaire.

— Cela va de soi, répondit Domitille, une main tendue vers le magistrat.

— Ravi de faire votre connaissance, capitaine, dit-il en la saluant. M. le Procureur, ici présent, m'a beaucoup parlé de votre équipe. Enfin, surtout de vous.

Domitille ne put retenir une légère grimace qui n'échappa pas au juge. Il parut même s'en amuser.

Après avoir enfilé les protections de rigueur, les deux OPJ[1] pénétrèrent dans la maison non sans une certaine appréhension. Domitille avait été rapidement briefée par le responsable de la criminalistique qu'elle connaissait depuis une dizaine d'années. L'homme se contentait généralement d'exposer les faits, et son introduction avait eu d'autant plus d'effet. « Voilà une scène de crime qu'on n'est pas près d'oublier, Domi, avait-il dit d'un ton lugubre. J'espère que tu as déjeuné léger. »

Domitille se faufila en premier dans ce qui était communément appelé un couloir, mais qui ressemblait à s'y méprendre à un labyrinthe. Un labyrinthe fait de bric et de broc, de piles de magazines grimpant jusqu'au plafond, de boîtes de conserve qui auraient pu faire le bonheur d'amateurs de chamboule-tout, et de sacs-poubelle entassés, certainement responsables de l'odeur nauséabonde saisissante dès l'entrée. Domitille était obligée d'évoluer en crabe et rentrait instinctivement le ventre de peur de faire tomber l'une de ces pyramides branlantes. Elle jetait régulièrement un œil vers Malo. Son lieutenant était sujet à la claustrophobie et elle craignait qu'il ne fasse une crise de panique. Malo tint le coup mais respira à pleins poumons dès qu'il mit un pied dans la pièce principale, ce qui lui provoqua un haut-le-cœur qu'il eut du mal à maîtriser.

— Ça va aller, chaton ? le taquina Domitille alors qu'elle se retenait de se pincer le nez.

L'air était à peine respirable. Les projecteurs de la scientifique baignaient le salon d'une lumière criarde. Les volets

1. OPJ : officiers de police judiciaire.

devaient être fermés à leur arrivée et personne n'y avait touché pour ne pas compromettre la scène.

Domitille s'obligea à l'observer dans son ensemble, s'apprêtant à imprimer dans son esprit une image qui hanterait ses nuits les prochaines semaines.

Un cadavre gisait à même le sol, sur des tomettes noircies. La tête était emprisonnée dans un sac plastique Lidl, le reste du corps vêtu d'une robe de chambre souillée de sang et d'excréments. Les chairs des mains et des jambes entamaient déjà tranquillement leur décomposition.

— Je vous présente Karine Alban, dit une voix dans leur dos qui les fit sursauter.

Domitille se retourna pour saluer le légiste.

— J'imagine que vous n'avez pas encore eu le temps de faire vos premières constatations, dit-elle sans plus d'introduction.

— Détrompez-vous, répondit le docteur Castanet. J'habite à cinq minutes d'ici, donc pour une fois je suis arrivé le premier. J'ai attendu sagement que vos collègues de la scientifique terminent leur boulot avant de faire le mien. Et comme je commence à bien vous connaître, j'ai fait attention à tout remettre en place pour que vous ayez une vision du corps tel qu'il a été trouvé par les pompiers.

Domitille le remercia d'un regard et lui fit comprendre qu'elle était prête à entendre la suite. Il se baissa vers le cadavre pour ouvrir délicatement les pans du peignoir.

— Alors, l'abdomen a été transpercé par une pointe à vingt-sept reprises *a minima*. Je recompterai, bien évidemment, une fois que le corps aura été nettoyé. À première vue, l'arme pourrait être une tige en acier, lisse, du type pic à glace ou aiguille à tricoter. Je prendrai la mesure exacte des orifices ultérieurement. Je peux également vous dire que ces blessures ont été infligées de son vivant. Vous voyez, là ? Le sang a eu le temps de coaguler autour des plaies.

Domitille s'agenouilla pour regarder les marques de plus près tandis que Malo prenait des notes sur son smartphone. L'œil moins expert que celui du légiste, Domitille distinguait mal les stigmates infligés par l'arme de ceux de la putréfaction.

— Au moins, dit-elle, la voix étouffée par son écharpe qui lui servait de protection olfactive, on a la cause de la mort.

— En effet, répondit le docteur Castanet, mais ce n'est pas celle que vous croyez. Je suis prêt à parier qu'aucune de ces blessures n'a été mortelle. Était-ce volontaire ou pas ? Ce sera à vous de le déterminer, mais, pour moi, la cause de la mort est tout autre.

— Mais encore ? s'impatienta Domitille.

— Mes premières conclusions me poussent vers l'asphyxie.

Le légiste retira avec précaution le sac plastique qui enveloppait le visage de Karine Alban. La mort avait figé ses traits dans une expression de douleur. Domitille pouvait presque entendre l'écho des hurlements que cette femme d'une soixantaine d'années avait forcément poussés. Les pétéchies autour des yeux ne laissaient effectivement que peu de place au doute. Karine Alban avait fini par mourir étouffée. Chaque cri avait consommé le peu d'oxygène qu'elle avait.

— Elle a été torturée, lâcha Domitille dans un souffle.

— C'est ce que je pense aussi.

— C'est dingue ! intervint Malo, qui avait enfin posé les yeux sur le cadavre. Son visage est presque intact. Quand on voit le reste du corps…

Le légiste expliqua qu'ils étaient face à un phénomène de momification. Le sac avait ralenti la détérioration de la peau en la privant d'air.

— En revanche, je peux déjà vous affirmer que cette femme avait un problème au foie, ajouta-t-il. Vous voyez la couleur de ses sclères ? Elles sont jaunes.

Malo hocha la tête en comprenant que le médecin parlait du blanc des yeux.

— À quand remonte la mort ? demanda Domitille, toujours hypnotisée par la bouche grande ouverte de Karine Alban.

— Vous me posez une colle. On parle de plusieurs jours, c'est évident, mais je ne peux pas vous dire s'il faut compter en semaines. La décomposition est avancée mais je ne vois aucune mouche nécrophage. D'un autre côté, la pièce semble assez hermétique. Il va falloir que je prenne en compte tous ces paramètres. Laissez-moi un peu de temps. Les analyses des tissus et du contenu gastrique nous en apprendront plus de toute façon.

Domitille se redressa puis arpenta le salon pour l'analyser plus attentivement. La crasse en était l'élément dominant mais peu d'objets l'encombraient. Son aménagement était même assez spartiate. À croire que Karine Alban stockait tous ses déchets dans l'entrée pour faire place nette dans sa pièce à vivre.

Un comportement assez singulier. En entrant dans la maison, Domitille avait eu l'impression de revivre une situation qu'elle avait connue alors qu'elle n'était OPJ que depuis deux ans. Un homme avait fait une crise cardiaque chez lui et les pompiers n'avaient pu le sauver pour la simple raison qu'ils avaient mis trop de temps pour accéder à sa chambre. La victime souffrait de syllogomanie, appelée aussi thésaurisation pathologique. Les personnes atteintes de ce syndrome étaient incapables de jeter quoi que ce soit, y compris les ordures, leur habitat devenait donc rapidement impraticable. La victime n'entrait pas dans cette catégorie. Karine Alban avait encombré son entrée comme si elle avait cherché à la transformer en fortification.

— Vous avez vu les autres pièces ? demanda-t-elle au légiste.

— J'aurais préféré éviter, croyez-moi. J'allais justement boucler mes autres constatations quand vous êtes arrivés.

— Quelles autres constatations ? Vous êtes en train de me dire qu'il y a une autre victime ?

— Si seulement.

3

27 septembre – 15 heures
Nîmes – Appartement de Samia Doucet

Pauline Marchand observait son amie du coin de l'œil. Elle s'était décidée depuis plusieurs semaines à lui parler mais Samia semblait plus nerveuse que jamais. Elle avait repris la fabrication de ses affiches, mis à jour son site internet ainsi que ses réseaux sociaux. L'été s'était pourtant déroulé de façon magnifique. Une parenthèse enchantée. Pauline avait cru que cette rentrée serait enfin différente. Que la douleur se serait un peu estompée.

Cela faisait maintenant huit ans que la situation restait inchangée. Huit ans que Samia Doucet attendait le retour de son enfant.

Les premiers mois après la disparition, Pauline avait participé aux marches blanches, alimenté les caisses de soutien, mais jamais elle n'avait cherché à être aussi proche de Samia qu'elle l'était aujourd'hui. Le temps s'en était chargé.

Pauline avait toujours admiré sa dignité. Sa tête haute lorsqu'elle déambulait dans les rues, une rose blanche à la main, portant fièrement le T-shirt à l'effigie de sa fille. Jamais Samia ne s'était laissée aller à pleurer. Que ce soit devant les caméras ou lors de ses prises de parole publiques. Ses discours étaient toujours posés, pleins d'espoir et sans appel à la haine.

Les premiers changements étaient survenus lorsque son mari était parti. Xavier Doucet avait ressenti le besoin de bouger. D'essayer de reprendre le cours de sa vie, de quitter cette ville où tout lui rappelait Océane. Trois ou quatre ans après sa disparition, Xavier avait proposé à Samia de le suivre mais cette dernière n'avait pu s'y résoudre. Toutes les affaires d'Océane étaient là. Sa chambre l'attendait. La séparation conjugale s'était faite en douceur puis, avec le temps, Samia avait fini par considérer cet abandon comme une trahison. Océane allait revenir, Samia le savait. Quiconque essayait de la raisonner passait dans le camp de ses ennemis. Pauline, pour sa part, ne s'y était jamais risquée. Mais les mois et les années défilaient et personne ne comprenait ce qu'il s'était passé ce fameux soir du 21 juin. Océane venait de fêter ses douze ans et ses parents l'avait laissée jouer après le dîner avec ses copains sur l'aire de jeu à moins de cinquante mètres de chez eux. En hiver, Samia pouvait les observer de la fenêtre de sa cuisine. À cette période de l'année, la végétation en masquait une partie. Tous les enfants du quartier avaient l'habitude de s'y retrouver l'été. Il n'y avait jamais eu aucun incident. Il se trouvait généralement toujours un adulte ou deux pour les surveiller. Une mère qui prenait l'air avec son bébé ou un père qui en profitait pour sortir son chien. Il arrivait même de plus en plus souvent que ce soit l'inverse. Tout le monde se connaissait et personne n'aurait imaginé qu'un tel drame puisse surgir dans un univers si paisible. Pourtant, il était bien survenu.

À 21 heures, Samia avait commencé à s'inquiéter. Océane aurait déjà dû être rentrée. Elle s'était dirigée vers le parc et avait rapidement constaté que seule la bande de lycéens était encore présente. Les amis d'Océane étaient retournés auprès de leurs parents. Samia s'était rendue chez chacun d'eux et avait chaque fois eu droit à la même réponse. Océane était partie la première, car elle était fatiguée. Tous savaient que leur copine avait une santé fragile et étaient habitués à ses départs prématurés. Ils ne s'étaient donc pas inquiétés.

L'enquête n'avait rien donné. Les forces de l'ordre s'étaient mobilisées, des battues avaient été organisées. Faute d'éléments tangibles, l'alerte enlèvement n'avait pas pu être lancée mais des appels à témoin avaient été diffusés dans le cadre d'une disparition inquiétante. La police avait multiplié les entrevues, le père d'Océane avait même été placé en garde à vue avant d'être relâché au bout de six heures seulement. Une paranoïa s'était installée dans le quartier pendant de longues semaines et il avait fallu une autre tragédie, dix mois plus tard, pour qu'Océane ne soit plus au cœur des discussions. L'incendie d'un immeuble HLM de l'autre côté du parc qui avait fait cinq victimes, dont deux enfants. Le sujet était rapidement devenu politique, pour les médias comme pour les Nîmois, reléguant de fait la disparition d'Océane au second plan. Seule Samia n'avait jamais lâché l'affaire. Elle avait créé une association, développé une communauté. Elle remplaçait les affiches avec le portrait de sa fille dès que celles-ci n'étaient plus assez lisibles et contactait régulièrement les enquêteurs chargés de son dossier. Ce 21 juin restait une énigme. Comment Océane avait-elle pu disparaître sur une si courte distance ? Qui avait-elle rencontré ? Ces questions, Samia continuait de les poser, à elle-même en premier mais aussi à toutes les personnes qu'elle croisait.

— Tu ne veux pas faire une pause ? demanda Pauline d'une voix douce.

— Pas le temps, répondit Samia sans même la regarder. Je dois être dans une heure à la gendarmerie et je dois répondre à quelques messages.

— Tu en as reçu récemment ?

— Deux sans importance. Des parents qui traversent la même épreuve que moi et qui veulent savoir comment on s'en remet. Comme si on pouvait s'en remettre ! L'autre est plus prometteur. Une femme pense avoir vu Océane sur une plage à Dunkerque. Elle m'a envoyé une photo. Elle est floue mais ça pourrait être elle. Je viens de demander au fils de Bertrand s'il pouvait améliorer la qualité. Le gamin est assez doué, il fait des études de graphisme. Dès qu'il me la renvoie, je l'imprime et je file.

Pauline se rapprocha de l'ordinateur et observa le cliché par-dessus l'épaule de Samia.

« Floue » était un euphémisme. On distinguait à peine une silhouette, les cheveux dans le vent. Des photos telles que celle-là, Samia en avait reçu des centaines. Elle les avait toutes scrutées à s'en brûler les yeux. Le résultat s'avérait toujours le même. Il était impossible d'affirmer qu'il s'agissait d'Océane. Samia la décrivait brune aux cheveux longs et aux traits fins mais sa fille avait douze ans la dernière fois qu'elle l'avait tenue dans ses bras. Qui pouvait dire à quoi elle ressemblait désormais ?

Pauline avait cru qu'elle réussirait à faire entendre raison à Samia. Qu'elle saurait la convaincre d'entamer son deuil. De se bâtir, tant bien que mal, une nouvelle vie. Une vie sans Océane. Depuis deux ans maintenant qu'elle était sa compagne, Pauline avait espéré que son amour lui aurait insufflé l'envie d'essayer.

Elle n'avait pas prévu de tomber amoureuse de Samia. Elle n'avait même jamais été attirée par les femmes. Leur histoire avait démarré en douceur. Une caresse en entraînant une autre à la fin d'une soirée. Samia avait beaucoup pleuré et Pauline l'avait enlacée pour la réconforter. Elle avait voulu déposer un baiser sur sa joue et leurs bouches s'étaient rencontrées. Pauline avait cru à un moment d'égarement. Ce moment s'était répété le lendemain, puis le surlendemain.

Pauline aimait profondément Samia. Elle savait que ce sentiment n'était pas partagé. À l'époque, Samia s'était accrochée à elle comme à une bouée et prenait aujourd'hui ce que Pauline lui offrait sans rien lui donner en retour.

Si la force de caractère de cette femme avait attiré Pauline, elle en souffrait à présent. Samia menait une croisade. C'était une mère réclamant inlassablement la vérité. Pauline passerait toujours en dernier.

Quand la lettre du ministère de la Justice était arrivée, Pauline n'était pas parvenue à se réjouir de l'enthousiasme de Samia.

4

27 septembre – 15 h 15
Saint-Jean-du-Gard

— Six, putain ! se révolta Domitille. Six chats ! Mais qui est capable de faire ça ?!

— Tous adultes, crut bon de compléter le légiste, comme si cette information rendait la situation plus acceptable.

Les deux OPJ s'étaient arrêtés, pétrifiés, à l'entrée de la cuisine. Le visage de Malo Prigent, déjà pâlot après la découverte du corps de Karine Alban, était devenu livide. Il avait jeté vers sa supérieure un regard dans lequel se lisait autant de dégoût que de détresse. D'un mouvement de tête, Domitille Fourest l'avait autorisé à prendre l'air.

La capitaine de la brigade de recherches observait les dépouilles des félins, toutes regroupées sur la table à manger. Certaines étaient à peine identifiables.

— Ils sont morts de quoi ? finit-elle par demander dans un filet de voix.

— Je ne suis pas vétérinaire, rappela le légiste, aussi j'ai uniquement constaté ce qui sautait aux yeux. Les deux situés à gauche ont été noyés dans l'évier. Pour les autres, on a eu droit à plus d'originalité. Aucun des quatre n'a subi le même sort. Cela va de la découpe des intestins au coup du lapin. Celui-là a été brûlé vif, il sent encore l'alcool ménager. Quant à lui, ajouta-t-il en manipulant délicatement un des chats, je ne saurais dire. Je ne vois aucune blessure apparente. Il faudrait l'autopsier pour en savoir plus mais est-ce qu'on vous octroiera le budget ?…

Vu les dernières directives de Beauvau, Domitille en doutait fortement. Elle s'abstint néanmoins de tout commentaire.

— Les TIC [1] inspectent le jardin pour vérifier si d'autres matous ne sont pas enterrés, continua le légiste. Avec cette pluie, je leur souhaite bien du courage.

Domitille tentait de respirer normalement malgré le nœud qui obstruait sa gorge. Non pas que la vie de ces chats ait compté davantage que celle de Karine Alban, gisant dans la pièce à côté, simplement cette donnée présageait une enquête qu'elle n'était pas sûre de vouloir mener. Pas maintenant.

Elle détourna les yeux de la table devenue similaire à un étal de boucher et se focalisa sur tous les détails pour chasser les idées qui lui venaient en tête. Une chaise en bois était renversée. Des morceaux de scotch d'emballage y étaient encore accrochés et deux traînées de sang s'étendaient jusqu'à l'entrée.

— Elle a été ligotée ici, dit Domitille d'une voix mécanique. On l'a forcée à regarder mourir ses chats avant de la transporter dans le salon.

— C'est aussi ce que semble penser votre collègue de la scientifique.

Domitille se dirigea vers les placards. Elle inspecta la rangée du haut avant de s'attaquer à celle du bas. Elle regarda sous l'évier puis ouvrit le réfrigérateur. Elle resta un

1. TIC : techniciens en identification criminelle.

long moment à contempler une boîte de lentilles entamée et des bouteilles de vin blanc empilées dans le bac à légumes.

— Vous cherchez quelque chose en particulier ?

— Karine Alban avait six chats à nourrir, sauf que je ne vois ni pâtée ni croquettes. Il n'y a rien en dehors de quelques boîtes de conserve. Du maïs, des lentilles, des raviolis, basta. En dehors de ça, du sucre, du sel, du poivre et une tonne de gâteaux apéro. C'est tout. Que Karine Alban ait eu une alimentation douteuse, je peux le concevoir, mais les chats auraient déguerpi à la première occasion s'ils avaient été mis à un tel régime.

Le légiste esquissa un sourire qui n'échappa pas à Domitille.

— Qu'est-ce que j'ai loupé ? demanda-t-elle un peu vexée.

— Oh, vous n'avez rien loupé, bien au contraire. Je suis même impressionné. Personnellement, je serais complètement passé à côté. Ça doit être pour ça que je ne fais pas votre métier. Vous devriez aller voir la chambre. Enfin… l'autre pièce.

— Quelle autre pièce ?

— Celle qui se trouve au bout du couloir à droite. On peut facilement la louper avec tout le fatras que cette femme a accumulé. Je vous laisse y aller seule. Pour ma part, je n'ai rien à y faire, Dieu merci.

Domitille revint sur ses pas et trouva trois techniciens encore à l'œuvre. L'un d'eux prenait des photos, les deux autres effectuaient toutes sortes de relevés. Ils travaillaient dans un silence monacal qui ne faisait qu'augmenter l'aspect surréaliste de la scène.

Plutôt qu'une chambre, elle découvrit une véritable pouponnière aux murs rose pastel teintés de touches de mauve. Si le jonc de mer était légèrement abîmé, tout était d'une propreté irréprochable. Une différence de traitement qui détonnait avec le reste de l'habitation. Ce n'était pas pour autant le plus surprenant.

Six berceaux s'alignaient le long du mur du fond. Six petits lits douillets à bascule, de six couleurs différentes. Chacun agrémenté d'une photo et du nom de son occupant. Il n'était pas nécessaire de creuser des heures dans le jardin. Tous les chats de Karine Alban avaient été tués.

À gauche était branchée une armoire réfrigérée, certainement très coûteuse. Sa porte vitrée permettait de voir qu'elle contenait tout ce dont un chat pouvait rêver. Juste à côté, une grande bonbonnière avait été ouverte et Domitille distingua des étagères remplies de produits destinés aux félins. Il y avait de quoi les nourrir plusieurs semaines mais aussi de quoi s'occuper de leur hygiène.

Sur la droite, Karine Alban avait installé une table à langer sur une vieille coiffeuse. *À quoi pouvait-elle bien lui servir ?* s'interrogea Domitille, laissant son esprit divaguer quelques secondes avant de se ressaisir. Une litière était dissimulée derrière un paravent que les techniciens avaient sûrement replié. Pour parfaire le tableau, un arbre à chat, fait sur mesure, traversait l'espace de bout en bout.

« Un paradis pour minous », ne put s'empêcher de dire Domitille à mi-voix. Karine Alban se négligeait mais traitait ses animaux comme des enfants. Les vingt-sept coups reçus avaient dû lui faire peu d'effet en comparaison de la mort de ses chats.

— Si ça te va, dorénavant, j'aimerais que tu arrêtes de m'appeler « chaton ».

Toute à ses pensées, Domitille n'avait pas remarqué l'arrivée de Malo qui avait repris un peu de couleurs.

— Les gars dehors m'ont prévenu, continua-t-il, mais ça fait quand même un drôle d'effet. Si tu veux mon avis, elle était quand même bien frappée, la Alban.

— Malo, souffla Domitille.

— Je sais. Respect pour les victimes, tout ça, tout ça. Avoue que ça fait un peu peur, non ?

— J'avoue, répondit Domitille qui esquissa un triste sourire.

— Tu me diras, au moins ses lubies ne faisaient de mal à personne.

— Ça, c'est toi qui le dis.

Malo regarda sa supérieure dans l'attente d'un développement.

— L'aspect extérieur de la maison indique clairement que tu ne trouveras pas un sou ici. Sans parler du fait que l'odeur qui s'en dégage à trois mètres découragerait n'importe quel voleur. Pourtant, une ou plusieurs personnes ont décidé de s'introduire chez Karine Alban, de traverser son labyrinthe avant de la torturer et de s'en prendre à ses chats. Tout ça demande de la détermination et du temps.

— Tu ne crois pas qu'on a juste affaire à un psychopathe qui traînait dans le coin ?

— Que l'auteur de ce crime en soit un, c'est fort possible. La torture des animaux relèverait presque du cas d'école. De là à dire qu'il a agi gratuitement, je ne sais pas. J'ai un peu de mal à y croire. Et de toi à moi, je ne suis pas sûre de savoir ce que je préfère. Un mobile bien moche ou un sadique qui tue sans raison dans notre région.

5

5 octobre – 8 h 30
Nîmes – Groupement de gendarmerie départementale du Gard

Domitille Fourest traversa la cour au petit trot, espérant éviter d'arriver trempée à son bureau. Comme ces huit derniers jours, son équipe devait déjà être à pied d'œuvre. La capitaine de la brigade de recherches s'était mise en retard à force de vouloir masquer sa fatigue. Sa coupe à la garçonne qui mettait d'ordinaire ses traits fins en valeur accentuait ses cernes depuis plusieurs jours. Cela faisait maintenant trois semaines qu'elle n'avait pas quitté la caserne et elle n'avait jamais cherché à rendre son logement de fonction, au confort pour le moins spartiate, plus accueillant ni plus douillet. Une méthode comme une autre pour garder en tête que la gendarmerie ne résumait pas toute sa vie.

Domitille partageait avec son frère une maison à l'extérieur de la ville que ses parents leur avaient léguée de leur vivant. Tout cumulé, elle y séjournait à peine trois mois par an mais elle en revenait toujours revigorée. C'est là qu'elle avait grandi jusqu'à ce qu'elle décide de s'enrôler dans le corps militaire, principalement pour couper court aux ambitions de sa mère qui espérait la voir suivre son exemple d'épouse parfaite. Si le fait de mettre sa féminité en sourdine avait eu l'effet escompté, Domitille s'était vite rendu compte que certains champs d'action de l'armée étaient loin de lui correspondre. Elle avait rapidement orienté sa carrière vers la police judiciaire et n'avait eu de cesse de parcourir la France entière au gré de ses promotions. À l'approche de la quarantaine, toujours célibataire mais enfin affranchie du joug parental, elle avait ressenti le besoin de revenir aux sources. Elle aspirait à un peu de stabilité, ce qui n'était manifestement toujours pas le cas de son frère cadet. Les parents Fourest espéraient secrètement que cette cohabitation donnerait à leur fils l'envie de suivre les traces de leur aînée. Domitille s'était retenue de pouffer quand ils le lui avaient confessé.

La capitaine entra en trombe dans le bâtiment et se força à sourire à ses collègues en arpentant le couloir alors qu'elle se sentait toujours nauséeuse. Le bas de son jean était trempé. Les météorologues prédisaient une accalmie d'ici vingt-quatre heures. Ce n'était pas la première fois qu'ils faisaient une telle annonce. À l'instar de tous les habitants de la région, Domitille espérait qu'ils seraient cette fois dans le vrai.

À peine avait-elle poussé la porte du bâtiment administratif qu'elle s'aperçut de l'effervescence qui y régnait. Le ministre de l'Intérieur était attendu dans la matinée et tous les services devaient se coordonner. La visite était initialement prévue pour une opération de communication au sujet d'une énième descente « place nette » lancée sur tout le territoire. Nîmes avait été choisi pour mettre les premiers résultats en avant à la suite d'une fusillade survenue quelques semaines plus tôt dans un quartier réputé calme. Une victime collatérale qui avait démontré, si cela était encore nécessaire, que plus personne n'était en sécurité. Les gangs n'étaient plus disposés à rester cantonnés dans les cités. Le ministre avait eu l'intelligence de profiter de ce déplacement, bloqué dans les agendas, pour rendre hommage aux victimes des intempéries et à tous les sinistrés de la région, devenus aujourd'hui la première préoccupation des Gardois.

Le lieutenant Malo Prigent était de son côté trop absorbé par sa mission pour remarquer cette agitation. Assis devant son ordinateur, il endossait son rôle de directeur d'enquête avec son sérieux habituel. La lieutenante Coline Foucaud, la dernière arrivée dans l'équipe, paraissait tout autant accaparée.

L'autopsie avait confirmé la mort par asphyxie de Karine Alban. Son dernier repas remontait, selon le légiste, à trois jours avant qu'on ne découvre son corps. L'examen de son foie avait révélé qu'elle souffrait d'une cirrhose de stade 4. Des varices œsophagiennes s'étaient développées et sans un traitement adapté – aucun médicament n'avait été trouvé sur place – et surtout sans un changement radical d'hygiène de vie, Karine Alban n'aurait de toute façon pas fait de vieux os. La décomposition avancée du corps se justifiait en partie par la maladie.

L'enquête de voisinage était pour le moins décevante. Personne ne connaissait à proprement parler Karine Alban, cette femme de soixante-quatre ans, célibataire et sans enfants. Aucun habitant ne se souvenait de l'avoir vue dans les rues du village. Seul le boucher s'était rappelé lui avoir servi deux kilos de mou quelques mois plus tôt. Cela faisait des années qu'il avait repris le commerce de son père et jamais on ne lui en avait demandé. Des abats, oui, mais du poumon… Karine Alban avait certainement eu une rupture de stock de pâtée, avait suggéré Coline Foucaud.

Malo Prigent avait pu établir que la victime se faisait livrer ses courses une fois par mois et qu'elle ne sortait presque jamais de chez elle. Le Lidl, situé à six kilomètres, et dont un des sacs avait fini par l'asphyxier, avait accepté de ressortir les commandes faites sur l'année. La sexagénaire réitérait chaque fois la même. Cela confirmait qu'en dehors de quelques conserves et de litres de vin blanc bon marché Karine Alban dépensait uniquement ses sous pour ses félins. Un des livreurs avait été interrogé. Il avait pour instruction d'empiler les sacs sur le paillasson et de sonner trois fois avant de disparaître. Le jeune homme de vingt ans avait avoué qu'il ne se serait jamais risqué à s'aventurer dans la maison tant l'odeur qui s'en dégageait le rebutait.

Le maire de Saint-Jean-du-Gard leur avait fourni le peu d'informations dont il disposait. Karine Alban s'était installée dans le village deux ans plus tôt. Elle avait hérité de cette maison délabrée, et laissée à l'abandon, d'un homme de quatre-vingt-seize ans mort quelques mois plus tôt. « Un grand-oncle ou quelque chose du genre », avait ajouté l'élu sans conviction. Il aurait souhaité que Karine Alban entame des travaux mais ses espoirs de rénovation furent douchés durant les semaines puis les mois qui se succédèrent. Il avait tenté de lui rendre visite à plusieurs reprises, ne serait-ce que pour la convaincre de restaurer sa toiture. Il était même prêt à lui trouver des aides pour le financement. Karine Alban lui avait toujours répondu par la négative au travers de la porte close de sa masure.

Le maire n'avait pas feint l'apitoiement en apprenant la mort de son administrée. Tout dans son discours suggérait que ce n'était pas une grosse perte pour la communauté. Le village, situé aux portes des Cévennes, était réputé pour son patrimoine historique et naturel. Et les touristes toujours plus nombreux à venir admirer ses rues célèbres pour avoir abrité les camisards, ces protestants français qui s'étaient rebellés contre la révocation de l'édit de Nantes, au XVIIe siècle. Le maire croisait donc les doigts pour que personne ne fasse valoir son héritage sur cette demeure afin de la préempter et, qui sait, peut-être la faire raser.

En conclusion, si les intempéries de ces dernières semaines n'avaient pas poussé les pompiers à la vigilance en faisant le tour des personnes isolées, et si les effluves de putréfaction ne les avaient pas alertés, Karine Alban aurait pu rester des mois allongée dans son salon à se décomposer.

— On a un problème ! attaqua Malo Prigent à brûle-pourpoint alors que Domitille s'installait devant son ordinateur. Vu qu'on n'a rien récolté de bien intéressant sur Karine Alban à Saint-Jean-du-Gard, je me suis mis en quête de sa précédente adresse. Il m'a suffi de récupérer une de ses anciennes déclarations d'impôts, avant qu'elle n'emménage dans le village.

— Et alors, il est où est le problème ?

— Le problème, c'est qu'elle était censée, à l'époque, louer une maison de cent vingt mètres carrés à Alès.

— C'est un peu grand pour une seule personne mais je ne vois toujours pas ce qui te chiffonne.

— J'ai appelé le propriétaire pour qu'il m'en dise un peu plus sur Karine Alban et c'est là que ça blesse.

Domitille se retint de le reprendre. Elle aurait tout le loisir de lui glisser la bonne expression de manière moins formelle et surtout sans témoin.

— Le mec n'en a jamais entendu parler, poursuivit Malo. Officiellement, sa maison est inhabitée depuis huit ans. Une histoire de travaux inachevés et d'un divorce qui traîne en longueur. Je te ferai le topo plus précis si tu veux, mais tout ça pour dire que Karine Alban a menti sur sa déclaration. Elle n'a jamais habité là-bas.

— Pas forcément, répondit Domitille en le rejoignant pour s'asseoir face à lui. Peut-être qu'elle a eu l'aplomb d'inscrire sur le formulaire l'adresse de son squat.

— Quoi, tu crois qu'elle aurait occupé illégalement cette maison à Alès et que personne ne s'en serait aperçu ?

— Avant qu'un agent du fisc fasse le recoupement, il peut se passer des années. Va savoir si elle n'a pas déménagé parce qu'elle a senti le vent tourner. Tu as vérifié cette histoire de succession ? Est-ce qu'on est sûrs que Karine Alban a bien hérité de la maison dans laquelle on l'a trouvée ?

Le lieutenant afficha une mine déconfite comme chaque fois qu'il se sentait pris en faute. Cette donnée était pour lui acquise à partir du moment où elle leur avait été transmise par le maire du village. Malo admettait que Karine Alban aurait très bien pu faire sienne la demeure délabrée. Il lui aurait suffi de compulser les petites annonces nécrologiques, se rendre à certains enterrements et évaluer l'implication des héritiers. Repérer les maisons laissées vacantes et patienter un peu pour voir ce qu'il en advenait. Après quelques mois, il ne lui restait plus qu'à débarquer, en l'occurrence à Saint-Jean-du-Gard, pour réclamer son dû. Un acte de notaire ne devait pas être si dur à falsifier.

— Karine Alban était une professionnelle du squat, finit-il par dire, convaincu par son propre raisonnement. Elle passait d'une adresse à l'autre sans jamais être inquiétée.

— Avec une telle baraque, on n'a pas dû lui poser trop de questions quand elle a posé ses valises, renchérit Domitille. Qui choisirait de s'installer délibérément dans cette maison sans une bonne raison ? Maintenant, tout ça n'est qu'une théorie, ne te reste plus qu'à la vérifier. Est-ce que tu as réussi à apprendre d'où lui venait son argent ? Elle n'en dépensait pas beaucoup pour elle, mais ses chats devaient représenter un gouffre. Est-ce qu'elle travaillait ?

— Non, elle était à la retraite depuis deux ans. Avant cela, elle touchait une pension d'invalidité. Rien de bien reluisant. Ça devait juste payer les charges de sa maison. En revanche, j'ai noté quelque chose de beaucoup plus intéressant. Elle recevait tous les trois mois un virement de cinq mille euros.

— Jolie somme. On a le nom de l'émetteur ?

— Tout ce qu'on sait, c'est que le virement était effectué via un compte d'une banque du Luxembourg, et ce depuis une dizaine d'années. Tu veux que je lance une demande de procédure ?

— Avec le Luxembourg ? Laisse tomber. Le juge va te rigoler au nez. Regarde déjà si on part dans la bonne direction avec cette histoire de squat. Karine Alban avait un bienfaiteur au Luxembourg qui lui versait vingt mille euros par an. Va savoir si elle n'avait pas aussi un grand-oncle qui lui aurait légué sa bicoque. D'ailleurs, ces deux apports sont peut-être liés. Gardons toutes les portes ouvertes pour l'instant.

Malo acquiesça d'un hochement de tête. Il s'apprêtait à donner ses nouvelles instructions à Coline Foucaud quand il fut stoppé net par une longue plainte sonore en provenance de la pièce d'à côté.

6

5 octobre – 8 h 45
Nîmes – Groupement de gendarmerie départementale du Gard

Le major Zeller n'aurait jamais cru devoir retourner si vite dans cette caserne. Une semaine plus tôt, il s'y était rendu pour se familiariser avec le dossier, comme il en avait l'habitude. En tant que gendarme enquêteur de la division des affaires non élucidées, la DiANE, Gabriel Zeller avait besoin de cette étape avant de se lancer.

Il avait d'abord été surpris que le juge du pôle dit des *cold cases*[1] saisisse son département. Depuis qu'il l'avait rejoint, Gab Zeller, comme il se faisait lui-même appeler, n'avait enquêté que sur des crimes sériels, jamais sur une disparition *a priori* isolée. C'est une lettre anonyme, reçue quelques mois plus tôt, qui justifiait à elle seule le choix des magistrats.

Gab Zeller avait relu en détail les rapports rédigés par les enquêteurs de l'époque ainsi que toutes les dépositions.

1. Pôle des *cold cases* : créé en 2022 au sein du tribunal judiciaire de Nanterre, il s'intitule officiellement pôle des crimes sériels et non identifiés.

Ils n'apportaient aucune réponse satisfaisante même si le travail ne semblait pas avoir été bâclé.

Océane Doucet avait douze ans quand sa mère l'avait vue pour la dernière fois. Elle jouait à quelques pas de chez elle. Le quartier des Doucet, situé dans l'est de Nîmes, avait plutôt bonne réputation. Populaire et animé, il n'y avait jamais eu de problèmes majeurs à déplorer. Ce soir-là, comme la plupart des autres soirs, personne n'avait vu ou entendu quoi que ce soit qui aurait pu sortir de l'ordinaire. Aucun rôdeur à l'horizon, aucune voiture qui aurait démarré en trombe.

La lettre anonyme, envoyée huit ans plus tard, indiquait qu'un individu était venu à plusieurs reprises s'asseoir sur un banc de cette aire de jeu, notamment ce fameux 21 juin. L'auteur du courrier affirmait que l'homme en question n'était autre que François Vérove, plus connu sous le nom du Grêlé.

Ce tueur en série et violeur d'enfants, ancien gendarme puis policier, avait échappé aux forces de l'ordre pendant trente-cinq ans. Il avait préféré se suicider plutôt que d'être arrêté. Sa mort remontait à plusieurs années mais l'enquête n'était pas encore close. La lettre d'adieu du Grêlé, qui avait été retrouvée dans son appartement, laissait supposer que la liste de ses crimes était plus longue qu'on ne le pensait.

Le major Gab Zeller comprenait aisément que ce nouvel élément apporté au dossier ait pu motiver les juges à s'intéresser de plus près à cette affaire, il demeurait cependant dubitatif quant à la véracité de son contenu.

Il était vrai que François Vérove vivait à une soixantaine de kilomètres de Nîmes lorsque Océane Doucet avait disparu. Il briguait même un poste de conseiller à la mairie de Prades-le-Lez. Cependant, les investigations menées après sa mort n'avaient jamais pu démontrer que le Grêlé sévissait encore à cette époque.

Bien sûr, la médiatisation de la mort de ce tueur en 2021 avait ravivé des souvenirs. Sa photo avait été largement diffusée, mais Gab Zeller ne parvenait pas à s'expliquer un autre point. Océane Doucet avait eu le droit de sortir pour fêter le début de l'été. À 20 h 30, heure estimée de la disparition, il faisait encore jour, or tous les témoignages se recoupaient. En dehors d'une dizaine d'adolescents et des quatre camarades d'Océane, il n'y avait que trois adultes du quartier dans le parc.

La première chose que Gab Zeller avait faite en récupérant le dossier avait été d'appeler ces trois témoins pour vérifier si, avec le temps, leur version aurait pu changer. Ce n'était pas le cas. Chacun avait répété quasiment mot pour mot ce qui était inscrit dans sa déposition. Le major de la DiANE savait qu'il n'y couperait pas : il devrait réinterroger les adolescents présents ce soir-là ; en attendant, il se demandait comment un homme semblant errer dans ce quartier familial serait passé à ce point inaperçu.

Gab Zeller connaissait les critères pour que le pôle judiciaire reprenne une affaire. Le fait que la victime soit mineure était loin de suffire. Il aurait sinon fallu plus de cent unités comme celle de la DiANE rien que pour traiter les disparitions d'enfants déclarées sur une seule année.

La complexité du dossier en était un autre. Cependant, même si la disparition d'Océane demeurait une énigme aux yeux de tous, il ne s'agissait pas là d'une complexité au sens où la justice l'entendait. Ici, sauf preuve du contraire, il n'était pas question de problème territorial ou d'une dimension internationale de l'enquête qui aurait nécessité la coordination de plusieurs services étrangers.

La conviction d'être face à un crime tel que le meurtre, le viol, la torture ou autres actes de barbarie était aussi une raison suffisante, mais rien dans les investigations menées par les policiers de l'époque ne permettait une telle conclusion. Océane s'était volatilisée un soir d'été et personne ne savait ce qui lui était arrivé.

Restait enfin la possibilité d'un crime sériel et c'est là que la lettre anonyme prenait tout son sens.

Avant même de mettre les pieds à Nîmes, Gab Zeller avait fait part de ses doutes au juge d'instruction. Pour toute réponse, il avait eu droit à un mail contenant un lien vidéo vers une chaîne d'information continue. Il avait alors découvert une femme, de petite corpulence et aux yeux brûlants, en train de défendre sa cause avec l'énergie du désespoir. Samia Doucet retenait ses larmes mais pas sa hargne. Elle était interrogée par un journaliste qui rappelait sans cesse les éléments du dossier. La petite Océane avait disparu depuis huit ans et malgré cette lettre anonyme et toutes les relances de sa mère auprès du pôle des crimes sériels ou non élucidés, personne ne prenait son affaire au sérieux. Le Grêlé avait sûrement frappé une dernière fois, répétait d'un ton grave le journaliste, et maintenant qu'il était mort, tout le monde s'en lavait les mains. C'était à se demander, toujours selon ce futur Prix Albert-Londres, à quoi pouvait bien servir cette division, dont l'ancien ministre de la Justice avait fait grand bruit, si ce n'était à alourdir un peu plus le budget de l'État.

Gab Zeller n'était pas allé jusqu'au bout de l'extrait. Il avait entendu ce que le juge s'était abstenu de lui dire. L'affaire allait vite devenir politique si rien ne bougeait.

Lors de son premier passage, sept jours plus tôt, dans cette caserne de la gendarmerie de Nîmes, Gab Zeller avait eu l'occasion de se retrouver face à face avec Samia Doucet. La mère d'Océane était venue avec un énorme classeur sous le bras. Sa propre enquête, avait-elle dit en le lui tendant à bout de bras. Le major l'avait consulté rapidement. Des plans du quartier bariolés de Stabilo. Samia Doucet avait indiqué tous les chemins possibles pour accéder à l'aire de jeu entourée de barres d'immeubles de quatre étages. En rose les routes goudronnées, en jaune les chemins praticables à vélo, en vert ceux qui ne pouvaient être parcourus qu'à pied. Le parc étant à flanc de colline, avait-elle expliqué à Gab Zeller, une partie était grillagée afin de prévenir un potentiel éboulement. La mère d'Océane avait noté d'une croix les parties endommagées de la clôture à travers lesquelles un homme aurait pu, elle en était certaine, se faufiler.

Le dossier contenait également une centaine de feuilles imprimées. Des témoignages d'inconnus persuadés d'avoir aperçu Océane. Les messages émanaient de toute la France et s'étalaient sur les huit dernières années. Certaines bonnes âmes avaient envoyé des photos à l'appui. Gab Zeller en avait regardé une partie avant que Samia admette la première que la plupart des clichés n'offraient qu'une piètre ressemblance avec sa fille. Elle ne les avait pas pour autant retirés du classeur.

Gab Zeller s'était attardé sur une liste de plusieurs pages avant de comprendre qu'il s'agissait des noms de toutes les casernes et tous les commissariats de police que Samia avait contactés. Un nom ou un grade était parfois accolé. Chaque fois qu'un quidam, sur les réseaux sociaux, partageait avec elle un doute quant au fait d'avoir croisé Océane, Samia appelait systématiquement les autorités de la région concernée.

Le major s'était retenu de tout commentaire mais il avait été impressionné par la pugnacité de cette femme qui avait usé de tous les maigres moyens à sa disposition. Ses investigations personnelles n'avaient rien donné ; malgré cela, elle n'avait jamais abandonné. Et si, comme il l'avait pensé dès le départ, elle avait elle-même écrit la lettre anonyme pour que les forces de l'ordre s'intéressent de nouveau à son dossier, elle avait bien obtenu ce qu'elle souhaitait. Gab Zeller était resté impassible alors qu'il s'échinait à refouler ses propres souvenirs.

Il était retourné au siège de la DiANE à Pontoise, en région parisienne, nettement plus motivé, persuadé que sa nouvelle mission était exactement ce qu'il lui fallait. Une affaire qui accaparerait son esprit sans qu'il ait à craindre d'autres victimes.

N'ayant aucun nouvel élément à analyser, il savait qu'il aurait du mal à faire mieux que les policiers chargés du dossier au moment des faits. Pas de témoins, pas de mobile, tout était envisageable. Un enlèvement, bien sûr, mais pourquoi pas une fugue qui se serait mal terminée ? Samia avait évoqué les problèmes de santé de sa fille. L'adolescente aurait pu faire un malaise sur son vélo. Suivre un voisin faussement bien intentionné et se retrouver séquestrée des années dans une maison du quartier, tout comme monter dans la voiture d'un parfait inconnu qui aurait prétexté l'emmener à l'hôpital. En d'autres termes, le major Gab Zeller s'attendait à mener une enquête difficile et de longue haleine.

Quand les OPJ de Nîmes lui avaient téléphoné la veille, il n'en avait pas cru ses oreilles. Il avait attendu de lire leur rapport accompagné du dossier médical. La comparaison des empreintes digitales ne laissait effectivement aucune place au doute. La jeune femme retrouvée ensevelie à la suite d'un glissement de terrain sur la départementale 907, une semaine plus tôt, était Océane Doucet.

7

5 octobre – 9 heures
Nîmes – Groupement de gendarmerie départementale du Gard

Le cri était si déchirant que Domitille Fourest n'avait pu s'empêcher de passer une tête dans le bureau attenant. Loin de jouer les voyeuses, elle avait voulu s'assurer que ses collègues avaient la situation en main.

Elle resta dans l'encadrement de la porte et croisa le regard d'un homme habillé en civil, tout comme elle. Son brassard indiquait qu'il était de la maison. Domitille ne mit pas longtemps à faire le rapprochement. Malo l'avait prévenue qu'un officier de la DiANE était attendu dans les locaux. Elle avait regretté de ne pas l'avoir croisé lors de son premier passage à la caserne. Elle se posait des centaines de questions sur cette division des *cold cases*.

Elle évalua ce collègue rapidement alors qu'il faisait face à Samia Doucet. Il réussissait l'exploit de porter en pétard les cheveux courts réglementaires. Mais le plus étonnant était leur couleur. Ils étaient totalement blancs alors que l'officier ne devait pas dépasser les trente-cinq ans. Physiquement, il n'était ni très grand ni très épais, et pourtant une impression de force s'imposait naturellement.

Peut-être était-ce dû au timbre de sa voix ou à son regard incisif. Ses yeux transperçaient la mère de la jeune disparue alors que ses mots l'enveloppaient délicatement. Cela en était presque déconcertant.

Domitille avait suivi de loin l'avancée du dossier. À bien y réfléchir, elle préférait gérer son homicide malgré tout ce qu'il impliquait. Annoncer à une mère qu'on avait retrouvé son enfant était certainement la plus grande gratification qu'un gendarme puisse connaître au cours de sa carrière. Lui déclarer dans la foulée que les chances qu'il reprenne conscience étaient infimes relevait presque du sadisme.

Domitille, se sentant inutile, salua d'un bref mouvement de tête l'officier de la DiANE et retourna à son bureau, de nouveau concentrée sur sa propre enquête.

Malo Prigent avait embarqué Coline à Alès, à l'ancienne adresse de Karine Alban, avec pour mission de cerner la personnalité et le parcours de la victime.

La pouponnière à chats était restée imprimée dans tous les esprits. Malo avait aimanté au tableau blanc les photos légendées et positionnées sur chaque berceau : Rembrandt, Rubens, Rémus, Romulus, Rimbaud et Racine. Les noms que Karine Alban avait donnés à ses félins, pour ne pas dire ses enfants.

2020 était l'année du « R » pour les chats et Coline avait pris l'initiative de noter cette date à côté des clichés. Personne n'avait rien trouvé à y redire. Le tableau servait à cela. Chacun était libre d'y mettre une idée, un élément qui lui semblait important. Régulièrement, Domitille demandait à ses lieutenants de le regarder en changeant de place. Elle voulait qu'ils soient capables de modifier leur axe de pensée. Se déplacer dans l'espace permettait de les y aider.

Il avait fallu le rapport du vétérinaire – Domitille avait réussi à convaincre son supérieur que cette intervention était nécessaire – pour que la date soit effacée. Les adoptions des chats s'étalaient sur trois ans. Karine Alban les avait fait tatouer et castrer à des périodes différentes, toujours par deux. Le choix de cette initiale était donc totalement arbitraire.

À l'autre bout du tableau, Domitille avait accroché un gros plan d'une des blessures de Karine Alban. Le légiste, qui en avait finalement dénombré trente au total, confirmait qu'aucune d'elles n'avait été mortelle. Si l'hypothèse du pic à glace n'était pas écartée, ces lésions pouvaient aussi être attribuées à un poinçon ou toute autre pointe de ce calibre. L'objet avait pénétré le corps sur une dizaine de centimètres. La régularité de la profondeur des blessures conduisait même à penser que l'arme ne devait pas excéder cette longueur, c'est pourquoi le légiste avait retiré l'aiguille à tricoter de ses spéculations.

« Une scène pour le moins contradictoire », crut entendre Domitille, toute à sa réflexion.

Elle se tourna vers la porte et vit l'officier de la DiANE observer son tableau. Il s'avança jusqu'à son bureau et lui tendit la main.

— Major Gab Zeller, de la DiANE, enchanté.

— Capitaine Fourest, répondit-elle plus froidement qu'elle ne l'aurait souhaité. Enchantée également. Je peux faire quelque chose pour vous ?

— J'ai été saisi pour enquêter sur la disparition d'Océane Doucet…

— Je suis au courant, le coupa Domitille. Maintenant qu'elle a été retrouvée, j'imagine que vous n'avez plus rien à faire ici.

— Ce n'est pas si simple, répondit Zeller, visiblement amusé par l'accueil quelque peu abrupt. Océane Doucet a été retrouvée, c'est un fait, mais où était-elle passée tout ce temps ? Ça reste un mystère. Sa mère est en droit d'attendre des réponses de notre part et il y a malheureusement fort à craindre que sa fille ne soit jamais en mesure de nous l'expliquer.

— Le dossier reste ouvert, donc.

— En effet. J'ai d'ailleurs l'intention de m'attarder un jour ou deux ici, le temps d'assister à un examen médical plus poussé.

— Il n'a pas encore été pratiqué ?

— En toute logique, les médecins se sont penchés en priorité sur les traumatismes les plus récents, qui ne m'intéressent pas tant que cela. J'espère qu'un examen approfondi nous en dira plus sur l'environnement de la jeune femme ces dernières années.

— Je vois.

— On m'a dit que vous accepteriez peut-être de me faire une place dans votre bureau. J'ai mon ordinateur avec moi. J'ai simplement besoin d'une chaise et d'un coin de table.

Contrairement à de nombreux bâtiments de l'armée, la caserne de la gendarmerie nationale de Nîmes, située dans un quartier central de la ville, était plutôt spacieuse, fonctionnelle et bien agencée. De grands travaux de réhabilitation avaient été engagés quelques années plus tôt pour moderniser ses infrastructures. L'activité intense, due aux conséquences de la météo particulièrement déchaînée, avait cependant réquisitionné la plupart des bureaux vacants.

Domitille s'obligea à garder une attitude professionnelle, réprimant son enthousiasme. Elle considérait la présence de cet enquêteur dans son propre bureau comme une aubaine. Il avait certainement beaucoup à lui apprendre, même s'il était plus jeune qu'elle.

Elle lui indiqua une place vacante à côté du bureau de Coline.

— Vous avez dit quelque chose avant de vous présenter, continua Domitille sur un ton anodin.

Gab Zeller sembla chercher dans ses souvenirs avant de poser un œil sur le panneau blanc. Puis se répéta mot pour mot.

Domitille regarda les photos une fois de plus. Elle espérait un déclic qui ne vint pas.

— En quoi cette scène est contradictoire ? finit-elle par demander.

— La robe de chambre, se contenta-t-il de répondre.

— Eh bien ?

— Il ou elle l'a refermée.

— Et alors ?

— Vos collègues m'ont présenté rapidement votre dossier.

— Ils n'auraient pas dû, intervint Domitille, piquée au vif.

— On peut les comprendre, reprit Zeller d'un ton conciliant. Ce n'est pas tous les jours qu'on se retrouve face à ce genre de crime. Ils m'ont parlé des tortures infligées aux chats et à leur maîtresse. Vous avez écrit sur votre tableau « trente blessures sur le torse », or la photo montre une femme drapée dans sa robe de chambre. J'imagine que lorsque vous avez ouvert le peignoir, vous avez constaté qu'elle était nue en dessous ?

— Exact.

— C'est là que tout semble contradictoire. Un acte barbare qui relève du sadisme ou d'une haine plus personnelle. Malgré cela, un respect de la nudité. Une marque de compassion à l'égard de la victime comme si on avait voulu lui laisser un peu de dignité. C'est comme si deux personnes aux sentiments totalement différents avaient agi de concert.

— Un couple de tueurs ? s'étonna Domitille, à la fois bluffée et vexée de ne pas y avoir pensé la première.

— Ou un trouble dissociatif de l'identité, vous ne pouvez rien exclure à ce stade.

Domitille se tourna de nouveau vers les éléments affichés et les regarda sous un autre angle. *Il ne suffit pas de changer de place*, pensa-t-elle amèrement. *Va falloir aussi changer ta façon de penser.*

— Et comme ça, à chaud, vous voyez autre chose ?

Zeller se mordit la lèvre inférieure. Il sembla hésiter un instant avant de soutenir le regard de Domitille.

— Puisque vous me le demandez, je pense que votre affaire en cache une autre, plus sordide.

8

7 octobre – 11 heures
Uzès

Le major Zeller ne s'était malheureusement pas trompé. Dix petits jours après la découverte du corps de Karine Alban, un nouvel homicide avait été constaté à Uzès, ville à vingt-cinq kilomètres de Nîmes et à une soixantaine de Saint-Jean-du-Gard.

Prenant au sérieux les craintes de l'officier de la DiANE, Domitille Fourest avait fait circuler certaines informations sur le premier meurtre aux différents services des forces de l'ordre du département. Quiconque relevait la moindre ressemblance avec son affaire devait contacter immédiatement la brigade de recherches de Nîmes. Les agents de la police municipale d'Uzès avaient respecté cette instruction à la lettre. Deux heures plus tard, Domitille débarquait avec ses équipes. Gab Zeller les accompagnait, l'examen médical d'Océane Doucet n'ayant pas encore eu lieu.

Une femme de ménage, qui n'était pourtant pas censée travailler cette semaine-là dans cette résidence habitée de manière sporadique, était tombée sur le cadavre.

Du fait des intempéries, la ville avait été privée d'électricité neuf jours plus tôt, mettant à l'arrêt tous les appareils électroménagers. Elle savait que le propriétaire laissait des denrées dans ses armoires réfrigérées, aussi était-elle entrée dans la maison avec son jeu de clés pour jeter les aliments périmés. Son premier geste en pénétrant dans la demeure avait été d'ouvrir en grand toutes les fenêtres malgré les pluies torrentielles. L'odeur de renfermé était plus forte qu'à l'accoutumée. Elle avait inspecté le réfrigérateur et jeté les pots de sauces entamés, une plaquette de beurre et deux yaourts à la date de péremption dépassée.

Elle s'était ensuite rendue dans la buanderie où se trouvait le grand congélateur. Les relents étaient encore plus prenants dans cette pièce. La viande avait dû s'avarier en décongelant, avait-elle alors pensé. Elle avait soulevé le battant du coffre réfrigéré et n'avait pu retenir un cri avant de s'écrouler. Les pompiers étaient encore à ses côtés quand toute la cavalerie avait débarqué.

Un agent municipal leur faisait ce premier débrief, alors que le major Gab Zeller observait son environnement. Il tentait d'imaginer la ville sous un ciel bleu. Situé sur un plateau calcaire, Uzès dominait la vallée de l'Alzon mais la couverture nuageuse écrasait tout relief. C'est à peine s'il avait distingué sur le trajet les vignes et les oliveraies. Depuis quarante-huit heures, chaque gendarme qu'il croisait tenait à lui vanter les beautés de la région, ses couleurs et ses parfums. Zeller n'avait eu droit jusqu'ici qu'à un camaïeu de gris et la garrigue s'apparentait plus à un plateau tourbeux d'Irlande. En traversant le centre historique, Zeller avait tout de même pu apprécier les ruelles pavées ainsi que les façades des bâtisses en pierre blonde. Il était prêt à croire qu'un simple rayon de soleil devait tout sublimer.

Le major de la DiANE se demandait ce qui l'avait réellement poussé à suivre cette équipe de la brigade de recherches. Il avait annoncé à sa supérieure vouloir prendre du recul et voilà qu'il se portait volontaire pour analyser une scène de crime qui n'avait rien à voir avec son enquête. À croire qu'il faisait tout pour remettre le moment où il devrait s'arrêter sur ses erreurs passées.

Personne n'avait touché au corps si bien que Domitille et Gab purent l'étudier longuement pour se faire une première idée. L'arrêt brutal du congélateur avait accéléré le processus de décomposition, et l'odeur était difficilement soutenable. La victime était un homme, connu sous le nom de Vincent Hachemin. La femme de ménage, sans pouvoir l'affirmer avec certitude, estimait son âge entre cinquante-cinq et soixante ans. Il avait été allongé nu, les mains attachées et posées sur son sexe. Le torse, gonflé par la putréfaction, était marqué de taches rondes, rose et noir. Aucune autre blessure apparente. C'est la tête enserrée dans un sac-poubelle qui avait alerté les agents de police. Les anses jaunes du sac avaient été tirées au maximum pour faire un nœud sous le menton. L'image d'un gros œuf de Pâques traversa l'esprit de Domitille, qui se garda bien de partager cette pensée avec les différentes personnes qui se tenaient debout autour du coffre, comme elles l'auraient été devant un cercueil.

Il fallut attendre vingt minutes avant que les techniciens de l'identité judiciaire retirent le sac. Sans oser le formuler, tout le monde frémissait d'impatience de découvrir le visage de la victime. Ce n'étaient pas tant ses traits qui intéressaient les enquêteurs mais plutôt la toute dernière expression qui s'y était figée.

Le major Zeller émit un léger sifflement tandis que Domitille cherchait encore à comprendre ce qu'elle voyait. Vincent Hachemin avait les yeux grands ouverts, les sourcils remontés. Tout comme Karine Alban, l'homme semblait être mort d'asphyxie, ce n'était cependant pas le sac-poubelle qui l'avait empêché de respirer. Vincent

Hachemin avait la bouche pleine de chair. Un amas indistinct de couleur bariolée lui obstruait les voies respiratoires.

Le docteur Castanet s'approcha alors très lentement du corps et souleva avec délicatesse les bras de la victime. Il y mit même une certaine déférence.

— Le moins que l'on puisse dire, capitaine Fourest, c'est que vous savez me sortir de ma zone de confort. Le corps de Karine Alban n'était pas bien joli à voir, mais là…

Domitille, dont l'esprit s'était mis en pause un instant, comprit enfin de quoi il retournait. Elle regarda un à un ses coéquipiers qui affichaient tous une expression de douleur, les mains jointes en protection.

Domitille brisa le silence mortifère qui s'était installé.

— Quand je pense que certains osent dire que les hommes ne savent pas souffrir d'empathie, dit-elle de la façon la plus légère possible.

Tous l'observèrent, interloqués, jusqu'à ce que Zeller parte d'un grand éclat de rire.

Le légiste, lui, se gratta la tête.

— Celle-là, on ne me l'avait jamais faite. Je serais San Antonio, mon rapport dirait que notre victime a été émasculée et qu'on l'a ensuite étouffée en lui faisant bouffer son costard trois pièces, mais quelque chose me dit qu'il me faudra trouver des formulations moins imagées pour la version officielle.

9

8 octobre – 9 heures
CHU de Nîmes

Arrivé une heure plus tôt au centre hospitalier de Nîmes, le major Zeller était à présent face au responsable du service de réanimation. L'examen complet de l'état de santé d'Océane Doucet avait enfin été réalisé au petit matin. Sa mère avait voulu y assister mais s'était vu refouler par les infirmiers.

Zeller lui avait tenu compagnie, conscient que cette étape devait être insupportable pour cette femme. Depuis le retour de sa fille, Samia passait l'essentiel de son temps dans cette unité qui n'était pas prévue pour accueillir les proches des patients. Elle avait insisté pour dormir dans la chambre d'Océane, ce qui lui avait été jusqu'ici catégoriquement refusé. La jeune femme avait été placée en chambre stérile, le temps que son organisme se remette des nombreux traumatismes et infections dont elle souffrait.

Il était rare que Gab Zeller se retrouve au chevet d'une victime. Son rôle consistait en majeure partie à reprendre de vieilles affaires, des crimes non élucidés. Les examens s'opéraient généralement en salle d'autopsie. La DiANE intervenait également en renfort sur des cas particulièrement complexes, notamment à caractère sériel, dans lesquels l'analyse comportementale jouait un rôle majeur. Dans ce cas de figure, là encore, Gab Zeller n'avait pas à suivre les premières étapes d'une enquête qui revenaient aux officiers chargés du dossier. Lui devait étudier en priorité le profil psychologique du tueur, bien évidemment, mais aussi celui de la victime. Il retraçait les parcours de vie, de l'un comme de l'autre. Il préparait au mieux les OPJ avant qu'ils ne se lancent dans une garde à vue. L'idée était de transmettre aux enquêteurs de terrain un maximum de données pour que l'interrogatoire soit le plus efficace possible. Ce travail qui courait parfois sur plusieurs semaines n'était pas toujours vu d'un bon œil. Dans les forces de police, comme partout ailleurs, un ego mal placé enrayait vite la machine et réduisait les effets bénéfiques d'une telle collaboration. Gab Zeller avait donc appris avec le temps à mesurer son tempérament.

Il arrivait cependant qu'il reprenne tout de zéro, sans pour autant remettre en question le travail déjà effectué. C'était le cas pour Océane Doucet. Elle avait disparu alors qu'elle n'avait que douze ans. Elle en avait vingt aujourd'hui. Il était nécessaire de savoir ce qu'il s'était passé durant ce laps de temps. Océane avait-elle été séquestrée et maltraitée toutes ces années ? Sa disparition avait-elle été volontaire ou forcée ?

Les premiers examens, pratiqués une semaine plus tôt, avaient démontré qu'Océane Doucet souffrait entre autres d'un traumatisme crânien sévère, sans doute dû au glissement de terrain sur un dénivelé d'une trentaine de mètres. Les médecins craignaient des séquelles lourdes dans le cas où Océane finirait par se réveiller. Mais le major de la DiANE préférait, lui, se focaliser sur l'état de santé général d'Océane Doucet avant sa chute.

Le docteur Yann Laffourcade ouvrit le dossier médical et chaussa ses lunettes. Il compulsa rapidement les différents comptes rendus avant de s'installer plus confortablement dans son fauteuil. Il avait le teint cireux de ces personnes qui passent leurs journées à travailler à la lumière des néons plutôt qu'au grand air.

— Je ne vous cacherai pas que les chances de cette jeune femme sont très faibles, dit-il pour commencer. C'est déjà un miracle qu'elle ait survécu.

Zeller s'abstint de tout commentaire. Il était déjà au courant.

— En dehors de son traumatisme crânien, on a pu constater deux fractures ouvertes. Le tibia et le radius. Des lacérations allant de la simple entaille à la profonde déchirure, sans parler de la septicémie. Dieu merci, elle a pu être traitée à temps. J'ignore combien de jours Océane est restée sous ce tas de boue, mais quelques heures de plus et elle y passait sûrement.

— Je sais tout ça, l'arrêta Zeller, qui estimait avoir perdu suffisamment de temps.

Le docteur Laffourcade hocha brièvement la tête. Il connaissait les raisons de la présence de l'officier.

— Malheureusement, dit-il, j'ai peur que ce nouvel examen ne vous en apprenne pas beaucoup sur son passé.

Il fit basculer son siège en avant et lut la première page du dossier. Océane était de corpulence normale. On estimait son poids à cinquante-cinq kilos pour un mètre soixante-quatre. Peu de graisse, des muscles normalement développés. Ses poignets et ses chevilles ne portaient aucun stigmate laissant penser qu'elle avait récemment été ligotée. Quatre de ses ongles étaient restés intacts malgré la chute. Ils étaient recouverts d'un vernis transparent à son arrivée. Les analyses n'avaient relevé aucune drogue dans son sang ni aucune carence causée par une malnutrition.

Sa denture était correcte. Les dents de sagesse n'avaient pas été arrachées, ce qui entraînait la superposition de plusieurs incisives. Rien de bien méchant. En revanche, Océane avait été traitée pour deux caries. Sa mère avait affirmé que sa fille n'avait aucun plombage avant sa disparition. Un avis avait déjà été lancé à tous les dentistes de la région, sans résultat jusqu'à présent.

Sur le reste du corps, pas de cicatrice apparente, même pas celle d'une appendicectomie. Océane n'avait jamais subi la moindre intervention chirurgicale.

La jeune femme n'était plus vierge mais il était impossible de dire si elle avait subi récemment des rapports forcés.

Le docteur reposa la feuille pour s'adresser directement à Zeller.

— De ce que nous avons constaté, rien ne prouve qu'Océane Doucet ait été maltraitée. Concernant les rapports sexuels, je ne peux pas me prononcer. Océane a vingt ans. Si elle a eu une vie normale, rien d'étonnant qu'elle ne soit plus vierge. Le vernis sur ses ongles suggère d'ailleurs qu'elle prenait un tant soit peu soin de son apparence.

Zeller se retint de lui répondre que son kidnappeur aurait très bien pu s'en charger pour elle.

— J'ignore si ces informations vous seront d'une quelconque utilité, conclut Laffourcade.

Gab Zeller en avait appris plus que le médecin ne semblait le penser et il était déjà en train de réfléchir à la marche qu'il allait suivre.

Personne n'avait encore déclaré la disparition d'Océane Doucet, en dehors de sa mère, huit ans plus tôt. En imaginant qu'Océane avait pris la décision de fuguer le 21 juin, elle n'aurait jamais réussi à vivre en totale autonomie alors qu'elle n'avait que douze ans. Il avait bien fallu qu'elle trouve un refuge, qu'elle se crée une nouvelle famille, or personne ne s'était manifesté.

Si, à l'inverse, Océane Doucet avait été enlevée, alors deux possibilités pouvaient être envisagées. La première était que l'adolescente avait été séquestrée dès le premier jour pour ne jamais être libérée. C'était en tentant de s'évader qu'elle avait fait cette chute dramatique. Cette théorie paraissait peu probable au vu des examens réalisés. La jeune femme semblait en trop bonne santé pour avoir été enfermée durant une si longue période.

La deuxième impliquait un changement radical d'identité. La photo d'Océane avait été placardée un peu partout dans la région dès le lendemain de sa disparition. Le kidnappeur ne pouvait pas prendre le risque de s'afficher avec elle sans avoir opéré au préalable certains changements. Cela passait généralement par une nouvelle coiffure. Une teinture des cheveux, une coupe totalement différente. Il n'était pas rare qu'une fille soit transformée un temps en garçon ou inversement. Ne restait plus qu'un nom à changer. De nombreuses enquêtes d'enlèvement d'enfant avaient révélé un schéma récurrent. Le kidnappeur persuadait sa jeune victime qu'il l'avait enlevée pour son bien. Que ses parents lui feraient du mal s'ils la retrouvaient. Qu'il fallait se faire discret et ne plus jamais faire confiance à personne. Alors il devenait très simple de faire endosser à l'enfant un nouveau nom. Une nouvelle histoire qu'il finissait par admettre comme la sienne.

Gab Zeller était convaincu d'être face à ce cas de figure. Il devait donc découvrir la nouvelle identité d'Océane Doucet depuis sa disparition, celle qui lui avait permis de rester cachée à la vue de tous.

Le seul élément constaté qui pouvait l'aider était un tatouage à l'intérieur du poignet droit de la jeune femme. Un entrelacs d'environ trois centimètres carrés. De fines courbes noires qui s'enchevêtraient en une sorte d'arabesque. Zeller n'imaginait pas retrouver l'auteur de ce tatouage, il espérait néanmoins que ce détail aurait son utilité.

La présence d'Océane à une cinquantaine de kilomètres de Nîmes ne signifiait pas qu'elle était restée tout ce temps dans la région. Gab Zeller avait donc lancé un appel à témoins sur tout le territoire français. Aux forces de l'ordre, il avait fait parvenir une photo de son visage prise sur son lit d'hôpital, accompagnée d'une autre, à l'âge de douze ans, pour que chacun puisse établir le rapprochement.

Pour les réseaux sociaux, à l'intention du grand public, Gab Zeller avait demandé à un dessinateur de réaliser un portrait de la jeune femme. Le plus gros du travail avait été d'imaginer à quoi ressemblait son regard aujourd'hui, en s'inspirant d'un cliché fourni par Samia Doucet sur lequel sa fille souriait à pleines dents et fixait l'objectif. Le résultat final était assez troublant.

Zeller avait fait rajouter sur l'appel à témoins une reproduction du tatouage, qui pouvait à lui seul faire la différence. Il n'était pas toujours évident d'identifier une personne à partir d'un simple dessin, mais cette marque distinctive balaierait un éventuel doute. Si Océane Doucet avait vécu à peu près normalement ces dernières années, alors quelqu'un allait forcément se manifester. Un enseignant, si la jeune fille avait eu droit à un semblant de scolarité, un commerçant ou même un ami. L'annonce publique n'avait été faite que la veille. Gab Zeller restait confiant.

— Je vous dois tout de même un *mea culpa*, major, dit tout à coup le docteur Laffourcade, sortant instantanément Zeller de ses pensées. Mes internes ont été un peu vite en besogne dans leurs premières conclusions, mais j'en assume l'entière responsabilité. Ils ont paré au plus pressé pour stabiliser Océane Doucet.

— Et personne ne leur en fera le reproche, rétorqua Gab Zeller, impatient de connaître la raison de cette confession.

— Ils ont cru qu'une branche lui avait transpercé le pancréas, mais j'ai étudié à nouveau toutes les images prises à son arrivée et suis allé moi-même vérifier un point qui me perturbait. Les hématomes ont commencé à se résorber, il m'a donc été plus facile d'analyser correctement cette plaie en particulier. La blessure ne peut pas être en lien avec la chute. La perforation est bien trop nette, trop propre, si vous me permettez l'expression. Pour moi, il ne fait aucun doute qu'Océane a été blessée avec une arme blanche juste en dessous du sternum.

— Vous êtes en train de m'expliquer que ce n'était pas un accident ?

— Ce n'est pas à moi de tirer ce genre de conclusions. Les autres blessures ne laissent aucun doute. Océane a bien fait une chute qui lui vaut d'être dans cet état. Pourquoi est-elle tombée ? Ce sera à vous de répondre à cette question. Océane a pu recevoir ce coup plusieurs heures avant de se retrouver emportée par cet éboulement.

Zeller tentait d'analyser toutes les implications d'une telle révélation. Tant de questions s'imposaient qu'il ne savait pas par où commencer. Il y en avait tout de même une à laquelle le médecin serait sûrement en mesure de répondre.

— Avez-vous une idée du type d'arme utilisée ?

— Je ne suis pas un spécialiste, mais je peux vous assurer qu'il ne s'agit pas d'un couteau. Plutôt une pointe.

— Un pic à glace par exemple ?

— C'est tout à fait possible.

10

8 octobre – 13 heures
Nîmes – Appartement de Samia Doucet

Pauline Marchand était en cuisine depuis plus de deux heures tout en sachant pertinemment que cela ne servirait à rien. Samia était incapable d'apprécier un vrai repas. Elle avalait de temps à autre un bout de fromage ou n'importe quelle autre denrée qui lui tombait sous la main. Elle avait perdu trois kilos en l'espace d'une unique semaine, alors qu'elle n'était déjà qu'un petit gabarit tout en nerfs. L'angoisse des huit dernières années l'avait affûtée comme une lame.

Pauline avait tenté à maintes reprises de la faire parler. Samia s'était emmurée. Impossible de savoir ce qu'elle ressentait. Elle était dévastée, cela ne faisait aucun doute, mais d'autres sentiments semblaient l'animer. De l'aigreur, à moins que ce ne soit de la colère. C'était compréhensible. Elle avait à peine eu le temps de se réjouir d'avoir retrouvé sa fille qu'elle vivait déjà dans la crainte de ne jamais la voir se réveiller. Elle passait sa vie à l'hôpital à la regarder, impuissante.

Pauline aurait juste voulu que Samia partage avec elle sa douleur. Qu'elles vivent à deux ces moments difficiles.

Une fois encore, Pauline se sentait exclue et en ressentait une certaine rancœur. Depuis deux ans qu'elles vivaient ensemble, Pauline avait été la seule à tout mettre en œuvre pour que cette relation perdure. Elle avait fait preuve de patience, s'était montrée conciliante. Elle ne voulait pas être mise de côté maintenant qu'Océane était revenue dans leur paysage.

Samia était une femme forte, Pauline le savait. Bien sûr, l'idée même de perdre un enfant devait être inconcevable pour une mère mais Samia n'était pas seule. Elle pouvait compter sur Pauline pour l'aider à traverser les heures sombres qui l'attendaient.

Samia lui avait raconté au fil du temps toutes les épreuves qu'elle avait dû affronter. Cette femme était un exemple de résilience.

Son père était mort d'un cancer alors qu'elle était enfant. Les souvenirs qu'elle avait de lui étaient plutôt confus. Elle disait n'en avoir pas trop souffert. Elle avait eu nettement plus de mal à se remettre de la mort de son petit frère. Elle n'était qu'une adolescente quand Noham avait perdu la vie dans un tragique accident de bus scolaire. Le garçon de dix ans avait son portrait accroché sur un des murs du salon. C'était le seul qui avait eu droit à une place au milieu des dizaines de photos d'Océane. Samia parlait très souvent de lui.

Quand Samia avait rencontré Xavier, elle avait pensé que tous ses malheurs étaient derrière elle, qu'elle avait enfin droit à sa part de bonheur. Deux ans après leur union, Xavier et Samia avaient décidé d'avoir un enfant. Cela s'était soldé par une fausse couche. Samia avait hésité longuement avant de devenir mère de nouveau.

L'arrivée d'Océane aurait donc dû être une bénédiction. Elle fut en réalité une source d'inquiétude permanente. Née prématurée, Océane avait des bronches fragiles. Malgré les recommandations du pédiatre et les reproches de Xavier, Samia avait tenu à ce que la petite dorme à un mètre d'elle, non pas les premiers mois, mais durant les trois premières années. Samia avait passé une bonne partie de ses nuits à surveiller sa fille, à poser une main sur son petit torse pour ressentir chacune de ses respirations. Le couple de Samia en avait souffert même si jamais elle ne l'avait admis.

Les années suivantes ne furent pas plus aisées. La santé d'Océane resta un sujet. La petite avait intégré sa propre chambre mais Samia y passait le plus clair de ses jours et de ses nuits. Elle restait au chevet de sa fille à la soigner. Les médecins n'avaient pas réussi à établir un diagnostic clair. Océane souffrait d'un problème intestinal qui la handicapait au quotidien. Les douleurs étaient parfois si intenses qu'elle se recroquevillait, incapable de marcher. Il était rare qu'elle parvienne à faire un repas sans le vomir dans la foulée. En dernier recours, le pédiatre avait suggéré aux parents de consulter un psychiatre. Les analyses et les images médicales ne décelant rien, il craignait qu'Océane ne somatise ses symptômes. Samia s'était révoltée face à de telles conclusions et avait décidé de s'occuper seule de sa fille. Elle avait donc veillé sur elle comme l'aurait fait une infirmière à domicile. Elle s'était renseignée sur tous les traitements possibles, de la médecine conventionnelle aux méthodes alternatives. Samia s'était dévouée corps et âme pour soulager, un tant soit peu, le quotidien de sa fille. Un peu lâchement, Xavier l'avait laissée faire, persuadé qu'une mère savait mieux que quiconque ce qui était bon pour son enfant.

La photo que Samia avait confiée aux forces de l'ordre au début de l'enquête, et qu'elle avait postée sur tous les réseaux sociaux, était une des rares où Océane souriait franchement. Tous les autres portraits qui s'accumulaient dans l'appartement montraient la petite fille fragile qu'elle avait été.

Pauline rejoignit Samia au salon. Elle était assise dans le canapé, son ordinateur portable sur les genoux. Pauline arriva par-derrière et lui caressa tendrement la joue. Samia ne sembla même pas s'en apercevoir. À bout de patience, Pauline se pencha et abaissa l'écran d'un geste sec.

— Qu'est-ce qui te prend ? réagit Samia en se retournant brutalement.

— Viens manger, s'il te plaît. Je nous ai préparé des lasagnes de légumes. À la sauce blanche, comme tu les aimes.

Samia regarda Pauline comme si elle avait perdu la tête.

— Mange sans moi, je n'ai pas faim. Et j'ai plus urgent à faire.

Pauline se contenta de souffler ostensiblement.

— Océane a besoin de sentir qu'on la soutient, se justifia Samia. De savoir que personne ici ne l'a oubliée. J'ai l'intention d'organiser une grande cérémonie. Ma petite fille a été retrouvée à moins d'une heure d'ici ! ajouta-t-elle de peur peut-être que ce ne soit pas suffisant. À moins d'une heure, tu m'entends ? J'aurais pu la croiser à tout moment.

— Et alors, qu'est-ce que ça change ?

— Qu'est-ce que ça change ?! Océane a vécu toutes ces années dans la région…

— Tu n'en sais rien, la coupa Pauline dans l'espoir de la raisonner. Ta fille a été retrouvée près d'ici, c'est vrai, mais rien ne prouve qu'elle ait vécu dans le coin.

— Après tous les avis de recherche que j'ai lancés, continua Samia, indifférente au propos de Pauline, toutes les annonces que j'ai placardées, comment ça se fait que personne ne l'ait jamais vue ? Ça me paraît dingue ! Je vais recontacter le journaliste qui m'avait interviewée.

— Dans quel but ?

— Je vais lui demander de diffuser le portrait qu'a fait ce dessinateur pour l'appel à témoins. Les réseaux sociaux, ce n'est pas suffisant. Il me faut un plus gros média. Avec son aide, je découvrirai peut-être ce qui est arrivé à ma petite fille.

— C'est le boulot des gendarmes, Samia.

— En huit ans ils ne m'ont pas apporté la plus petite réponse ! Je n'ai pas tout ce temps. Je veux savoir ce qu'on a fait à mon bébé, tu peux comprendre ça, non ?!

Pauline se retint de répondre. Elle savait d'expérience que c'était peine perdue de discuter avec Samia quand elle était dans cet état. Elle hocha tristement la tête, retourna à la cuisine, jeta les lasagnes dans la poubelle, et le plat dans la foulée.

11

8 octobre – 13 heures
Institut médico-légal du CHU de Nîmes

— Nos deux affaires seraient liées ? Vous en êtes sûr ?

Domitille Fourest avait tenté de contenir les aigus dans sa voix alors qu'elle faisait face au major Zeller dans les couloirs de l'institut médico-légal. Les deux officiers s'étaient organisés pour se croiser alors que Domitille devait assister à l'autopsie de Vincent Hachemin.

— J'ai dit que c'était une possibilité, tempéra Gab Zeller. Océane Doucet a été blessée à l'abdomen avant d'être emportée par le glissement de terrain. Une pointe qui s'apparenterait à celle d'un pic à glace lui a transpercé le pancréas.

— Même type de blessure que pour Karine Alban, réfléchit Domitille à haute voix.

— C'est ce que j'ai cru comprendre.

Domitille semblait évaluer les implications d'une telle découverte. En réalité, elle calculait surtout les probabilités d'être épaulée par la DiANE dans son enquête. Ses supérieurs avaient déjà commencé à lui mettre la pression, attendant de sa part des résultats rapides sans quoi elle serait dessaisie du dossier au profit de ses collègues de la section de recherches.

— Avant que vous n'alliez plus loin, dit soudain Zeller, sachez que ce n'est pas de mon ressort.

— De quoi parlez-vous ?

— Désolé, capitaine, mais on lit en vous comme dans un livre ouvert et j'aurais eu le même cheminement. Simplement, je ne suis pas seul à décider. Je dois en référer à mon juge d'instruction qui devra se rapprocher du vôtre pour saisir la DiANE de manière officielle. Procédure, procédure…

Domitille piqua un fard, vexée. Si elle ne s'estimait pas forcément la plus forte à ce jeu-là, on ne l'avait jamais démasquée si facilement.

— Et ça prend combien de temps ? enchaîna-t-elle comme si de rien n'était.

— Tout peut être réglé dans la journée. À moi de trouver les bons arguments. De votre côté, avez-vous obtenu les renforts que vous souhaitiez ?

— J'imagine qu'on peut dire ça. Mon supérieur m'a octroyé un APJ[1] d'à peine vingt-deux ans. Un gendarme avec un seul galon pour ce genre d'enquête, vous y croyez ?! J'ai échangé deux mots avec lui et quelque chose me dit que je n'ai pas eu droit au crayon le mieux taillé de la trousse. À croire que le procureur l'a lui-même trié sur le volet.

Gab Zeller fronça les sourcils pour l'inviter à s'expliquer.

— Disons que ce n'est pas l'amour fou entre le proc et moi.

— Une romance qui aurait mal tourné ?

— Plutôt me brûler les yeux, à l'acide ! Ce mec est un gros connard, imbu de sa personne et misogyne de surcroît.

1. APJ : agent de police judiciaire.

— Je vois. Rassurez-moi, vous ne lui avez jamais dit le fond de votre pensée ?

— Je vous offre un café ? dit-elle pour changer de sujet.

Vingt minutes plus tard, Domitille Fourest était au plus près de la table d'autopsie, Zeller à son côté. Le major de la DiANE avait décidé de prendre les devants de son affectation officielle.

L'analyse externe du corps dura plus d'une heure. En dehors de l'ablation des organes génitaux, que le docteur Castanet avait qualifiée en *off* de boucherie, Vincent Hachemin portait de nombreux stigmates. Les taches rose et noir remarquées par Domitille avant la levée du corps s'avéraient être des brûlures. Le légiste en avait compté seize. Leur diamètre d'environ deux centimètres ainsi que le résidu de cendres autour du cercle suggéraient que les lésions avaient été faites à l'aide d'un cigare. Les techniciens de l'identification judiciaire avaient trouvé une boîte entamée de Romeo y Julieta dans le salon de la victime. Il leur serait aisé de faire une comparaison.

Il avait fallu retourner le corps pour constater que le ou les meurtriers ne s'étaient pas contentés de couper l'appareil génital de Vincent Hachemin. L'homme avait aussi été violé. La fissure anale était telle qu'il ne faisait aucun doute que Vincent Hachemin avait été pénétré de force, *a priori* avec un objet en bois qui avait laissé des échardes dans la plaie.

— Qui a vécu par l'épée périra par l'épée, commenta Gab Zeller, à la surprise de tous.

Domitille l'interrogea du regard.

— À quoi avez-vous pensé quand vous avez vu le sexe de cet homme dans sa bouche ? rétorqua Zeller.

— À une vengeance, répondit-elle après un temps de réflexion. Que j'étais face à un violeur qu'on a voulu punir.

— Ce genre de mutilation fait toujours écho à des sévices sexuels. Je vérifierai tout de même dans l'AnaCrim[1], peut-être qu'il existe des exceptions. C'est en tout cas la première chose qui m'est aussi venue à l'esprit. Et si nous avons tous les deux raison, alors le ou les auteurs de ce crime ont tenu à faire subir à Hachemin ce que lui-même a fait endurer.

— Notre tueur aurait été violé par Hachemin, conclut Domitille.

— On peut envisager cette hypothèse. Ou alors, c'est une tierce personne qu'on a voulu venger. C'est trop tôt pour le dire.

Domitille avait pris avec elle le rapport d'autopsie de Karine Alban qu'elle compulsa une fois de plus.

— En dehors du sac plastique sur la tête, je ne vois aucun point commun. Les deux modes opératoires sont totalement différents. Trente coups infligés par une pointe pour Karine Alban, seize brûlures pour Vincent Hachemin. Aucune trace de violence sexuelle sur notre première victime alors qu'on s'est acharné sur lui. Si Hachemin était un violeur, quel rapport avec Karine Alban ? Cette femme vivait recluse avec ses chats. Peut-être que ces deux meurtres n'ont rien à voir, tout compte fait.

— Vous oubliez l'asphyxie, dit le légiste alors qu'il continuait à s'affairer.

— À cause du sac, précisa Domitille. Ils sont tous les deux morts étouffés, mais de là à affirmer qu'ils ont été tués par la même personne…

Domitille s'était tournée vers Gab Zeller pour obtenir son point de vue. Le major de la DiANE semblait hésitant. Elle le vit sortir de la poche de son coupe-vent une

1. AnaCrim ou Analyse criminelle : logiciel permettant de recouper les données criminelles.

sorte de balle en mousse qu'il se mit à pétrir avec trois doigts. Domitille avait envie de le bousculer, de l'entendre s'exprimer. Elle baissa la tête pour capter son regard alors que lui-même fixait le sol.

— D'un côté une pudeur excessive et mal placée, finit-il par dire les yeux toujours rivés sur le lino gris de la salle d'autopsie, de l'autre une violence sexuelle exhibée. Une robe de chambre refermée *versus* un corps nu et mutilé. Pour les deux, en revanche, une séance de torture avant de finir asphyxiés. Outre le fait que je ne suis pas un adepte des coïncidences, ces deux homicides ne sont peut-être pas aussi éloignés qu'on pourrait le penser. Les points qui les opposent pourraient même les relier.

Domitille n'était pas sûre de tout saisir de ce raisonnement, elle comprenait néanmoins que ses propres conclusions avaient été trop hâtives. D'autant que la sensation qu'elle avait éprouvée en découvrant chacune des scènes de crime rejoignait à quelque chose près les propos du major. Elle avait essayé de ne pas se laisser influencer par son instinct. On lui avait rabâché à maintes reprises que seuls les faits comptaient. Le major Gab Zeller avait manifestement une autre approche. Il ne cherchait pas forcément à interpréter chacun d'eux mais plutôt à les prendre dans leur ensemble.

L'examen interne ne leur apporta aucun élément supplémentaire. Le contenu gastrique allait être analysé, même s'il serait difficile d'estimer avec certitude la date de la mort. La conservation au froid de Vincent Hachemin risquait de compliquer l'interprétation des données. Selon le légiste, le corps, retrouvé à température ambiante, avait eu le temps d'être entièrement congelé avant que ne survienne la panne d'électricité. Le témoignage de la femme de ménage les avait aidés à réduire au maximum la fenêtre de tir. En prenant en compte sa dernière intervention dans la maison et la coupure de courant, Vincent Hachemin était mort dans un laps de temps inférieur ou égal à quinze jours.

Les deux officiers espéraient le réduire encore, car il leur serait quasiment impossible de vérifier les faits et gestes des éventuels suspects sur une période aussi longue.

Domitille avait chargé Malo Prigent d'enquêter sur la vie de leur victime. Le lieutenant avait déjà pu récolter quelques informations. L'homme de cinquante-sept ans était lyonnais. Commercial pour une entreprise spécialisée dans le recrutement de personnel, il passait plus de temps sur les routes que dans les locaux de sa société. Divorcé, deux enfants. Ces derniers, tout comme son ex-femme, n'avaient pas cherché à le contacter récemment. Malo allait devoir élargir le cercle de connaissances. En quinze jours, Vincent Hachemin avait forcément échangé avec quelqu'un. Un ami, un client ou un confrère. La date de sa mort se préciserait par ce biais.

Domitille espérait surtout que Malo établirait rapidement un lien entre Vincent Hachemin et Karine Alban.

12

9 octobre – 9 heures
Départementale 907 du Gard

Domitille conduisait sur la départementale tandis que Gab Zeller observait le paysage. Il ne connaissait pas la région et tout ce qu'il parvenait à distinguer était une alternance de végétation et de rocaille. La pluie était encore plus intense que la veille, si bien que l'horizon n'avait toujours rien à lui offrir. En quittant Nîmes, Zeller s'était focalisé sur les chênes verts qui émergeaient de la garrigue. Maintenant qu'ils se rapprochaient de leur destination, les plaines méditerranéennes laissaient place à la couverture forestière plus variée des Cévennes. Une éclaircie était prétendument prévue pour la fin de journée. Le major, pourtant habitué à la grisaille, se surprenait à l'espérer comme tous les Gardois.

Gab Zeller avait eu la confirmation, la veille au soir, du parquet de Nanterre. La DiANE devait désormais épauler la brigade de recherches dans son enquête. Zeller avait réussi à convaincre les magistrats que les meurtres s'inscrivaient certainement dans une logique sérielle et, s'ils ne rattachaient pas encore la disparition d'Océane Doucet à cette affaire, ils estimaient que les compétences du major seraient surtout un atout pour la brigade de recherches. Le procureur de Nîmes, avec qui il avait échangé rapidement, lui avait reproché à demi-mot ce qu'il considérait comme une ingérence. Sans parler de franche animosité, Zeller devinait que Domitille ne serait plus la seule à être dans le collimateur de Dusier. Le major s'en était amusé. Il était habitué à ne pas faire l'unanimité. La DiANE attirait souvent les projecteurs et il devenait alors plus difficile de gérer les affaires en toute confidentialité.

Maintenant qu'il avait été établi que l'état d'Océane Doucet ne s'expliquait pas uniquement par un glissement de terrain, Gab Zeller, toujours chargé du dossier, tenait à se rendre sur les lieux où la jeune femme avait été trouvée. Il n'avait pas eu besoin de suggérer à Domitille de l'accompagner. La capitaine s'était levée à peine avait-il émis cette idée, ses clés de voiture en main. Bien que l'affaire Océane ne soit pas officiellement la sienne, Domitille restait convaincue qu'elle devait s'y intéresser. Gab Zeller n'avait pas cherché à freiner sa nouvelle coéquipière, persuadé quant à lui que tout était lié. La ressemblance des stigmates, ajoutée à la proximité des scènes de crime et de l'espace-temps, pouvait difficilement relever d'une simple coïncidence.

— Zeller, attaqua Domitille, les yeux fixés sur la route, ça vient de l'est ?

— D'Alsace, précisément.

Domitille hocha lentement la tête en attrapant à tâtons son troisième cracker. Zeller comptait les miettes accumulées sur les cuisses de la capitaine, impressionné par un tel appétit de si bon matin.

— Vous êtes né là-bas ?

— À Colmar, où j'ai vécu jusqu'à mes dix-huit ans.

— Vous n'avez pas trop l'accent.

— Alors que vous…

— C'est vrai, vous trouvez ?

— Juste une pointe, mais comme je sens qu'on est partis pour discuter, autant que je teste vos sujets sensibles.

— Désolée, je déteste conduire dans le silence et peu de mes collègues supportent mes goûts musicaux.

— On est sur quel registre ? Death metal ?

— Plutôt opérette.

— Vous êtes sérieuse ?

— Non.

— Touché ! répondit Zeller, beau joueur.

— Plus sérieusement, comme nous allons collaborer, je veux tout savoir de vous.

— Allez-y, je n'ai rien à cacher.

Domitille aurait souhaité sonder le major d'un regard mais elle se devait surtout de rester prudente. La route devenait par endroits quasi impraticable en raison des intempéries. Un freinage trop brusque et c'était l'aquaplaning assuré.

— Pourquoi Gab ? commença-t-elle. Vous semblez tenir à ce que tout le monde vous appelle par ce diminutif. J'imagine que votre vrai prénom est Gabriel.

— C'est juste, mais plus personne ne m'appelle comme ça depuis longtemps.

— Même pas votre mère ?

— Surtout pas ma mère. C'est elle qui a décrété à mes treize ans que je ne méritais plus de m'appeler Gabriel.

Domitille ne put s'empêcher de jeter un œil interloqué sur son passager.

— J'ai refusé le sacrement de la confirmation à la dernière minute, dit-il d'un air contrit. Seul face au prêtre, dans mon aube blanche, j'ai dit non. Une petite rébellion pour l'adolescent que j'étais, un crime de lèse-majesté pour la fervente catholique qu'est ma mère. Résultat, je n'étais plus son petit ange et elle m'a déchu comme elle a pu.

Domitille ne se retint pas de pouffer.

— Moquez-vous, ce scandale m'a collé à la peau jusqu'à ce que je fasse mes classes dans l'armée.

— Sauf que vous êtes grand maintenant. Vous pourriez peut-être prendre le risque de vous opposer à maman.

— Malheureuse, on voit que vous ne la connaissez pas !

— Honnêtement, ça m'amuserait de la rencontrer.

— À moins que vous ne souhaitiez m'épouser, il y a peu de chances que cela arrive.

Domitille manqua de s'étouffer avec son cracker et freina instinctivement.

— Détendez-vous, capitaine, je vous fais marcher. De toute façon, vous êtes bien trop âgée pour moi.

— Quoi ?! On doit avoir cinq ans d'écart, pas plus.

— Sept. J'ai regardé votre dossier. Maintenant, si cet abysse ne vous effraie pas, je suis prêt à revoir mon jugement.

Domitille s'apprêtait à rétorquer et se retint *in extremis* en voyant le sourire goguenard du major.

— Vous avez raison, dit-elle alors le plus sérieusement possible, notre histoire serait vouée à l'échec. Tant pis. Je ne connaîtrai jamais maman Zeller. C'est moche mais autant me faire tout de suite à cette idée. Si vous m'expliquiez plutôt ce que vous pensez trouver sur le lieu de l'éboulement. La chaussée a été dégagée depuis longtemps.

— Ce n'est pas tant l'endroit où a été découverte Océane qui m'intéresse mais plutôt celui d'où elle est tombée.

Domitille gara la voiture de service juste à côté du seul chemin praticable. La pluie s'était enfin arrêtée mais ils mirent tout de même plus de dix minutes à pied pour gravir le sentier détrempé et accéder au sommet de la colline. Arrivés sur le tertre qui surplombait la route d'une trentaine de mètres, Domitille et Zeller constatèrent l'ampleur des dégâts. Près de la moitié de la colline s'était affaissée, transformant le relief en falaise. Seules les racines d'un arbre avaient résisté, évoquant une main géante et décharnée qui sortait de terre.

Un balisage de sécurité avait été installé. Il était impossible de s'approcher près du bord sans être emporté comme l'avait été Océane Doucet. Domitille se demandait ce que pouvait espérer Zeller en se rendant ici. S'il y avait eu des traces du passage de la jeune femme, elles avaient été depuis longtemps balayées par la pluie et le vent. D'ailleurs, il ne regardait pour ainsi dire pas le sol si ce n'était pour vérifier de temps à autre où il mettait les pieds.

— Donnez-moi une seule bonne raison qui aurait poussé Océane à s'aventurer dans le coin par ce temps, dit-il pour devancer ses questions.

— Il ne pleuvait pas forcément ce jour-là, le contra Domitille. Avec les épisodes cévenols, le temps est vite changeant. Elle a peut-être profité d'une accalmie.

— OK. Mais qu'est-ce qui pousserait une jeune femme de vingt ans à se pointer ici ? Je ne doute pas un instant que par temps clair la vue doit être belle, mais elle n'a rien d'époustouflant non plus. Sans parler du fait que le sol devait être aussi boueux qu'aujourd'hui. Donc pourquoi Océane est venue ici ? Et surtout, comment ? Certainement pas à pied, car le premier village est à sept kilomètres. Le rapport indique qu'aucun moyen de locomotion n'a été trouvé dans les environs.

Domitille commençait à comprendre le raisonnement de Zeller. L'heure était aux hypothèses. Elle se lança la première.

— Un rendez-vous amoureux qui aura mal tourné ? Le couple vient s'isoler sur cette colline, observer le lever de soleil ou que sais-je. L'ambiance dégénère, le petit copain

– ou la petite copine – poignarde Océane et la laisse pour morte ici. La pluie se charge du reste. Le terrain s'affaisse et Océane se retrouve ensevelie.

— Ça pourrait coller. Selon le médecin, la blessure a pu être infligée des heures plus tôt, même si la douleur devait être difficile à supporter. Ça signifierait que son agresseur l'a laissée agonisante sans se soucier de son sort. Ou alors il a cru l'avoir tuée. Ou encore il l'a poussée du haut de cette colline. Son corps aura été retenu par les arbres et il aura fallu l'éboulement pour qu'on la récupère.

— Ça fait beaucoup de possibilités, souffla Domitille.

— J'en conviens. En revanche, si cette supposition est la bonne, alors Océane fréquentait celui ou celle qui a tué Karine Alban.

— Pourquoi ?

— La similarité de l'arme.

— Bien sûr ! répondit Domitille, qui s'en voulait de ne pas être plus percutante.

Elle souhaitait tant apprendre des méthodes de la DiANE qu'elle en perdait ses réflexes.

— Vous pensez qu'elle est sa complice ?

— Je ne sais pas, hésita Zeller. Tout ça tient la route mais on manque d'éléments pour se lancer dans cette voie. Océane a tout aussi bien pu être forcée à venir jusqu'ici. Imaginons qu'elle ait été témoin du meurtre de Karine Alban, ou qu'elle ait simplement vu le tueur s'enfuir. Il la force à monter en voiture avec lui, lui fait grimper la colline et lui plante son arme dans le ventre. Une seule fois. Il n'a rien de personnel contre cette fille qu'il n'a jamais vue auparavant. Il le fait par nécessité.

— Ça fonctionne aussi, admit Domitille. Océane a pu aussi jouer de malchance. Elle fait de l'auto-stop et atterrit dans la voiture de notre tueur. Elle dit ou fait quelque chose qui l'énerve et il lui plante son arme par réflexe.

Après tout, rien ne nous dit que le coup a été porté sur cette colline. Il la blesse dans sa voiture et monte jusqu'ici pour se débarrasser du corps.

— Ça fait une trotte, surtout si on porte un poids mort.

— Ce n'est pas infaisable pour autant.

Zeller pesa le pour et le contre de cette dernière suggestion puis grimaça.

— J'ai du mal à croire que le tueur ait planté Océane dans la voiture, se soit garé et ait ensuite pris le temps de la hisser jusqu'ici. Si son acte a été impulsif, il l'aurait laissée sur le bord de la route.

Domitille partageait cet avis et était prête à poursuivre l'exercice quand Zeller l'arrêta d'un geste de la main. Il sortit son téléphone et répondit à un appel entrant. Un doigt enfoncé dans son oreille libre, il faisait répéter son correspondant. Domitille le vit s'éloigner, à la recherche d'un peu plus de réseau ou d'un peu moins de vent.

Quand il revint vers elle, il semblait mû par une nouvelle énergie.

— Quelqu'un vient de reconnaître le portrait d'Océane Doucet.

13

9 octobre – 10 heures
Route nationale 106 du Gard

Le lieutenant Malo Prigent ne voyait pas forcément l'arrivée de la DiANE d'un bon œil. Domitille lui avait vendu cette collaboration comme un apport de compétence, un soutien dans leur enquête. En pratique, il avait plutôt l'impression de perdre du temps. Son duo avec Domitille fonctionnait bien. Très bien même. Il avait toute sa confiance. Le major Zeller venait mettre en danger un équilibre bâti avec le temps. Malo n'en avait rien dit à sa supérieure qui y aurait décelé une pointe de jalousie. Elle aurait eu tort. Il était quelqu'un de pragmatique, voilà tout. Pourquoi vouloir changer un système qui avait fait ses preuves ? Et Zeller en faisait un peu trop à son goût.

Malo avait la sensation que ses muscles s'ankylosaient. Il n'avait pu s'entraîner que trois heures cette dernière semaine. C'était trop peu pour garder le niveau à son âge. Il allait devoir prouver que ses trente-trois ans n'affectaient pas ses performances s'il tenait à rester au sein des équipes militaires de France. Le triathlon était une des disciplines les plus exigeantes et la jeune garde une redoutable concurrence.

Coline Foucaud tapait la mesure avec ses doigts sur le tableau de bord. Malo lui avait laissé choisir la station de radio et commençait déjà à le regretter. Comment pouvait-on aimer le jazz à son âge ! De mauvaise humeur, il finit par lui jeter un regard en biais. Coline coupa aussitôt le son. Le reste du trajet se déroula dans un parfait silence et Malo se fit la réflexion qu'il était encore un peu jeune pour virer vieux con.

C'était leur deuxième déplacement à Alès en quatre jours. Il tenait absolument à en savoir plus sur Karine Alban. Si sa mort avait un rapport avec l'agression d'Océane Doucet, comme semblait le croire Zeller – et par extension Domitille –, Malo se faisait un point d'honneur à le trouver le premier.

La première fois qu'ils s'étaient rendus à l'ancienne adresse de la victime, ils avaient fait chou blanc. La maison, à la périphérie de la ville, était aujourd'hui isolée. Elle n'était plus entourée que d'un cimetière, d'un terrain vague et de lignes ferroviaires. Décision avait été prise d'effacer le passé minier de ce coin d'Alès en rasant ses bâtiments en pierre et tout autre vestige de son industrie houillère.

Les premiers voisins se trouvaient à plus de cent mètres et les deux officiers avaient rapidement compris qu'ils n'apprendraient rien sur Karine Alban. Toutes les propriétés appartenaient au même lotissement ultra-récent dont certaines maisons étaient d'ailleurs toujours en construction.

Personne n'avait vécu dans ce quartier avant sa réhabilitation. Les enquêteurs avaient tout de même appris que deux familles avaient été expropriées par les promoteurs dans l'idée de bâtir un complexe encore plus grand. Leurs maisons à présent rasées se trouvaient sur le terrain qui jouxtait l'ancienne demeure de Karine Alban.

Au bout de quarante-huit heures, Coline avait trouvé leur nom ainsi que leur nouvelle localisation. Pour ne pas se heurter à d'autres mauvaises surprises, elle avait pris rendez-vous avec chaque famille.

Dès qu'il se gara devant la première adresse, Malo devina que cette visite se solderait par une déception. Une aide-soignante les attendait sur les marches du perron.

La femme, l'air désolé, les invita à entrer. À peine firent-ils un pas dans la maison qu'elle doucha définitivement les espérances de Malo :

— Si j'avais su que Mme Zerki vous avait répondu au téléphone, je vous aurais rappelés pour vous épargner le déplacement. Cette dame a quatre-vingts ans, elle vit seule ici. Son mari est mort l'année dernière et ses enfants sont partis depuis belle lurette.

— Mais Mme Zerki m'a affirmé qu'elle connaissait Karine Alban, s'est défendue Coline.

— Oh, elle l'a sûrement connue, je ne dis pas le contraire, mais à moins que vous ne tombiez sur un bon jour, elle risque de ne rien vous dire d'intéressant.

Mme Zerki n'était malheureusement pas dans un de ses bons jours. Elle confondit Malo avec son petit-fils et lui proposa trois fois de lui faire des cookies. La pauvre femme souffrait d'Alzheimer.

Avec abnégation, Malo, suivi de Coline, remonta dans la voiture afin d'aller interroger la deuxième famille. Ces démarches, souvent infructueuses, étaient le lot quotidien de tout enquêteur. Malo n'arrivait pourtant pas à s'y faire.

Une adolescente d'une quinzaine d'années leur ouvrit la porte en les accueillant d'un « maman » qui leur vrilla les oreilles. La mère se présenta aussitôt pour les accueillir dans le salon. Cette fois, les deux lieutenants étaient attendus. Un plateau avec du café, des gâteaux secs et une carafe d'eau avait été soigneusement préparé.

Chantal Courtet semblait nerveuse à l'idée de discuter avec deux gendarmes. Malo ne s'en inquiéta pas. Il était habitué et tenta de dire quelques mots pour la mettre à l'aise. En réalité, ces mots, il les avait empruntés à sa supérieure. Domitille était toujours celle qui se chargeait des introductions.

— Encore une fois, dit-il en s'asseyant face à elle sur le canapé, je vous remercie de nous recevoir. J'imagine que vous devez avoir un emploi du temps chargé.

— Si j'en crois ma fille, je n'ai rien à faire de mes journées à part lui crier dessus, alors... Vous vouliez me parler de Karine Alban, c'est ça ?

— Tout à fait. Nous avons cru comprendre que vous aviez été voisines.

— Voisines, voisines, c'est vite dit. On n'habitait pas loin, c'est vrai, mais on ne se connaissait pas vraiment. Disons que ce n'est pas chez elle que j'allais frapper quand j'avais besoin d'un coup de main, si vous voyez ce que je veux dire.

— J'entends bien, reprit Malo, déjà inquiet quant à l'intérêt de cet entretien, mais vous pourriez tout de même nous parler un peu d'elle ?

— Vous lui voulez quoi exactement ?

Chantal Courtet n'avait pas été informée de la mort de Karine Alban. Coline avait eu pour ordre de rester vague quant au motif de leur visite. Cette information viendrait en temps et en heure. Malo préférait récolter les impressions à chaud. Les réponses pouvaient être biaisées après une telle annonce. Certainement par respect pour les personnes récemment décédées. Malo décida donc de changer d'approche.

— Savez-vous si elle travaillait avant de toucher sa pension d'invalidité ?

— Sa pension d'invalidité ? répéta la femme d'un ton légèrement moqueur. Vous me l'apprenez. Je peux vous dire qu'elle se déplaçait aussi bien que vous et moi.

— Elle souffrait peut-être d'un handicap invisible, intervint Coline, tandis que Malo nota mentalement de vérifier quel type de handicap avait été déclaré.

— Ma foi, si vous le dites, rétorqua-t-elle, toujours dubitative. En tout cas, ça ne l'empêchait pas d'avoir des petits boulots. Et en tous genres.

— Comme quoi, par exemple ?

— Elle retouchait les vêtements, elle se proposait aussi pour faire un peu de ménage ou du jardinage. Elle pouvait même faire les vaccins, elle disait qu'elle avait une formation d'infirmière. Personnellement, j'ai toujours refusé mais j'en connais plus d'un qui s'est laissé piquer. Faut dire que pour obtenir un rendez-vous, dans le coin, ça peut prendre des semaines, alors forcément... Mais mon mari, il était persuadé que ça finirait par lui retomber dessus. C'est pour ça que vous êtes là, non ?

— C'est-à-dire ?

— Ben je ne sais pas, moi. Pratique illégale de la médecine. Ou alors parce qu'elle ne déclarait rien aux impôts. Vu qu'elle demandait toujours à ce qu'on la paye en liquide...

— Karine Alban est morte, annonça Malo froidement.

Chantal Courtet ouvrit la bouche sans qu'aucun son en sorte. Le lieutenant était assez content de son petit effet, fatigué des délateurs à la petite semaine.

— Elle a été assassinée, ajouta-t-il sur le même ton. Ma collègue et moi-même essayons de savoir qui aurait pu s'en prendre à elle.

La femme prit une grande inspiration et se servit un verre d'eau d'une main tremblante.

— Écoutez, lieutenant, c'est vrai que mon mari et moi n'étions pas vraiment fans de Karine Alban, mais de là à lui vouloir du mal.

Malo jubilait. D'accusatrice perfide, Chantal Courtet se retrouvait désormais dans la peau d'un potentiel suspect. Toute sa morgue s'était envolée. Il aurait aimé la faire mariner un peu plus mais ce fut elle qui le prit de court.

— Je n'avais rien contre elle, vous savez. Pour être honnête, ça me fait même de la peine pour ses enfants.

— Ses enfants ?

14

9 octobre – 16 heures
Nîmes – Groupement de gendarmerie départementale du Gard

— Comment on a pu passer à côté ? Et comment Karine Alban a fait pour rester sous les radars toutes ces années ?

Domitille n'attendait pas une réponse immédiate à ses questions. Elle ne faisait qu'exprimer ce que tout le monde pensait.

Toute l'équipe était installée depuis plus d'une heure dans la plus grande salle de réunion de la gendarmerie. Coline et Kylian, le jeune gendarme nouvellement affecté à leur unité, avaient dû s'emparer des dernières informations à la volée.

L'appel à témoins avait fini par payer. Une gérante d'un salon de coiffure situé à Pont-Saint-Esprit avait reconnu Océane Doucet. Elle l'avait prise à l'essai deux ans plus tôt.

De son côté, Malo Prigent ne s'était pas contenté d'apprendre que Karine Alban avait des enfants. Mû par son instinct, il avait montré le portrait d'Océane à son ancienne voisine, qui l'avait identifiée sans hésiter.

Pour les deux femmes, la victime trouvée ensevelie sous la boue sur la route départementale s'appelait Romane Alban.

Jamais elles n'avaient fait le rapprochement avec Océane Doucet. L'adolescente qui était arrivée à Alès avait quatorze ans et ne ressemblait en rien au portrait-robot diffusé au moment de sa disparition. Ses cheveux étaient courts et blond platine, et ses traits s'étaient affinés. Rien à voir avec la jolie brunette au sourire innocent. Quant à la gérante du salon de coiffure, elle avait embauché une jeune femme de dix-huit ans. Cela faisait déjà bien longtemps qu'elle avait oublié cette triste histoire.

Malo avait rapporté en détail les propos de Chantal Courtet : Karine Alban était arrivée à Alès avec ses deux adolescents, Rémi et Romane. Ils avaient quitté la maison un an avant que Karine ne déménage pour Saint-Jean-du-Gard. La fille aînée des Courtet les avait fréquentés plusieurs mois avant que son père n'en décide autrement. Il n'aimait pas l'influence qu'avait Rémi sur sa fille aînée.

Concernant Romane Alban, les deux témoins n'avaient malheureusement pas eu grand-chose à dire. Elles l'avaient décrite comme une jeune fille ravissante mais très discrète, pour ne pas dire taciturne. Chantal Courtet avait tenu à préciser que les yeux de l'adolescente exprimaient plus de tristesse que ceux croqués par le dessinateur.

Le major Zeller avait donc obtenu des premiers éléments de réponse grâce à Malo et il s'était amusé de le voir s'adresser exclusivement à sa supérieure, le torse bombé.

Océane Doucet n'avait pas été séquestrée tout ce temps, elle avait même mené une vie plus ou moins normale, en tout cas durant les trois années où elle avait vécu à Alès. Karine Alban s'était occupée d'elle. À en croire Chantal Courtet, Karine traitait Océane comme si elle avait été sa fille. Personne n'aurait pu imaginer que l'adolescente avait été kidnappée à l'âge de douze ans. La coiffeuse, de son côté, n'avait jamais entendu Océane, alias Romane, se plaindre de quoi que ce soit. Rien chez elle ne l'avait alertée.

Océane Doucet avait-elle suivi Karine Alban délibérément dans la soirée du 21 juin ? Il était encore trop tôt pour le dire. Ce qui était sûr, en revanche, c'est qu'elle avait eu droit à un semblant de famille. Les deux témoins s'étaient accordés à dire qu'Océane, ou plutôt Romane, était très proche de son frère, Rémi. Âgé de deux ou trois ans de plus, il était très protecteur avec sa petite sœur.

La relation des adolescents avec leur pseudo-mère était apparemment plus compliquée. Chantal Courtet se souvenait d'avoir assisté à une forte dispute en pleine rue. Elle ne s'était pas inquiétée outre mesure, ayant elle-même beaucoup de mal à l'époque avec sa fille aînée qui avait le même âge.

De nouvelles questions émergeaient dans l'esprit des enquêteurs.

Qui était ce Rémi ? Peu probable qu'il soit le fils légitime de Karine Alban. Il y avait même fort à craindre qu'il ait été enlevé lui aussi. Sans éléments ADN ou même une photo, il serait difficile de lancer des recherches. Mandy, la fille aînée des Courtet, que Malo avait contactée dans la foulée, n'avait pas pu les aider. Non, elle n'avait aucune photo de Rémi. Il ne supportait pas les objectifs, avait-elle précisé. Il pouvait d'ailleurs se mettre en colère quand on essayait de faire un selfie avec lui. Elle avait accepté de venir à la gendarmerie de Nîmes le lendemain, pour aider le dessinateur à reproduire son portrait.

Depuis quand Océane vivait-elle dans ce semblant de foyer ? Karine Alban avait-elle été la première personne à la recueillir ? Et pourquoi avait-elle porté son dévolu sur cette adolescente ? Océane avait déjà douze ans. Ce n'était pas un nourrisson. Océane avait une mère et un père. Elle avait dû passer des mois, voire des années, à les réclamer.

Ces questions noircissaient déjà le tableau blanc.

Après avoir pris connaissance de la nouvelle identité d'Océane, Zeller s'était tout de suite rendu chez Samia Doucet, accompagné de Domitille. Sans faire de révélations, il avait montré à la mère une photo de Karine Alban prise sur la table d'autopsie. Les yeux fermés et le teint cireux, il était difficile de se faire une idée de la femme de son vivant. Il avait également posé sur la table basse un agrandissement de sa photo de carte d'identité. Le cliché devait dater d'une trentaine d'années. Karine Alban n'avait *a priori* jamais renouvelé ses papiers. Samia avait scruté les deux clichés de longues minutes avant de tourner la tête de gauche à droite. Ce visage ne lui avait rien évoqué.

Coline avait compilé les éléments du dossier et les avait étalés pour mettre chacun d'eux en évidence. En fonction des questions soulevées, elle piochait une feuille ou une photo et la faisait passer de main en main à l'assemblée. Ce fut elle qui décoda en premier le tatouage d'Océane.

— J'ai cru au départ que ça représentait un cœur déchiré un peu stylisé, dit-elle en tenant la reproduction du dessin à l'horizontale. Vous voyez, là, les deux courbes arrondies ? Je me demande si ces entrelacs ne représentent pas plutôt deux initiales. Deux R calligraphiés en vis-à-vis, comme s'ils se reflétaient dans un miroir.

— Rémi et Romane, ajouta Zeller, validant d'une certaine manière cette hypothèse.

— Quoi, elle aurait eu le béguin pour son frère ? réagit Malo.

— Océane a été déracinée à l'âge de douze ans. C'est tard. Si, pour une raison ou pour une autre, elle a su qu'elle ne retournerait jamais auprès des siens, elle a dû vouloir se recréer des liens.

— OK, mais avec son frère ? insista Malo.

— Ce n'était pas forcément des liens amoureux, intervint Domitille, peut-être plutôt une relation fusionnelle. De plus, Rémi n'était pas son frère. Elle le savait parfaitement. Océane était déjà une préado. Tu nous as dit que le garçon se comportait en protecteur. S'il était son seul repère, en dehors de Karine Alban, ça n'a rien de si choquant.

Malo reconsidéra les choses sous cet angle et admit d'un geste qu'il était prêt à partager cette idée.

— Donc, si on résume, reprit Zeller, Malo, arrête-moi si je me trompe, Karine Alban a vécu avec les deux gamins à Alès pendant quatre ans.

— Trois. Ils sont partis un an avant qu'elle déménage, rectifia Malo, nullement choqué par le tutoiement.

— OK. Donc si je calcule rapidement, Karine s'est installée à Alès deux ans après la disparition d'Océane. Où habitait-elle avant, on en a une idée ?

— Je n'ai rien trouvé, répondit Coline.

— Si on suppose que Karine Alban a enlevé Océane, il a bien fallu qu'elle la cache.

— Peut-être qu'elle a quitté la région le temps que l'affaire se tasse, proposa Malo. Au bout de deux ans, Océane n'était déjà plus recherchée activement.

— Sans compter le fait qu'on lui avait coupé et teint les cheveux, précisa Coline.

— Donc Karine a fait en sorte de se faire oublier les deux premières années, entérina Zeller. Reste à savoir si Rémi était déjà dans les parages. Domitille, tu en penses quoi ?

— Rémi a au moins deux ans de plus qu'Océane, ce qui signifie qu'il avait quatorze ou quinze ans au moment où la petite a été enlevée. Je pense qu'il devait déjà être sous la coupe de Karine Alban depuis longtemps. Un garçon en pleine adolescence est plus difficile à apprivoiser.

— Sauf si c'était un gamin fragile, osa Kylian, espérant s'affirmer dans l'équipe. Karine Alban avait peut-être une emprise dans le genre gourou.

— Et elle serait morte seule, entourée de ses six chats ? releva Zeller. J'ai du mal à y croire. Je pense comme toi, dit-il à l'adresse de Domitille. Ce gamin faisait déjà partie du tableau. Il a dû prendre Océane sous son aile et la protéger. Mais de quoi ? Karine Alban était-elle violente ?

— Aucune idée, répondit Malo à qui la question était adressée. La fille aînée des Courtet pourra certainement nous en dire plus. Elle avait coupé les ponts avec les deux adolescents mais, si elle les a vraiment fréquentés, elle pourra sûrement nous donner quelques infos.

— Très bien. On dressera une liste de questions pour demain. De mon côté, je vais envoyer ce qu'on a à mon équipe. J'aimerais que le DSC y jette un œil.

— Le DSC ? s'enquit Coline.

— Le département des sciences du comportement. Un des services de la DiANE. J'aimerais qu'il nous aide à dresser un début de profil. Je n'arrive pas à saisir cette Karine Alban.

— Reste tout de même un point qu'on n'a pas évoqué, dit soudain Domitille alors que tout le monde se levait.

— Plus d'un selon moi, mais on t'écoute.

— Que vient faire Vincent Hachemin dans tout ça ?

15

10 octobre – 10 heures
Nîmes – Appartement de Samia Doucet

Pauline Marchand n'aimait pas du tout la tournure que prenaient les événements. Samia l'écartait chaque jour un peu plus de sa vie. Il était logique qu'elle passe des heures à l'hôpital mais son attitude était de plus en plus distante de retour à la maison.

Pauline était en cuisine lorsque les deux officiers de la gendarmerie avaient débarqué la veille. Samia l'avait présentée d'une manière lapidaire. « Pauline, une amie », s'était-elle contentée de dire. Leur relation n'était plus vraiment un secret dans le quartier. Pourquoi Samia n'avait-elle pas été plus claire ?

Pauline avait hésité à s'asseoir avec eux dans le salon. Elle était restée debout à trois mètres, attendant que Samia l'invite à les rejoindre, ce qu'elle n'avait pas fait. Elle avait apprécié que le major s'adresse à elle une fois que Samia avait affirmé ne pas reconnaître la femme sur les photos. Elle avait à son tour observé les clichés. Elle aurait aimé dire quelque chose. Devenir un témoin important dans cette enquête. Samia se serait peut-être alors intéressée un peu plus à elle. Elle s'était sentie obligée de s'excuser de ne pas pouvoir aider et s'était tapie de nouveau dans un coin de la pièce. Elle était persuadée, encore ce matin, que Samia lui avait jeté un regard mauvais.

Pauline avait tenté de la faire parler après le départ des enquêteurs. Samia n'avait pas ouvert la bouche et avait préféré ouvrir son ordinateur. Depuis qu'Océane avait été retrouvée, les témoignages de sympathie inondaient sa messagerie. Samia, qui n'était pourtant pas croyante, avait demandé à ses followers de prier avec elle pour le rétablissement de sa fille. Des personnes qui n'avaient pas suivi l'affaire et qui découvraient sûrement pour la première fois le visage d'Océane avaient rejoint la communauté. Pauline trouvait cela malsain, et l'avait dit à Samia qui s'en était offusquée. « Tu ne comprends rien ! » s'était-elle agacée. Ce que comprenait Pauline, c'est que Samia avait besoin de ces démonstrations d'attention, si morbides soient-elles. Elle absorbait l'empathie de tous ces inconnus. L'amour que Pauline lui portait n'était pas suffisant.

Le coup de grâce était arrivé au petit déjeuner. Samia lui avait dit sans même poser les yeux sur elle que son ex-mari allait venir quelques jours à Nîmes. Il n'allait pas passer sa vie à faire des allers-retours, avait-elle expliqué en se servant un café. Pauline n'avait pas réagi jusqu'à ce qu'elle comprenne que Samia avait proposé à Xavier de s'installer ici. Chez elles. Une dispute s'en était suivie. Samia n'avait pas cherché à prendre des pincettes. Elle ne voulait pas que Xavier apprenne leur relation. Elle n'était pas prête. Et puis elle avait besoin de vivre ce moment seule avec son mari. Elle avait sciemment oublié de précéder ce mot d'un « ex », Pauline en était persuadée. Xavier était le père d'Océane, avait tenu à rappeler Samia, comme si cela était nécessaire. S'il existait une seule personne sur cette terre qui comprenait sa douleur, c'était lui.

Pauline l'avait pris de plein fouet. La douleur de Samia, elle ne la ressentait peut-être pas dans sa chair, mais elle la partageait depuis un moment maintenant. Elle avait fait tout ce qui était en son pouvoir pour apaiser la peine de Samia. Qui avait passé des nuits à la tenir dans ses bras tandis qu'elle pleurait ? Qui l'avait écoutée des heures entières parler de sa petite fille ? Hein, qui ?! Il était où le Xavier, ces deux dernières années ? Et puis de quels allers-retours on parlait ? Il ne semblait pas si concerné par l'état d'Océane. Il ne s'était rendu qu'une seule fois à l'hôpital.

Samia avait coupé court à la discussion comme elle savait si bien le faire. De toute façon, avait-elle précisé, la date de son arrivée n'était pas encore fixée.

Pauline avait tenté de lui rappeler qu'elle avait lâché son appartement et qu'elle n'avait nulle part où aller, mais Samia avait déjà quitté la pièce, son mug à la main.

Pauline s'était retrouvée seule, une fois de plus, dans cette cuisine qu'elle commençait à exécrer. Elle devait trouver un moyen d'enrayer la machine. Il était hors de question qu'elle laisse leur relation se déliter sans rien faire.

16

10 octobre – 10 h 30
Nîmes – Groupement de gendarmerie départementale du Gard

Domitille avait proposé à Malo de mener avec elle l'entretien de la fille aînée des Courtet. Le lieutenant en avait retiré une petite satisfaction jusqu'à ce qu'il comprenne qu'il avait pris sur le fil la place de Zeller. Le major avait dû se rendre au tribunal pour répondre à une demande du procureur.

La jeune femme de vingt-deux ans patientait depuis dix minutes dans un couloir. Arrivée deux heures plus tôt, elle avait aidé à établir le portrait-robot de Rémi Alban. En était ressorti le visage d'un jeune homme aux cheveux châtains. Mandy Courtet avait décrit la coupe de cheveux qu'elle lui connaissait trois ans plus tôt : longs d'une dizaine de centimètres et coiffés en bataille. Les yeux couleur noisette, la ligne des sourcils assez fine. L'espace entre eux n'excédait pas deux centimètres. Les lèvres minces. La jeune femme avait tenu à ce que le dessinateur les relève de quelques millimètres sur le côté droit. Selon elle, Rémi arborait toujours ce sourire en coin qui lui donnait une allure à la fois cynique et désinvolte. Son nez était des plus classiques, tout comme l'ovale de son visage. Rémi Alban était plutôt joli garçon. Malheureusement, rien ne le distinguait véritablement. Le portrait serait bientôt envoyé à toutes les unités des forces de l'ordre. Mais était-il judicieux de lancer un appel à témoins ? La mère de Rémi Alban, si tant est qu'elle soit bien sa mère, venait d'être assassinée. Celle qu'il considérait comme sa sœur avait été retrouvée entre la vie et la mort alors qu'il n'avait pas signalé sa disparition. Soit le jeune homme était lui aussi à compter au nombre des victimes, soit il devenait, par la force des choses, leur principal suspect.

Mandy Courtet s'installa face à Domitille tandis que Malo restait debout, un peu en retrait, le dos collé au mur. Le regard anxieux, la jeune femme s'entortillait les doigts au point de les faire craquer.

— Nous voulons juste vous poser quelques questions, la rassura Domitille d'un ton avenant.

— Ce sera encore long ? Parce que j'ai dit à mon employeur que je n'en aurais que pour une heure ou deux maximum.

— Nous pouvons l'appeler pour lui expliquer la situation, se proposa Domitille.

Mandy Courtet pinça les lèvres mais indiqua que ce ne serait pas nécessaire.

— Votre mère nous a dit que vous aviez fréquenté les enfants de Karine Alban, reprit Domitille.

— Un peu, oui. Surtout Rémi. On avait le même âge et il était plutôt mignon.

— Vous sortiez ensemble ?

— Ça n'a pas duré longtemps. Trois mois environ.

— Qu'est-ce qui s'est passé ?

— Rien de spécial. On n'était pas amoureux, c'est tout.

Domitille avait interrogé assez de témoins pour savoir que Mandy Courtet venait de commettre son premier mensonge.

— C'est vous qui n'étiez pas amoureuse ou c'était lui ?

La jeune femme chercha une meilleure position, le regard fuyant.

— Je ne sais pas, moi. Ça ne l'a pas fait, c'est tout. C'est si important ?

La capitaine n'insista pas. Il serait toujours temps de revenir sur ce point. Elle préféra lui demander de les éclairer sur les personnalités de Romane et de Rémi.

— Romane, je ne la connaissais pas vraiment. Elle était hyper timide. Elle était toujours fourrée avec nous mais ne disait quasiment jamais rien. À un moment, je me suis même demandé si elle n'avait pas un problème. Genre autiste, vous voyez ? Mais Rémi m'a assuré qu'elle n'était pas tout le temps comme ça. Personnellement, je ne l'ai jamais vue autrement.

— Et Rémi, il était comment ?

— Sympa, répondit Mandy après quelques secondes d'hésitation. Il avait un petit côté rebelle que j'aimais bien. Ça fait cliché, je sais, mais c'était il y a longtemps.

— Je comprends, répondit Domitille d'un sourire complice. Il vous parlait de sa famille ?

La jeune femme releva les sourcils, signifiant qu'elle ne comprenait pas la question.

— De sa mère ou de son père, précisa la gendarme.

— De son père, jamais. Je l'ai interrogé une fois à ce sujet et il s'est braqué. Je pense qu'il les a abandonnés, sa sœur et lui.

— Vous pensez ou vous en êtes sûre ?

— Sûre, non, mais vu la manière dont il a réagi, j'imagine qu'il ne le portait pas dans son cœur.

— Et de sa mère ?

— Ça avait l'air compliqué avec elle. Faut dire qu'elle était un peu zinzin.

Domitille, qui n'en revenait pas que ce mot puisse revenir à la mode chez les jeunes, l'encouragea d'un geste de la main à développer.

— Elle avait parfois des réactions étranges. Elle lui faisait la misère chaque fois qu'il se baladait dans le centre avec moi. Ce n'est pas comme si on allait en boîte ou que l'on traînait dans les bars. On se faisait juste un ciné. Parfois il m'accompagnait faire du shopping. Rien de dingue, quoi ! Mais dès qu'on revenait, sa mère l'attendait sur le seuil de leur porte et lui faisait toute une histoire.

— Et c'était pareil pour Romane ?

— C'était pire. Je crois que je ne l'ai jamais vue quitter le quartier. Et encore, je suis sympa en parlant de quartier. Je devrais dire la zone. Vous y êtes allée ? Y a rien. Même pas un bar ou une boulangerie. J'en suis partie dès que j'ai eu mon diplôme.

Malo sourit en écoutant cette diatribe. Lui qui s'était rendu sur place ne pouvait que confirmer.

Domitille insista tout de même : Romane devait bien se rendre au lycée. Mandy lui répondit que la sœur de Rémi suivait des cours à domicile pour préparer un CAP. Quelle discipline ? Elle n'en avait aucune idée. Son frère, lui, en avait obtenu un en électronique. Il faisait des petits boulots à droite et à gauche. Rien de bien lucratif. C'était notamment pour cette raison que son père n'appréciait pas qu'elle le fréquente. Selon lui, Rémi était un bon à rien qui n'irait jamais loin.

— Moi ça m'était égal, avait-elle ajouté en haussant les épaules.

Domitille entendit une pointe de tristesse dans cette dernière remarque. Une nostalgie étonnante de la part d'une jeune femme qui clamait deux minutes plus tôt qu'elle n'avait pas été amoureuse. Elle ne la relança pas pour autant. Mandy Courtet ne semblait pas encore prête à se livrer.

— Rémi vous a indiqué où ils vivaient avant de s'installer à Alès ?

— Il m'a raconté qu'ils avaient pas mal bougé, toujours dans la région, mais je ne peux pas vous dire où exactement. Est-ce qu'il est arrivé quelque chose de grave à Rémi ?

— Pourquoi vous dites ça ?

— Maman m'a juste dit que sa mère était morte et que Romane avait eu un grave accident, je me pose forcément des questions. Si vous le cherchez, c'est bien qu'il a disparu. J'y ai réfléchi un peu hier soir. Si ça se trouve, Rémi se cache parce qu'il a peur de subir le même sort. Quelqu'un peut en vouloir à toute la famille. Le père, par exemple. Allez savoir, Mme Alban s'est peut-être enfuie en emmenant les enfants avec elle. Ça expliquerait pourquoi ils ont autant bougé. J'ai déjà entendu parler de ce genre d'histoires. Ou alors, elle faisait du trafic de drogue.

Mandy Courtet exposa cette dernière idée avec un tel aplomb que Domitille se sentit obligée de creuser.

— Un trafic de drogue. Vous savez quelque chose ?

— Rien du tout ! se défendit Mandy. Je cherche une raison, c'est tout. Je vous l'ai dit, Mme Alban avait parfois des réactions bizarres. C'est peut-être à elle que ces gens en voulaient.

— Et Rémi ? Aurait-il pu faire du mal à sa propre famille ?

— S'en prendre à Romane ? Jamais. Il adorait sa sœur. Fallait surtout pas la critiquer. Quand je lui ai demandé pourquoi elle ne parlait jamais, il s'est énervé.

— J'ai l'impression qu'il s'emportait facilement, non ?

Mandy se fit soudain silencieuse. Toute exaltation l'avait quittée. Elle cherchait une échappatoire du regard. Malo vint à sa rescousse pour relancer la machine.

— Il avait du tempérament, c'est ça ? Ça arrive souvent à cet âge-là. Moi, je cherchais tout le temps la bagarre. C'est les hormones, il paraît.

— J'imagine que c'est ça, oui, répondit la jeune femme dans un filet de voix.

— Vous en aviez peur ? demanda alors Domitille avec douceur.

Mandy baissa franchement la tête et observa longuement ses mains. Domitille ne la brusqua pas. Elle imaginait à quel point il était difficile pour la jeune femme de se livrer.

— Au début, non, finit-elle par dire à regret. Et un jour, il y a eu cette histoire avec les chats.

17

10 octobre – 10 h 30
Nîmes – Groupement de gendarmerie départementale du Gard

La lieutenante Coline Foucaud se retrouvait une fois de plus seule dans le bureau avec la nouvelle recrue. Contrairement à ses supérieurs, elle parvenait à obtenir de leur subordonné une aide non négligeable. Il n'avait pas forcément les bons réflexes, c'était un fait, mais il se démenait pour se rendre utile. Coline se souvenait parfaitement de son arrivée dans l'équipe un an auparavant. Elle tâtonnait, n'osait pas s'affirmer. Elle savait pourtant que sa réputation l'avait précédée. Elle était habituée. Certains collègues l'appelaient même « la tronche » dès qu'elle avait le dos tourné.

Malgré son parcours, Coline était encore jeune. Avec son bac en poche à quinze ans, elle avait eu le temps de s'essayer à plusieurs disciplines. Elle avait débuté par une classe préparatoire littéraire pour rapidement se tourner vers des études de sciences politiques et s'offrir ainsi plus de débouchés. Si elle avait réussi tous les examens avec succès, elle s'était vite rendu compte que les voies proposées ne répondraient jamais à ses attentes. Coline ressentait le besoin de se rendre utile. Utile à la société. Elle avait alors décidé d'intégrer le corps militaire et, très vite, de suivre le cursus imposé pour devenir officier de police judiciaire de la gendarmerie.

À vingt-cinq ans, Coline Foucaud était déjà OPJ à la brigade de recherches et en éprouvait une certaine fierté. Elle n'oubliait pas cependant que son intégration dans l'équipe avait pris un peu de temps. C'est pourquoi elle avait décidé de laisser une chance à Kylian qui deviendrait peut-être un jour un bon élément. Et il fallait bien admettre que son baptême du feu était un peu corsé. Coline avait d'ailleurs remarqué qu'il évitait de poser les yeux sur le tableau blanc. L'exposition des corps de Karine Alban et de Vincent Hachemin avait de quoi donner la nausée. À moins que ce ne soient les clichés des chats qui l'aient mis mal à l'aise. Elle ne l'avait pas encore interrogé à ce sujet. Elle le ferait peut-être lors d'une pause-café.

Malo Prigent avait chargé Coline d'enquêter sur la personnalité de Vincent Hachemin. En raison des derniers événements, elle n'avait pas encore pu lui faire son rapport. De toute façon les informations récoltées ne méritaient pas de monter une réunion d'urgence.

Le Lyonnais, dont le corps avait été trouvé dans le congélateur de sa résidence secondaire, n'avait pas mené une vie très palpitante, en apparence en tout cas. Il vivait seul et travaillait comme commercial pour la même société depuis trente-cinq ans. Coline avait pu échanger quelques mots avec la directrice des ressources humaines qui s'était tout d'abord montrée bienveillante à son égard. C'était une grande perte pour la maison, Vincent Hachemin constituait un pilier de la société. Coline n'avait pas eu à creuser longtemps pour que le vernis s'écaille, lentement mais sûrement. Pourquoi Vincent Hachemin avait-il stagné au poste d'agent commercial après trente-cinq ans de bons et loyaux services ? s'était étonnée la lieutenante d'une voix innocente. Et pourquoi personne ne s'était inquiété de son absence ? La DRH avait fini par lâcher que l'homme n'était pas forcément apprécié de tous ses collègues. Il était un peu trop années quatre-vingt, avait-elle dit comme si cette formulation valait toutes les explications. Coline s'était permis d'insister. Vincent Hachemin avait un humour graveleux, il aimait reluquer ostensiblement ses consœurs et critiquait tous ceux qui appartenaient à une génération en dessous de la sienne. Autant dire 90 % des effectifs de la société. Quant aux promotions, il en avait obtenu une avant de faire l'objet d'une plainte pour harcèlement. L'entreprise avait accepté de le garder à condition de le rétrograder. La DRH avait tenu à préciser qu'elle ne faisait pas encore partie de la société quand cet accord indécent et d'un autre temps avait été trouvé.

Le sens de la synthèse appris à Sciences Po ayant ses limites, Coline avait écrit « gros porc » sur son cahier. Elle trouverait en temps voulu une description plus adaptée pour le tableau si cher à Domitille.

L'ex-femme d'Hachemin n'avait pas été beaucoup plus tendre. Elle n'avait pas quitté son mari parce qu'il la trompait, comme s'y était attendue la lieutenante, mais parce que c'était un beauf décomplexé, avait expliqué la veuve, pas le moins du monde éplorée. Son bagou l'avait amusée quand ils étaient au lycée, ses blagues potaches lorsqu'elle attendait leur premier enfant avaient commencé à la fatiguer, ses calembours ridicules et son ambition proche du néant avaient fini par l'achever. L'ex-madame Hachemin avait demandé le divorce alors que leur deuxième garçon entrait au CP. Le père n'avait pas cherché à avoir la garde de ses fils, même pas partagée. Il les voyait en fonction de son emploi du temps manifestement très chargé, avait-elle persiflé.

La lieutenante s'était donc mise en quête d'une autre femme dans la vie de Vincent Hachemin ou même d'un ami. Une personne moins véhémente qui lui en aurait appris davantage sur sa vie privée. Jusqu'ici, elle n'avait rien trouvé. Que faisait-il de sa peau lorsqu'il n'était pas sur les routes ou qui fréquentait-il en dehors de ses heures de travail ? Coline n'en avait pour l'instant aucune idée.

Elle s'était entretenue avec l'aide ménagère qui avait découvert son corps et, là encore, elle avait été stoppée dans son élan. La femme ne connaissait que très peu son employeur. Elle l'avait peut-être vu à deux ou trois reprises, tout au plus. Il lui donnait ses instructions par téléphone et préférait qu'elle intervienne en son absence.

« Pourquoi Uzès ? » avait écrit Coline sur le tableau avant d'effacer la question et de la noter en marge dans son cahier. Trop tôt pour en faire un sujet de discussion. Cette interrogation lui revenait pourtant régulièrement en tête. Hachemin était locataire d'un appartement en banlieue lyonnaise et louait également la maison d'Uzès. Pourquoi s'imposer deux loyers ? Et pourquoi avoir choisi cette ville comme résidence secondaire ? Il n'y avait *a priori* aucune attache. Pas de famille qu'il aurait pu visiter. La maison ne disposait que d'une chambre, il ne l'avait donc pas choisie pour y passer du temps avec ses fils. Une garçonnière, peut-être ?

Kylian s'étonnait qu'elle passe tant de temps sur cette problématique. Coline lui rappela qu'en dehors du sac plastique emprisonnant leur tête, le seul point commun qui reliait Vincent Hachemin à Karine Alban était leur localisation. Ils habitaient à une soixantaine de kilomètres l'un de l'autre.

— Vous pensez qu'ils se connaissaient ? finit-il par demander.

— C'est justement la question, Kylian. On cherche un rapport entre les deux. Un truc qui expliquerait qu'ils aient été tués par la même personne. Et je t'ai déjà dit de me tutoyer. On a presque le même âge.

— Qui te dit qu'on n'a pas affaire à un malade qui s'en prend à des victimes au hasard ? poursuivit-il sans paraître affecté.

— Et, au hasard, il aurait décidé de faire bouffer ses couilles à Hachemin ? répliqua Coline, reniant définitivement son passage en hypokhâgne. Réfléchis deux minutes, Kylian, et tu verras que toi-même tu n'y crois pas.

Le gendarme ne semblait pas convaincu. Coline devina qu'il hésitait à livrer le fond de sa pensée.

— Kylian, on n'en est qu'au début de l'enquête et notre job est d'envisager toutes les possibilités avant de refermer les portes au fur et à mesure, donc si tu as une idée, lance-toi. Je ne te jugerai pas.

— Très bien, dit-il en redressant les épaules, si c'est ça la méthode de travail, dans ce cas je ne comprends pas pourquoi on s'entête à trouver un lien entre le meurtre d'Hachemin et celui de Karine Alban. Tu viens de le dire toi-même, on n'a rien, mis à part le sac sur la tête. D'accord, les deux victimes vivaient dans le Gard, mais ce n'est pas comme si on n'avait qu'un assassinat par an dans la région. On est censés ouvrir toutes les portes mais on semble chercher à n'en enfoncer qu'une seule. Est-ce qu'on ne devrait pas plutôt se concentrer sur le mode opératoire ? On parle quand même d'une castration !

Coline regarda longuement Kylian. Elle n'avait aucun argument à lui opposer.

18

10 octobre – 16 h 30
Nîmes – Groupement de gendarmerie départementale du Gard

Malo Prigent était accroupi devant un écran plat récemment acquis par la gendarmerie. Il pestait de ne pas trouver les bonnes connectiques. Une visioconférence était prévue avec les membres de la DiANE. Coline proposa discrètement son aide et régla l'affaire en à peine quelques secondes.

Les derniers éléments récoltés sur Karine Alban grâce au témoignage de Mandy Courtet avaient déjà été envoyés au département des sciences du comportement. Avec une telle scène de crime, Malo et Domitille s'étaient attendus à des révélations fracassantes quand la jeune femme avait évoqué une histoire avec les chats. Ils ne savaient plus quoi penser à présent. Le peu qu'avait raconté Mandy, c'est qu'elle avait un jour accompagné Rémi pour une balade, dont il avait gardé la destination secrète. Les deux jeunes avaient parcouru une vingtaine de kilomètres avant de se garer à l'entrée de la forêt du Rouvergue. Pendant tout le trajet, Rémi n'avait pas cessé de jeter des coups d'œil vers le sac à dos qu'il avait emporté. Ils s'étaient ensuite enfoncés dans les bois et s'étaient arrêtés au pied d'un immense châtaigner. Rémi avait ouvert son sac pour en sortir deux chatons. Mandy s'en était attendrie. Il s'était tout à coup montré glacial. Il l'avait sommée de se taire et de l'attendre. Quelle ne fut pas la déception de Mandy qui s'était imaginé une après-midi romantique. Il était parti avec les deux chats en les tenant fermement par le cou. Mandy était restée seule, tétanisée. Rémi était revenu au bout de dix minutes, les mains vides. Elle avait tenté de lui poser des questions, mais il s'était contenté de répondre que sa mère n'aurait pas dû adopter ces bêtes. Elles prenaient trop de place dans leur vie et c'était mieux ainsi. Mandy avait été effrayée par la froideur de son petit ami, son total détachement. Elle ignorait ce qu'il leur avait fait exactement, mais ce qui était sûr, c'est que Rémi avait au mieux abandonné ces deux chatons en pleine forêt sans se retourner. Ils n'en avaient jamais reparlé. La jeune femme avait avoué que son regard sur Rémi avait changé à partir de ce jour-là. Tout ce qui lui plaisait jusque-là chez lui avait commencé, au contraire, à l'inquiéter. Elle le trouvait de plus en plus nerveux, plus agressif aussi. Seule Romane parvenait à le calmer. Mandy avait fini par prendre ses distances et Rémi n'avait pas cherché à la retenir.

Gab Zeller fit rapidement les présentations dès que son équipe de Pontoise apparut à l'écran. La lieutenant-colonel Marie Ettori, en charge de la DiANE, était assise au centre de la table tandis qu'à sa droite se trouvait le major Simon Anduze, l'analyste comportemental dont Zeller avait sollicité l'aide.

— Le moins qu'on puisse dire, attaqua la responsable de la DiANE d'un ton amical, c'est que tu as le nez pour choisir tes affaires, Gab.

— Je savais que ça te plairait.

— Tu voulais qu'on t'aide à dresser un portrait de Karine Alban, c'est ça ?

— D'elle et de Rémi.

— On va y aller par étapes, si ça te convient. Je me doute que vous suspectez Rémi, mais comme toi, nous n'avons pas vu la scène de crime, nous avons donc besoin de nous faire une idée du déroulé des événements avant de nous lancer dans des conjectures.

Zeller avait rapidement briefé Domitille sur la méthode de travail des membres de la DiANE. Leurs réflexions étaient toujours partagées, soupesées, disséquées, et personne ne se permettait d'affirmer quoi que ce soit sans avoir confronté son hypothèse avec les autres possibilités. Cette approche prenait du temps mais l'équipe était rodée. Le major l'avait prévenue que le ton employé par la responsable de la division pouvait parfois paraître péremptoire, voire cassant, pour les brigades en charge du dossier. Il ne fallait pas que Domitille s'en offusque. L'apport de la DiANE était avant tout un soutien, même si Marie Ettori donnait souvent l'impression d'être aux commandes.

— Capitaine Fourest, reprit justement cette dernière, j'ai lu votre rapport. Votre analyse du comportement contradictoire de Karine Alban est très intéressante.

Domitille n'osa pas la remercier, n'étant pas certaine de savoir de quoi elle parlait. Elle préféra attendre la suite.

— Il existe en effet une dichotomie entre l'accumulation d'objets dans l'entrée de sa maison et le traitement des autres pièces. Le syndrome de Diogène, ou la syllogomanie, comme vous l'avez noté, n'est jamais compartimenté de la sorte. La personne qui en souffre va entasser jusqu'à ce qu'il n'y ait plus aucune place. C'est pourquoi je vous rejoins quand vous suggérez que ce labyrinthe a été érigé à dessein.

Domitille se souvenait parfaitement de ce qu'elle avait écrit. Elle n'avait pas si bien formulé sa pensée, mais accepta le compliment sans broncher.

— Elle a ainsi rendu sa demeure quasi inaccessible, continua Marie Ettori. Donc par où le ou les criminels sont-ils passés ?

— Toutes les fenêtres étaient fermées ainsi que les volets, répondit Malo qui ne voulait pas être considéré comme un simple figurant.

— On parle de volets électriques ?

— Non, des battants en bois.

— Une cheminée ?

— Un poêle à bois.

— Des portes à l'arrière ou des soupiraux donnant sur une cave ?

— Rien de tout ça.

— La porte d'entrée était donc le seul accès, conclut Ettori.

— Ce qui signifie que Karine Alban a laissé entrer son meurtrier, reprit Zeller.

— On peut même penser qu'elle le connaissait, osa Domitille. Alban gardait toujours sa porte close. Les livreurs devaient déposer les courses sur le paillasson. Même le maire de la ville s'est fait rembarrer.

— Oui, vu sous cet angle, convint Ettori. Simon, qu'en penses-tu ?

Le major Simon Anduze semblait partagé. Il regardait les photos de la scène de crime en tapotant ses lèvres avec l'index.

— J'avoue que cette femme est pour le moins étonnante. Sa thésaurisation compulsive érigée en barricade fait clairement pencher vers une personnalité paranoïde mais, quand on observe l'aménagement concocté pour ses chats, on serait plutôt sur un profil schizotypique. Une personne qui présente des comportements bizarres ou excentriques, ajouta-t-il après avoir décelé l'expression de Malo.

— Bizarre, c'est justement le mot qu'a utilisé Mandy Courtet pour parler de la victime, réagit ce dernier.

— Parce que Karine Alban ne voulait pas que ses enfants s'éloignent de la maison, tempéra Domitille. Mandy ne savait pas qu'Océane avait été kidnappée et que Karine craignait avant tout qu'on reconnaisse l'adolescente.

— Et sa parano n'irait pas de pair avec son excentricité ? demanda Zeller pour recentrer le débat.

— En réalité, je pense que la première était une nécessité, l'autre le reflet de sa vraie personnalité.

— Sois plus clair, Simon.

— Pendant des années, Karine Alban a vécu avec un, voire deux enfants qui n'étaient pas les siens. Pour Rémi, on ne peut encore rien affirmer mais cela ne fait aucun doute pour Océane Doucet. Il a donc fallu qu'elle se cache tout ce temps, qu'elle se méfie de tout le monde, surtout de ses propres voisins. J'ai lu dans votre rapport que même Mandy n'avait jamais mis un pied chez les Alban alors que Rémi était son petit ami. C'est tout à fait révélateur. Karine devait constamment être aux aguets. Ce genre de réflexe ne s'oublie pas facilement. Ensuite, a-t-elle monté sa muraille par habitude ou parce qu'elle se sentait vraiment menacée ? C'est une autre question à laquelle je ne peux pas encore répondre. Ce qui est sûr, c'est que si elle a ouvert la porte, c'est qu'elle se sentait en confiance. Donc j'aurais tendance à vous rejoindre quand vous dites, capitaine, que Karine Alban connaissait son agresseur.

Rémi Alban revenait de fait sur le devant de la scène. Toutes les forces de police du Gard avaient reçu son portrait, mais la plupart étaient mobilisées pour gérer les désastreuses conséquences des intempéries. Domitille savait que des pillages étaient à déplorer dans de nombreuses maisons ou des commerces désertés.

— Vous avez récupéré les rapports d'autopsie des chats ? s'enquit soudainement Marie Ettori, à la surprise générale.

— En partie, oui, répondit Domitille. On attend encore les résultats du labo.

— Ce serait intéressant de vérifier s'ils ont reçu un anesthésiant ou même un calmant avant d'être torturés.

— En quoi cette information peut nous aider ? demanda Zeller, intrigué.

— Tu as peu d'expérience en la matière, mon cher Gab, mais je t'assure qu'un minou, si gentil soit-il, ne se laisse pas maltraiter facilement. Je ne te dis pas le nombre de coups de griffes que je me suis pris en retirant la gamelle de Méphisto un peu trop tôt.

— Sérieux, tu as appelé ton chat Méphisto ?

— Ce n'est pas le sujet, répondit-elle en retenant un sourire. J'ignore comment je m'y prendrais pour éviscérer un chat. Le noyer, passe encore, le brûler vif, ça me fait du mal, mais je peux encore l'imaginer, mais l'éventrer ? Techniquement, je ne vois pas.

— Qu'est-ce que tu essaies de dire ?

— Qu'ils étaient peut-être deux agresseurs, tout compte fait. L'un tenait le chat pendant que l'autre le découpait.

Domitille s'étonna du silence de Zeller. Il avait évoqué cette possibilité à peine deux minutes après avoir pris connaissance du dossier. Peut-être préférait-il que cette hypothèse soit établie par sa supérieure. Elle nota surtout dans un coin de sa tête de faire accélérer les techniciens du laboratoire. Si aucune trace de tranquillisant ne se trouvait dans le sang des félins, ils recherchaient potentiellement deux suspects.

— Romane, laissa-t-elle alors échapper, sans vraiment en avoir conscience.

— Ça collerait avec vos dates ? demanda la responsable de la DiANE. Désolée, je n'ai pas encore tout en tête.

— Ce serait possible, oui. Océane et Karine Alban ont toutes les deux été retrouvées le 27 septembre mais le légiste pense que notre victime est morte le 24. Quant au médecin qui suit actuellement Océane, il estime que sa blessure lui aura permis de survivre quelques heures, en aucun cas trois jours.

— Simon, tu en penses quoi ? relança Marie Ettori.

— Le dossier comporte de nombreuses ramifications, dit-il d'un air toujours concentré. Pour comprendre Romane, je dois en savoir plus sur la petite fille qu'elle était. Pas de Romane sans Océane Doucet. Et, ça n'a peut-être pas de rapport, mais j'aimerais analyser plus en profondeur la relation qu'entretenait Karine Alban avec ses chats, tout comme son obsession pour la lettre R. Elle a attribué cette initiale aussi bien aux enfants qu'à ses félins. Que signifiait-elle pour elle ?

— N'hésite pas si tu as besoin de plus d'éléments, lui répondit Zeller. Concernant la petite Doucet, tu peux déjà te référer au dossier de l'enquête menée il y a huit ans. Il est assez conséquent. De mon côté, j'ai l'intention de creuser encore un peu, maintenant que sa disparition est requalifiée en tentative d'homicide par le juge d'instruction. Si tu as un axe en particulier, fais-le-moi savoir.

La réunion était sur le point de s'achever et Domitille s'étonna ouvertement auprès de ses collègues de la DiANE que le meurtre de Vincent Hachemin ne soit pas évoqué.

— Gab nous a effectivement parlé de cette affaire et du fait qu'il la pensait reliée au meurtre de Karine Alban, lui répondit Marie Ettori. Désolée, mais le seul point commun que vous avez pour l'instant, c'est un sac sur la tête des victimes. Or cette particularité ne manque pas dans les bases de données de l'AnaCrim.

Le ton employé par la responsable de la DiANE n'incitait pas au débat. L'ambiance semblait même s'être refroidie. Domitille chercha du regard Gab Zeller qui, lui, fixait l'écran tout en triturant nerveusement sa boule en mousse.

19

10 octobre – 17 h 30
Nîmes – Groupement de gendarmerie départementale du Gard

— Tu aurais dû m'en parler avant !

La voix de la responsable de la DiANE était cassante. Elle avait attendu la fin de la visioconférence pour contacter Gab Zeller sur son portable. Le major s'était isolé sous le préau de la cour, sachant pertinemment ce qui l'attendait.

— Tu sais ce que je pense ? l'apostropha Marie Ettori. Tu as tout fait pour trouver un lien entre le meurtre de Vincent Hachemin et ton affaire. Car tu avais besoin d'une troisième victime pour suggérer la sérialité et t'assurer ainsi la saisie de la DiANE.

— Je n'ai fait que suivre mon instinct.

— À d'autres, tu veux !

Ce n'était pas la première fois que Marie Ettori rappelait Zeller à l'ordre. Le major avait tendance à prendre des raccourcis quand son intuition lui criait d'agir, mais la responsable de la DiANE bannissait par principe les raccourcis. Il s'en sortait cependant à bon compte. Elle avait eu cette fois la courtoisie de l'en blâmer en privé.

— Combien de fois faudra-t-il que je te le dise, Gab ! La psychocriminalité n'est pas une science exacte, et si on ne veut pas être traités de charlatans, on doit se baser sur des faits. Je pensais que tu avais retenu la leçon !

Zeller s'obligea à garder le silence face à cette attaque qu'il estimait méritée.

— Ou alors, tu en pinces pour ta capitaine et, dans ce cas, je préfère que tu me préviennes tout de suite.

— Tu as tous les droits pour mettre mon jugement en question, Marie, mais pas mon professionnalisme.

— C'était un coup bas. Oublie. Simplement je ne te comprends plus. Tu m'as dit souhaiter prendre du recul, que cette vieille affaire de disparition était parfaite pour te remettre en selle, et maintenant tu sembles tenir à tout prix à résoudre tous les crimes de la région. Tu mériterais que je te fasse revenir par le premier train. Le fait qu'on ait tenté d'éliminer Océane Doucet est l'unique raison pour laquelle je te laisse détaché à Nîmes.

— Et peut-être aussi parce que les lignes de TGV sont à l'arrêt ?

— Aussi. En attendant, essaie de reconsidérer ta position quant à l'affaire Hachemin. Je ne voudrais pas que tu induises en erreur l'équipe de la BR et que tu leur fasses perdre du temps.

Gab Zeller raccrocha mais continua à faire les cent pas à l'abri de la pluie. Il ne se pensait pas obtus, cela ne lui posait aucun problème de faire machine arrière. Quelque chose l'empêchait pourtant de le faire. Il n'avait pas menti quand il disait n'avoir fait que suivre son intuition. Il restait convaincu que le corps nu dans le congélateur était en lien direct avec celui de cette femme en peignoir.

Coline Foucaud n'avait rien découvert d'intéressant au sujet de Vincent Hachemin, qui ne semblait avoir aucun rapport avec Karine Alban. C'était peut-être Océane qui les reliait. En outre, Zeller avait très peu d'informations concernant l'adolescente qu'elle avait été après sa disparition. La coiffeuse, qui l'avait prise à l'essai trois mois et ne l'avait jamais vue en compagnie de qui que ce soit, à part son frère, n'avait pas pu les renseigner de façon précise. Les enquêteurs avaient simplement appris qu'Océane, alias Romane, avait quitté Alès à cette époque. Lors de son embauche, Romane avait donné une adresse à Pont-Saint-Esprit, là où était installé le salon de coiffure, soit un peu plus haut dans le Gard. Même si la gamine était très réservée, avait ajouté la gérante du salon, elle avait envisagé de la garder. Mais trois jours d'absence injustifiée l'avaient poussée à mettre fin à son contrat. Romane ne s'était plus jamais présentée alors qu'elle lui devait un petit reliquat de salaire. La coiffeuse n'avait aucune idée de ce que la jeune femme et son frère étaient devenus. Elle pensait qu'ils avaient quitté la région jusqu'à ce qu'elle tombe sur l'appel à témoins.

Zeller pétrissait ce qui lui servait de balle antistress aussi durement qu'il malmenait son esprit. À force de recoupements, l'équipe commençait à avoir une idée de la chronologie.

Océane avait été enlevée à l'âge de douze ans. Il était avéré qu'elle avait vécu avec Karine Alban, à Alès, de ses quatorze à dix-sept ans. De ses douze à quatorze ans, en revanche, rien de tangible. Océane était peut-être déjà dans les griffes de celle qui s'était fait passer pour sa mère comme elle avait pu être retenue par une autre personne. À dix-sept ans, selon la famille Courtet, Romane quittait Alès avec son frère. On les retrouvait dix-huit mois plus tard à Pont-Saint-Esprit sans savoir où ils avaient été entre-temps ni tout de suite après. Océane aurait pu croiser la route de Vincent Hachemin à n'importe quel moment. Peut-être l'avait-il enlevée ce fameux 21 juin ou l'avait-elle rencontré après avoir fui de chez Karine Alban ?

Zeller avait conscience de partir dans tous les sens, et savait pertinemment que cette méthode n'était pas la bonne. Il devait se concentrer sur les éléments à sa disposition.

De toutes ces informations, une retenait particulièrement son attention. Seuls soixante kilomètres séparaient Alès de Pont-Saint-Esprit. Rémi et Océane avaient réussi à se défaire de l'emprise de Karine Alban. Ils auraient pu partir à l'autre bout du pays, or ils ne l'avaient pas fait. Sans parler du fait qu'Océane n'avait jamais cherché à contacter ses parents. Que lui avait-on dit pour qu'elle préfère suivre Rémi plutôt que retrouver sa véritable famille ? Cette dernière interrogation stoppa net Zeller dans sa déambulation.

« Océane avait douze ans, exposa-t-il à voix haute, c'était une préado, pas une petite fille de cinq ans. À cet âge, on n'est plus censé douter de l'amour de ses parents. On est censé en avoir eu la preuve. On commence éventuellement à vouloir s'émanciper mais on ne remet pas tout en question. Comment a-t-on pu lui retourner le cerveau si facilement ? »

L'enquête menée huit ans plus tôt n'avait rien mis en évidence. Le père avait été placé quelques heures en garde à vue pour un motif qui n'avait pas fait long feu. Des absences quotidiennes et inexpliquées de deux ou trois heures dès le lendemain de la disparition d'Océane et rapportées par la mère, Samia Doucet. Elle avait attendu dix jours avant de divulguer cette information aux enquêteurs en insistant sur le fait qu'elle trouvait le comportement de son mari de plus en plus suspect. Elle avait même échafaudé une théorie qu'elle avait tenu à partager avec eux. Xavier avait fait enlever leur fille et il la voyait tous les jours pour lui apporter de quoi se sustenter. Les officiers de police n'avaient pas apporté de crédit à ce scénario. La mère d'Océane, désespérée, ne cessait de les abreuver de pistes plus ou moins alambiquées. Ils avaient cependant fait leur job en interrogeant Xavier Doucet. Le refus de ce dernier de justifier son emploi du temps lui avait valu cette garde à vue. Il avait fini par avouer que, malgré les circonstances, il préférait s'échapper dans les bras de sa maîtresse plutôt que de rester enfermé toute la journée à écouter son épouse se lamenter. L'alibi avait été vérifié. Le sujet avait été clos aussitôt.

Zeller ne remettait pas en cause les conclusions de l'époque. À la lecture des rapports, tout semblait avoir été fait dans les règles. Il se demandait néanmoins si la relation qu'entretenaient les parents avec leur fille avait été suffisamment décortiquée. Océane avait parcouru la région durant trois ans en toute liberté sans passer une seule fois par Nîmes. Pourquoi ? Zeller jeta un œil à sa montre. Il n'était peut-être pas trop tard pour se rendre chez Samia Doucet.

Il se dirigeait vers les bureaux des officiers en longeant les murs pour éviter la pluie quand il aperçut au loin Domitille et Malo courant vers le parking, leur brassard bien en évidence. Au son de la sirène qui se déclencha, Zeller comprit que sa visite chez la mère d'Océane n'était plus la priorité.

20

10 octobre – 18 h 30
Saint-Gilles – Port de plaisance

Malo conduisait pied au plancher malgré la pluie battante. Domitille s'accrochait à sa ceinture depuis vingt kilomètres. Le lieutenant éteignit la sirène à l'approche de leur destination. Saint-Gilles, une ville de quinze mille habitants, limitrophe de Nîmes, et dont le centre-ville semblait avoir été déserté. Les terrasses de café avaient été rentrées, les rideaux de fer des commerces baissés. Même le relief de la façade de l'église abbatiale, réputée pour être un chef-d'œuvre de l'art roman provençal, paraissait avoir été effacé.

Les deux officiers arrivèrent au port de plaisance. Les bateaux amarrés, battus par le vent, tanguaient dangereusement et le canal du Rhône menant à Sète avait déjà commencé à déborder. Malo et Domitille avaient dû enfiler une paire de bottes pour finir le trajet à pied.

La porte de la maison était entrouverte. Les équipes de la brigade de recherches pénétrèrent dans l'habitation et comprirent vite que leur suspect avait décampé.

Domitille avait cru un instant que la chance avait tourné de leur côté. Comme pour la découverte du corps de Karine Alban, les intempéries avaient joué un rôle majeur.

Le gestionnaire du port, et de quelques locaux situés sur le quai, s'était rendu au commissariat pour déclarer plusieurs sinistres. Santino Grava avait patienté plus de vingt minutes, un temps suffisamment long pour qu'il s'occupe à observer les annonces affichées derrière l'agent préposé à l'accueil. Le gestionnaire n'avait eu aucun mal à reconnaître le visage du portrait-robot. C'était celui du jeune homme à qui il avait confié les clés du petit local habitable situé sur le port. Il avait hésité un long moment avant de se manifester. Santino Grava avait accepté d'encaisser les deux premiers mois de loyer en liquide. Lorsque l'agent l'invita à s'avancer, il s'était tout de même décidé à dire tout ce qu'il savait.

Malheureusement, la chance de la brigade de recherches s'était arrêtée là. Rémi Alban avait déjà empaqueté ses affaires et décampé.

Rémi et Romane se terraient dans cette maison depuis plusieurs semaines. Santino Grava se souvenait de les avoir vus débarquer un mois et demi plus tôt sans pouvoir être plus précis. L'homme s'était abstenu d'inscrire quoi que ce soit dans ses registres. Tout ce qu'il pouvait affirmer, c'est que les épisodes cévenols n'avaient pas encore démarré.

Domitille tournait sur elle-même pour observer chaque recoin de la pièce. Elle avait poussé la lampe à halogène à son maximum, espérant déceler une trappe ou un compartiment caché qui leur aurait échappé. Elle ne voulait pas admettre qu'il n'y avait plus rien à trouver. Ils arrivaient trop tard.

La demeure ne comprenait que deux pièces. Une grande cuisine au rez-de-chaussée, qui faisait également office de salon, et une chambre à l'étage avec un seul lit aux draps froissés. Domitille savait que les techniciens en identification criminelle ne manqueraient pas de les emporter. Ils y récolteraient de l'ADN et peut-être des fluides corporels leur indiquant si Rémi et Romane avaient des rapports sexuels. Une information qui permettrait d'apporter un éclairage sur la nature de leur relation.

Les empreintes de Rémi Alban seraient également relevées un peu partout dans la pièce. C'était une maigre consolation. Tout au long du trajet, Domitille était certaine de se confronter à celui qu'ils considéraient comme leur premier suspect. À défaut, les techniciens réussiraient peut-être à découvrir sa véritable identité. Domitille s'obligeait à garder en tête que Rémi avait certainement connu enfant le même sort qu'Océane Doucet. S'il était un meurtrier aujourd'hui, ce qui restait encore à prouver, le jeune homme avait peut-être été une victime lui aussi.

— Tu vois quelque chose d'intéressant ?

Malo se tenait derrière elle, sa vapoteuse de la taille d'un extincteur à la main.

— Rien, répondit-elle en soufflant. Pas une fringue, pas de brosse à dents, même pas un bout de papier dans la corbeille.

— Les TIC viennent d'arriver. Ils auront peut-être plus de chance.

— Espérons. Tu crois qu'il sait qu'on est à sa recherche ?

— Ça m'étonnerait. Son signalement n'a été diffusé que depuis quelques heures. Honnêtement, on a eu du bol d'avoir une piste si rapidement. Le gestionnaire a dit qu'il n'avait pas croisé Rémi depuis plusieurs jours.

Domitille se demandait ce qui avait donné l'envie à ce garçon de lever le camp. Cette maison, sans lui assurer une totale discrétion, lui offrait un certain confort. Il aurait pu squatter cette adresse encore plusieurs semaines. Serait-ce le sort récent d'Océane qui l'avait poussé à partir ?

— Tu as regardé dans le frigo ?

— Oui, y avait juste quelques bières et une bouteille de lait entamée.

— Tu l'as reniflée ?

Malo fit une grimace et redescendit rapidement au rez-de-chaussée. Domitille en profita pour s'asseoir un instant sur le lit. La journée avait été longue, elle n'avait plus d'énergie. Son regard fut attiré par une marque sur le cadran du lit. Elle s'approcha et reconnut instantanément l'entrelacs qu'Océane s'était fait tatouer au poignet. *Romane*, se reprit-elle instinctivement. *Pas Océane. C'est Romane qui s'est fait tatouer ce dessin. C'est son initiale mêlée à celle de son frère qu'elle a décidé d'immortaliser.*

— Ça me fait toujours bizarre quand tu remues les lèvres sans rien dire, dit Malo, déjà de retour, le souffle court. Sérieux, ça fait peur ! T'en as conscience au moins ?

— Alors, ce lait ? dit-elle, trop fatiguée pour lui donner la réplique.

— Il pue. Ça doit bien faire plusieurs jours qu'il n'est plus consommable.

— Demande aux TIC s'ils ont moyen de le dater.

Rémi Alban était un gamin de vingt-deux ans désormais traqué par les forces de l'ordre, pensa Domitille. C'était simplement une question de temps avant qu'on ne lui mette la main dessus. Le jeune homme était *a priori* sans ressources. Peut-être avait-il mis un peu d'argent de côté mais certainement pas de quoi s'offrir une cavale de plusieurs mois. Nul ne savait comment il s'en était sorti une fois qu'il avait quitté Karine Alban. Il était tout de même peu probable que son mode de vie ait changé du tout au tout. Rémi faisait des petits boulots de-ci de-là, il bougeait constamment. Il ne devait pas connaître grand monde, encore moins des personnes de confiance prêtes à l'aider dans sa fuite.

Restait la question de son moyen de transport. Le gardien se souvenait de l'avoir vu conduire un scooter. Un petit, avait-il dit. Peut-être un cinquante centimètres cubes, avait suggéré Malo. Parfait pour ne pas attirer l'attention, plus compliqué pour effectuer de longues distances, surtout si Romane voyageait avec lui. Toutes les étapes que le couple avait faites se trouvaient dans un mouchoir de poche pour qui taillait la route en voiture. Avec un deux-roues, cela devenait une autre histoire. D'autant que les conditions climatiques rendaient les routes quasiment impraticables depuis plusieurs semaines. Rémi avait sans doute un autre véhicule. Elle fit part de ses réflexions à son second.

— Ça voudrait dire que son scooter est toujours dans le coin, traduisit Malo. Je lance tout de suite les recherches dans le quartier. Va savoir, il aura peut-être oublié quelque chose sous la selle.

Domitille laissa les techniciens s'égailler dans la pièce et demanda à Malo de la ramener à la caserne. Il était 21 heures passées, les deux officiers n'avaient plus rien à faire ici. Et Zeller les attendait pour être débriefé.

Les yeux fermés sur le trajet du retour, Domitille tenta de se glisser dans la tête de Rémi Alban. Moins d'une minute plus tard, elle dormait.

21

11 octobre – 8 h 45
Nîmes

Domitille et Gab étaient attendus chez Samia Doucet. La capitaine avait décidé de prendre le volant bien qu'elle ne parvînt pas à réfréner ses bâillements. Elle avait pourtant été la première à aller se coucher la veille. Après leur déconvenue, l'équipe s'était retrouvée au complet pour boire une bière et débriefer de la journée. Elle s'était contentée d'un soda, ce qui ne l'avait pas empêchée d'avoir mal à la tête en se levant. Gab Zeller ne semblait pas plus en forme. Il n'avait quasiment pas prononcé un mot depuis qu'ils avaient quitté la caserne. Samia Doucet les attendait à 9 heures. Domitille s'était imaginé que Zeller partagerait en amont les questions qu'il poserait à la mère d'Océane. Ce n'était manifestement pas son intention. Il était perdu dans ses pensées. Elle ouvrit sa fenêtre pour profiter de la première éclaircie du mois. L'air était frais mais avait le mérite de donner un coup de fouet.

Domitille hésitait à questionner Zeller à propos de l'entretien qu'il avait eu avec sa supérieure à la tête de la DiANE. Elle ressentait un changement d'humeur chez son nouveau coéquipier sans savoir si cela avait un rapport avec l'enquête. Elle se rabattit sur un sujet qui les concernait l'un comme l'autre.

— Tu attends quoi exactement de cette entrevue ?

— C'est-à-dire ?

— Si Océane avait une raison de fuguer, comme tu sembles disposé à le croire, sa mère aurait fini par le dire aux enquêteurs, tu ne penses pas ?

— Je ne dis pas qu'Océane est partie volontairement, rectifia Zeller. Je m'interroge sur le fait qu'elle n'ait pas ressenti le besoin de revoir ses parents quand elle en a eu l'occasion.

— Il y a peut-être une explication assez simple. Une possibilité qu'on n'a jamais évoquée.

— Je t'écoute.

— L'amnésie. Les petits copains d'Océane ont dit qu'elle était fatiguée et que c'est pour cette raison qu'elle était partie plus tôt ce soir-là. Imaginons un instant qu'elle soit tombée de vélo en rentrant chez elle. Un mauvais coup sur la tête.

Zeller avait déjà écarté cette hypothèse et s'en expliqua. Qu'Océane ait eu un accident qui lui ait fait perdre la mémoire et qu'une personne ait profité de la situation en décidant de la garder, c'était tout à fait possible. Que l'adolescente n'ait jamais cherché à recouvrer la mémoire en grandissant, cela paraissait déjà nettement moins probable. Elle en aurait parlé autour d'elle, aurait demandé à consulter des médecins, lancé des appels à témoins.

— Sauf si Karine a réussi à lui faire croire dès le début qu'elle était sa mère et Rémi son frère, le contra Domitille.

— Sa vie en marge de la société, ses déménagements fréquents, tout cela aurait dû l'alerter. Personne ne vit totalement reclus aujourd'hui. Océane suivait des cours à distance, elle avait donc accès à un ordinateur et donc au monde extérieur. Elle devait bien avoir conscience que quelque chose clochait.

— Karine Alban avait peut-être inventé une histoire solide pour justifier leur mode de vie. C'est Mandy Courtet, l'ex-petite amie de Rémi, qui m'y a fait penser. Parmi les scénarios qu'elle a imaginés, un me semble tenir la route. Karine aurait pu lui raconter qu'elle avait fui son conjoint en emmenant ses enfants, que son père était un homme violent et qu'il fallait s'en cacher. Océane aurait facilement pu constater sur les réseaux sociaux ou sur les sites d'information que ce scénario était malheureusement fréquent.

— Ça implique que sa relation avec son frère était un inceste assumé.

— On n'a pas encore la preuve qu'ils étaient amants, se défendit Domitille. Les techniciens n'ont pas fini d'analyser les draps.

Zeller se contorsionna sur le siège passager pour sortir de sa poche ce que Domitille avait toujours cru être une balle en mousse. En réalité, si l'objet était bien en mousse, il n'avait rien d'une balle. Il s'agissait d'un tout petit ourson à la couleur passée.

— Tu n'es pas un peu grand pour un objet transitionnel ? s'amusa-t-elle ouvertement. À moins que ce ne soit une technique de relaxation propre à la DiANE ?

Zeller ne répondit rien et Domitille crut un instant l'avoir vexé avant de comprendre qu'il réfléchissait sérieusement à son hypothèse d'amnésie. Elle en ressentit une petite fierté. *Sérieux, Domi, grandis !* se reprocha-t-elle aussi vite. *On n'est plus à l'école. Il ne va pas te mettre un bon point.*

— Il a raison, Malo, dit soudain Zeller d'un ton plus léger. Tu parles vraiment toute seule.

— Quoi ? Je n'ai rien dit.

— Non, mais tu bouges les lèvres. On a déjà fait plus discret.

Domitille manqua de répartie. La facilité avec laquelle Zeller changeait de registre avait le don de la déstabiliser.

— Plus sérieusement, ton scénario pourrait tenir la route. Peut-être qu'elle a fini par retrouver la mémoire, que le crime de Karine Alban a eu l'effet d'un électrochoc, ce qui expliquerait sa fuite. En attendant, ce n'est qu'une possibilité parmi tant d'autres. J'ai relu une fois de plus le dossier d'Océane hier soir et je n'arrive pas établir un tableau précis de la famille Doucet. J'ai besoin de me faire ma propre idée sur la relation qu'entretenait la petite avec ses parents.

— Tu comptes également interroger le père ?

— Oui. Je l'ai eu au téléphone. Il est censé bientôt revenir à Nîmes.

— C'est tout de même étonnant qu'il ne passe pas ses journées au chevet de sa fille comme le fait son ex-femme.

— Ça fait partie des points que j'ai l'intention d'aborder. Tous les parents ne réagissent pas de la même façon. Certains abandonnent le combat avant même qu'il n'ait commencé.

Domitille crut déceler une pointe d'aigreur dans la voix de Zeller. Elle avait surtout l'impression que cette réflexion n'était pas destinée à Xavier Doucet. Le major ne lui laissa pas le temps de réagir et continua sur sa lancée :

— Cet homme s'était peut-être convaincu que sa fille ne reviendrait jamais.

La capitaine acquiesça d'un mouvement de tête et sentit qu'il était préférable pour l'heure de changer de sujet.

— Tu crois qu'Océane a pu participer activement au meurtre de Karine Alban ? Je veux dire… qu'elle a pu en être l'instigatrice ?

— On ne peut pas l'exclure. Pourquoi cette question ?

Domitille se refusait à croire à la culpabilité de la jeune fille. Elle avait conscience que la raison n'était en rien objective. Dans son esprit, Océane était avant tout une victime. Rien de ce qu'elle avait fait depuis ses douze ans ne pouvait être décorrélé de son enlèvement. Alors tuer sa ravisseuse, pourquoi pas ? N'importe quel avocat aurait invoqué des circonstances atténuantes. Mais Karine Alban n'avait pas été victime d'un coup de sang. Non, Karine Alban avait été torturée, transpercée à trente reprises avant de finir étouffée par un sac plastique.

— Et surtout, il y a les chats, finit-elle par dire.

— Quoi les chats ?

— Quelle femme ferait ça à des chats ?

— Parce que le sadisme serait exclusivement masculin ? releva Zeller, feignant la vexation. Personnellement, je crois qu'on ne devrait pas se focaliser sur cette histoire de matous.

— Désolée mais je ne suis pas d'accord ! réagit vivement Domitille. On a tout de même torturé ces pauvres bêtes sans raison.

— Tu n'en sais rien.

— Comment ça ?

— Peut-être que le tueur en avait une, au contraire. Une raison très personnelle, qu'on découvrira ou pas.

Domitille grimaça en repensant au rapport du vétérinaire et attrapa un cracker dans sa boîte à gants.

— Tu en es à combien ?

— C'est mon premier, se défendit-elle.

— Je sais. Tu en es à combien de semaines ?

Les mains de Domitille se resserrèrent tout à coup sur le volant. Les mâchoires verrouillées, elle fixa la route en inspirant lentement par le nez.

— Désolé, je ne voulais pas être indiscret. On peut parler de ma discussion avec Ettori, si tu préfères. Ou plutôt du savon que je me suis pris.

— Huit.

— Ou on peut parler de ça.

— Comment tu as deviné ?

— Tu veux dire en dehors de tes fringales de biscuits salés au petit déjeuner, ton teint pâle, tes maux de tête, ton refus de boire une bière…

— Ça va, j'ai compris. Enfin, si une femme ne peut plus boire un coca sans qu'on la soupçonne d'être enceinte…

— C'est vrai. Mais le fait est que tu l'es. Et vu ta réaction, j'en déduis que peu de gens sont au courant.

— Personne à part toi et j'aimerais bien que ça reste entre nous.

— Tu sais que ça va finir par se voir.

— Chaque chose en son temps.

— C'est toi qui vois, mais tu ne devrais pas un peu lever le pied ? Il paraît que c'est risqué à ton âge, dit-il avec un sourire narquois.

Domitille le fusilla du regard. Zeller leva les mains en signe de reddition avant de lui tendre une poignée de crackers.

22

11 octobre – 16 heures
Nîmes – Appartement de Samia Doucet

Pauline souriait devant la glace de la salle de bains. C'était une belle journée. Elle avait enfin retrouvé Samia. La femme qui l'avait impressionnée huit ans plus tôt, qui l'avait attendrie les années suivantes avant de faire chavirer son cœur avec ses premiers baisers. Oui, Pauline avait enfin retrouvé celle qu'elle aimait. La matinée avait pourtant mal commencé.

Les deux officiers de la gendarmerie avaient débarqué à 9 heures. Samia s'était attendue à ce qu'ils lui fassent part des avancées de l'enquête. Au lieu de cela, ils lui avaient posé tout un tas de questions. Quelle relation entretenait-elle avec sa fille ? Océane avait-elle des problèmes, à l'école ou à la maison ? Avait-elle subi un harcèlement de la part d'autres élèves ? En d'autres termes, avait-elle pu décider de fuguer ce soir-là ? Pauline avait suivi l'échange. De loin, au début. Puis s'était assise auprès de Samia pour faire front, ne supportant pas de la voir interrogée comme un vulgaire suspect.

Étonnamment, Samia était restée calme. Elle avait rappelé qu'elle avait déjà répondu à toutes ces questions et ce à plusieurs reprises. Elle s'était tout de même pliée à l'exercice. Une nouvelle fois.

Non, Océane n'avait aucune raison de s'enfuir. C'était une fille heureuse qui ne se plaignait jamais. Bien sûr, sa condition physique la faisait souffrir mais elle avait appris à vivre avec et Samia faisait tout son possible pour la soulager. Non, elle n'avait pas à l'époque de petit copain, quelle idée ! Elle n'avait que douze ans. Océane avait des rêves de princesse plein la tête, comme toutes les gamines de son âge, mais quand elle parlait des garçons, c'était pour évoquer des anecdotes de cour de récréation.

Dès la naissance d'Océane, Samia avait cessé toute activité qui ne soit pas en rapport avec sa fille. Elles passaient la plus grande partie de leur temps ensemble. Leur relation était fusionnelle. Océane confiait à sa mère toutes ses joies mais aussi toutes ses peines. Si elle avait eu un souci, elle lui en aurait parlé.

Les questions s'étaient alors portées sur la vie de couple des Doucet. Xavier et Samia s'entendaient-ils bien ? Pauline avait senti que sa présence devenait tout à coup embarrassante. Elle en avait été blessée mais avait pris sur elle et était restée, décidée à faire face.

Elle avait cru un instant que Samia allait oser dire que tout se passait pour le mieux de ce côté-là aussi. Ce ne fut heureusement pas le cas. Pauline connaissait la vérité et aurait eu du mal à soutenir le regard des officiers.

Samia avait admis que son couple traversait à l'époque une période un peu compliquée. Il arrivait qu'ils se disputent mais jamais devant leur fille. Xavier rentrait de plus en plus tard de son cabinet, prétextant qu'il subvenait aux besoins de la famille. Une manière peu délicate de rappeler à Samia qu'elle ne gagnait pas d'argent. Xavier était kinésithérapeute et avait une patientèle fidèle. Jamais il n'avait évoqué un quelconque problème financier avant cela. Il n'avait donc aucune raison de surcharger son planning. Samia était persuadée qu'il lui mentait, donc, non, elle n'avait pas été étonnée quand les policiers lui avaient annoncé que Xavier avait une maîtresse.

Comment se comportait Xavier avec sa fille ? Comme la plupart des pères ! avait répondu Samia, déjà moins conciliante. Pas assez présent, ni assez attentif, il n'en était pas moins un père aimant. Oui, bien sûr, l'arrivée d'Océane dans leur vie avait eu des conséquences sur leur couple. N'était-ce pas toujours le cas ? Peut-être qu'il avait eu l'impression d'être exclu de la relation qu'elle-même avait tissée avec leur fille. Oui, à bien y réfléchir, c'était effectivement possible. Jaloux ? Tout de même pas. Et quand bien même ! Ça ne signifiait pas qu'il n'aimait pas sa fille.

Oui, Samia s'en voulait d'avoir aiguillé les policiers vers Xavier au moment de l'enquête, huit ans plus tôt. Elle ne savait pas ce qui lui avait pris. La disparition de sa fille l'avait tellement chamboulée qu'elle n'avait plus les idées claires. Xavier l'avait compris, il ne lui en avait jamais tenu rigueur. Après cet épisode, leur relation s'était d'ailleurs améliorée. C'est vrai, Xavier avait fini par s'en aller, il avait cessé de croire qu'Océane pourrait revenir un jour. Ou que leur couple s'en remettrait. Non, elle ne lui en voulait pas, elle-même avait refait sa vie.

À ce moment précis de l'entretien, Samia avait saisi la main de Pauline. Comme ça, devant eux, sans même baisser les yeux !

Pauline regarda son reflet dans le miroir et sourit un peu plus à l'évocation de ce moment. Un instant fugace qui l'avait électrisée.

Les deux officiers s'étaient abstenus de toute réflexion, il lui semblait même que la gendarme l'avait félicitée d'un regard. Peut-être pas. Ça n'avait de toute façon aucune importance. D'un simple geste, Samia avait officialisé leur relation, et c'était tout ce qui comptait.

La dernière salve de questions avait cependant failli rompre le charme du moment. Samia s'était cette fois ouvertement emportée. Non, elle ne comprenait pas pourquoi Océane n'avait pas cherché à prendre contact avec elle. Il paraissait évident qu'elle n'en avait pas eu l'occasion ! Elle devait être retenue de force, ou peut-être avait-elle été menacée ? Ou alors, ses ravisseurs lui avaient lavé le cerveau, lui avaient fait croire que ses parents étaient morts ? De toute façon, ce n'était pas à elle de répondre ! Comment pouvait-elle le savoir ? Et comment se faisait-il que l'enquête en soit toujours au point mort ? Que faisaient-ils de leurs journées à part perdre du temps à lui poser sans cesse les mêmes questions ? Les deux officiers avaient encaissé sans rien dire. Ils n'avaient même pas cherché à se justifier. L'homme, Zeller, semblait se souvenir Pauline, s'était levé et avait poliment remercié Samia pour sa coopération.

Une fois les deux enquêteurs partis, Samia s'était de nouveau repliée sur elle-même. Pauline avait cette fois fait preuve de patience. Cet entretien avait dû la remuer, cela s'entendait aisément. Les gendarmes ne s'étaient pas montrés spécialement tendres. Et Samia avait encore beaucoup de choses à régler pour la cérémonie qu'elle organisait, et qui était en train de se transformer en marche blanche. Le défilé était prévu le surlendemain. La préfecture avait donné son autorisation la veille en fin de journée. Il fallait à présent définir le parcours avec les autorités, mobiliser sa communauté et communiquer encore plus largement afin que l'affluence soit remarquable. Samia savait faire tout cela parfaitement. Elle avait aussi l'intention de contacter les médias. Samia voulait que tout le monde communie pour le rétablissement de sa petite fille mais aussi mettre la pression aux enquêteurs.

Pauline l'avait laissée en paix. Elle avait préparé le déjeuner. À sa grande surprise, Samia s'était mise à table et avait mangé avec appétit. Elle l'avait même remerciée en lui tendant une main que Pauline s'était empressée de serrer. Cela pouvait paraître ridicule, Pauline en avait conscience, mais de telles preuves de tendresse étaient de moins en moins fréquentes.

Elle avait cru que Samia partirait, comme chaque jour, passer le reste de la journée aux côtés de sa fille. Elle n'en avait rien fait. Samia lui avait dit, au contraire, ressentir le besoin d'être en sa compagnie.

L'après-midi s'était déroulée dans une ambiance apaisée. Pauline avait proposé son aide pour la marche et Samia avait accepté. Au bout d'une heure, Samia s'était levée du canapé et avait fait signe à Pauline de la suivre à l'étage. Trois mois qu'elles n'avaient pas fait l'amour. Trois mois et quatre jours précisément.

Pauline se contemplait maintenant devant la glace alors que Samia était partie leur préparer un thé. Oui, cela valait le coup de se battre. De ne laisser personne s'immiscer dans leur vie. Océane était de retour mais personne ne savait si elle se réveillerait un jour. Quant à Xavier, il était hors de question qu'il imagine un seul instant pouvoir reprendre sa place.

23

12 octobre – 10 h 30
Nîmes – Groupement de gendarmerie départementale du Gard

Domitille observait le tableau blanc et toutes les impressions que Coline avait scotchées au mur, faute de place. Comme chaque matin, elle avait incrémenté le nombre de jours les séparant des dates clés. Quinze jours qu'Océane Doucet avait été retrouvée, dix-huit, selon les estimations du légiste, que Karine Alban avait été assassinée. Il était plus compliqué de se prononcer sur la date de la mort de Vincent Hachemin. Domitille tentait cependant de ne pas trop s'y attarder. Zeller lui avait fait part des doutes de la DiANE. Elle avait intérêt à décorréler ce meurtre de celui de Karine Alban si elle ne voulait pas se perdre en spéculations hasardeuses.

Malheureusement, aucune autre unité de la brigade de recherches n'avait pu récupérer le dossier. C'était à croire que les intempéries avaient poussé le curseur de la criminalité. Aux pillages s'étaient ajoutées des rixes, dont une à l'issue fatale. Certaines familles étaient confinées depuis plusieurs jours. Résultat tristement fréquent, le taux de violences conjugales avait lui aussi augmenté. Un féminicide était même à déplorer.

Domitille était donc toujours chargée de l'affaire Vincent Hachemin, qu'elle avait confiée à Malo. Son lieutenant s'était senti évincé, elle en avait parfaitement conscience, mais l'heure n'était pas aux petits bobos d'ego. Et le meurtre de cet homme était tout aussi important, même si la victime ne leur avait jusqu'ici soutiré aucune empathie. Leur boulot ne se résumait pas à rendre justice aux gentils. Zeller, de son côté, était parti à la rencontre de Xavier Doucet.

La date de la marche blanche en hommage à Océane avait enfin pu être fixée. Elle aurait lieu d'ici vingt-quatre heures. La ville et ses alentours allaient de nouveau vivre au rythme de cette affaire. Les cars-régie des médias étaient déjà arrivés. Redoutant de nouvelles intempéries, la mairie avait installé une scène couverte d'un auvent, car Samia Doucet souhaitait s'adresser avant le départ du défilé à sa communauté, ses fidèles qui la soutenaient dans ses recherches depuis huit ans. Samia avait demandé que le discours soit diffusé sur un grand écran à proximité de l'hôpital. Cette requête avait été refusée. Le CHU de Nîmes avait objecté qu'une trop grande affluence mettrait en péril son fonctionnement.

Domitille s'était étonnée, la veille, que Zeller ne pousse pas plus loin l'entrevue avec Samia Doucet. Il lui avait fait l'impression de survoler les questions. Elle s'en était d'ailleurs ouverte juste après leur départ. L'explication était toute simple, lui avait-il répondu. La mère d'Océane avait dès le début répété au mot près ce qu'elle avait déclaré lors de sa première déposition, huit ans plus tôt. Zeller, qui avait écouté tous les enregistrements, avait tout de suite noté que son discours et son attitude restaient semblables en tous points. Domitille avait deviné au ton de sa voix qu'il s'y attendait. Zeller lui avait alors expliqué que ce comportement était fréquent dans les vieilles affaires. Si certains protagonistes étaient prêts à changer de perspective, à remettre en question leur jugement, d'autres, au contraire, transformaient leurs doutes en certitudes. Souvent par peur d'avoir pu induire les forces de l'ordre en erreur, de n'avoir pu faire aboutir l'enquête. Samia appartenait manifestement à cette deuxième catégorie. Ou alors, elle mentait, avait-il ajouté sur le même ton détaché. Depuis le début. Et elle n'était pas prête à changer sa version. Domitille y avait longuement réfléchi. Pourquoi Samia Doucet, cette femme qui s'était battue huit années durant, aurait volontairement tu des éléments qui auraient aidé à retrouver sa fille ? Zeller, de son côté, comptait sur le témoignage du père pour en avoir le cœur net.

En attendant, Domitille venait de recevoir sur sa boîte mail les résultats des analyses toxicologiques effectuées sur les chats. La capitaine se rabattit directement sur les conclusions. Le sang des félins contenait de la benzodiazépine. Elle connaissait suffisamment cet anxiolytique pour savoir qu'il n'était pas bien compliqué de s'en procurer. Ce ne serait donc pas une piste à exploiter. La dose ingérée par les chats n'était pas suffisante pour les assommer. Au mieux, cela les avait rendus apathiques.

Outre que ces résultats ne permettaient pas de confondre le tueur, ils ne répondaient pas non plus à la question primordiale. L'assassin avait-il eu besoin d'un complice pour torturer ces pauvres bêtes ? Le doute restait entier.

Domitille avait missionné Coline pour creuser un peu plus le passé de Karine Alban. La victime avait assuré à ses voisins avoir une formation d'infirmière. Si elle n'avait pas menti, son nom devait apparaître dans certaines bases de données. La jeune lieutenante n'avait encore rien trouvé mais elle avait réussi à contacter un homme de soixante-quinze ans qui s'était fait vacciner par la victime quand elle vivait à Alès. Domitille s'apprêtait à s'entretenir avec lui. Elle lui avait proposé de lui téléphoner, mais le septuagénaire voulait se rendre en personne à la gendarmerie. « Pour une fois qu'il ne pleut pas ! » avait-il dit sur un ton enjoué. Coutumière des âmes volontaires à la recherche d'un passe-temps pour tuer l'ennui, la capitaine espérait ne pas perdre son temps.

Domitille reçut Paul Guillet dans le premier bureau inoccupé qui se présenta. Elle ne pouvait décemment pas l'installer dans le sien, le tableau blanc et son lot de monstruosités l'auraient fait fuir.

L'homme était si grand qu'il se baissa pour éviter l'encadrure de la porte. Il avait fière allure. Svelte, cheveux blancs soigneusement coiffés en arrière, il portait un pantalon en toile beige et une veste molletonnée vert bouteille. Un foulard jaune pâle noué autour du cou complétait sa tenue élégante. En l'observant durant les présentations d'usage, Domitille peinait à concevoir que Paul Guillet ait pu choisir Karine Alban comme infirmière. Elle lui exprima son étonnement.

— J'étais temporairement dans l'incapacité de conduire, expliqua-t-il. Un bête accident domestique. Une glissade dans l'escalier. Résultat, une cheville cassée. Ma voisine de l'époque, malheureusement décédée aujourd'hui, me l'avait recommandée. Enfin, « recommandée » est peut-être un grand mot. Elle m'avait dit que faute de mieux, je pouvais toujours faire appel à cette femme qui s'occuperait également de ma maison et de mon jardin. Mission qu'elle a accomplie pendant six semaines.

Domitille esquissa son premier sourire. Elle tenait enfin un témoin de qualité. Une personne qui avait échangé avec Karine Alban autrement qu'à travers une porte fermée. De plus, l'homme s'exprimait avec aisance. Il avait déclaré être à la retraite sans préciser quelle avait été son activité. Domitille lui posa la question par pure curiosité.

— J'enseignais l'histoire de l'art à Aix-en-Provence. J'aimais beaucoup cette ville mais ma pension ne m'a pas permis d'y rester. Mon choix s'est porté sur Alès.

Domitille avait perçu beaucoup de regrets dans cette dernière phrase, mais préféra rester concentrée.

— Nous aimerions cerner un peu mieux la personnalité de Karine Alban. Comprendre qui elle était.

— Ouh là, vaste sujet ! s'exclama-t-il d'un œil malicieux. Je vous souhaite bien du courage. Personnellement, je m'interroge encore.

— Pourquoi ?

Paul Guillet inspira longuement avant de se lancer.

— C'était pour le moins une originale, comme on disait de mon temps. Elle pouvait même être assez attendrissante dans son genre. Les idées fusaient dans sa tête. Certaines plus farfelues que d'autres mais on ne pouvait pas s'ennuyer avec elle !

— Quel genre d'idées ?

— Il me faudrait la journée pour toutes vous les citer. Elle prenait très au sérieux les complots d'État ou les manipulations de l'opinion publique orchestrées par les médias. Il y avait aussi le réchauffement climatique, certainement dû à Monsanto ainsi qu'à Bill Gates. Ne me demandez pas le rapport avec ce monsieur, je ne l'ai jamais trouvé. Elle me racontait aussi des histoires plus personnelles. Karine Alban disait qu'elle avait été adoptée.

— Vous n'y croyiez pas ?

— Si. Je n'avais rien de concret pour remettre cette éventualité en question. En revanche, elle était persuadée d'être un de ces bébés volés du franquisme.

Domitille fronça légèrement les sourcils et Paul Guillet eut le tact de développer sans qu'elle ait à étaler son ignorance sur ce point.

— Un scandale d'État espagnol qui reste encore aujourd'hui un tabou. Des bébés retirés dès la naissance à leurs parents sous prétexte qu'ils étaient républicains. Ces nourrissons étaient ensuite confiés à des familles qui soutenaient le régime de Franco. L'Argentine a eu les mêmes pratiques durant la dictature militaire.

La capitaine hocha la tête, elle se souvenait d'un reportage sur les grand-mères de la place de Mai de Buenos Aires qui l'avait beaucoup marquée.

— Qu'est-ce qui vous assure que son histoire est fausse ? Les dates ?

— Non, les bébés espagnols ont été principalement enlevés dans les années quarante et cinquante, mais des cas ont été constatés jusque dans les années quatre-vingt. Non, ce qui m'a mis sur la piste, c'est que Karine a évoqué un jour ses parents d'adoption : d'honnêtes et travailleurs fermiers avec la particularité d'être berrichons de souche. De vous à moi, je ne pense pas que Karine Alban aurait servi la cause franquiste en étant confiée à cette famille. Ce n'était pas le seul sujet sur lequel elle affabulait. Cette femme affirmait avoir parcouru le monde entier et avoir vécu trois ans à Rome.

— Et ce n'était pas vrai ?

— J'ai la chance d'avoir beaucoup voyagé pour parfaire ma culture et si Karine Alban a mis un jour les pieds à Rome, alors je suis prêt à croire que Bill Gates est responsable à lui seul du changement climatique.

Domitille ne put retenir un sourire et l'invita d'un geste de la main à continuer.

— Karine Alban avait un esprit ouvert et curieux, on ne peut pas lui retirer cela. Elle passait plus de temps à consulter les livres d'art de ma bibliothèque qu'à les épousseter. Je trouvais cela charmant. Elle se contentait de regarder les images mais semblait en apprécier la beauté. Je ne sais pas trop ce que je pourrais vous dire de plus.

— Avait-elle aussi menti sur sa formation d'infirmière ?

— Non, je ne pense pas. Elle m'a fait un seul vaccin mais son geste était sûr. Elle donnait l'impression de maîtriser ce qu'elle faisait. Et elle m'a conseillé un médicament pour des maux de ventre dont je souffrais à l'époque. Elle ne m'a pas indiqué le nom d'une marque mais celui d'une molécule. Ce n'est pas si courant.

— Et ses enfants, il lui arrivait de vous en parler ?

— Des enfants ? Vous me l'apprenez. J'étais persuadé qu'elle vivait seule. Je ne l'envisageais pas assez responsable pour être mère de famille. Elle avait un côté naïf qui la poussait à croire tout ce qu'on lui disait.

Domitille aurait aimé avoir Zeller à ses côtés. Cet entretien était allé bien au-delà de ce qu'elle avait imaginé.

Elle réfléchissait à sa prochaine question quand Malo surgit dans le bureau sans même prendre la peine de frapper. Il se retint *in extremis* de parler en avisant l'inconnu qui se trouvait avec elle. Domitille lui fit signe de patienter un instant.

24

12 octobre – 11 heures
Nîmes

Contrairement à Samia Doucet, le père d'Océane paraissait enclin à revenir sur ses propos livrés huit ans plus tôt. Gab Zeller eut même l'impression qu'il attendait depuis longtemps d'en avoir l'occasion. Assis face à face à une table de café, les deux hommes échangèrent d'abord quelques banalités avant d'entrer dans le vif du sujet.

Est-ce que sa petite fille aurait eu des raisons de fuguer ? À l'époque, Xavier Doucet avait écarté cette hypothèse d'un revers de la main. Les enfants de douze ans ne fuguaient pas, fin de la discussion ! Il avait eu largement le temps de se renseigner depuis lors. Les chiffres parlaient d'eux-mêmes. Environ quarante mille enfants disparaissaient en France, chaque année. La grande majorité des cas était considérée comme volontaires. L'âge des fugueurs ne cessait de baisser. Pas loin de 40 % de ces enfants avaient moins de quinze ans. Donc oui, Océane avait peut-être fugué.

— Je préférerais qu'on me dise qu'Océane a été enlevée. Ce serait tellement plus simple à accepter. Je me sens responsable. Il paraît que c'est normal dans ce genre de situation. J'ai fait un long travail sur moi-même. J'ai mis du temps à admettre que je n'avais pas été un père modèle.

Zeller se retint d'alléger le fardeau de Xavier Doucet. Rien ne permettait d'affirmer qu'Océane avait fait le choix de partir. La thèse de l'enlèvement semblait même la plus probable. Il souhaitait cependant connaître les secrets de la famille Doucet.

— Samia voulait absolument un enfant, continua le père, accablé. Pour ma part, je ne pensais pas être prêt. Quand Samia a fait sa fausse couche, je me suis dit que c'était le destin et qu'il ne fallait pas le forcer. J'en ai un peu honte aujourd'hui mais c'est la vérité. J'ai tenté de partager mon ressenti. Samia n'était clairement pas disposée à m'écouter. Elle est retombée enceinte quelque temps après. Moi, ça m'a semblé trop tôt. Pour mon ex-femme, il s'était écoulé une éternité.

Le major de la DiANE gardait le silence, de crainte d'interrompre cet homme disposé à partager son intimité avec lui.

— Quand Océane est née, j'ai été submergé par des sentiments contradictoires. J'étais à la fois ému et terriblement inquiet. La grossesse n'était pas allée jusqu'à son terme. Samia a accouché alors qu'elle n'en était qu'à sept mois. Océane semblait tellement fragile que je n'osais pas la prendre dans mes bras. Dès sa naissance, elle a eu des problèmes de santé. Ça a commencé par les bronches. Il paraît que c'est fréquent chez les prématurés. Nous devions régulièrement l'amener aux urgences pédiatriques. J'ai beau être kiné, je suis très mal à l'aise dès que je mets un pied dans un hôpital. C'est idiot, je sais. Et, pour être tout à fait honnête, c'est surtout la parentalité qui m'effrayait. Samia et moi n'avions jamais été un couple très soudé. Nous n'étions pas animés par la passion. Avec le recul, je me demande si nous avons été un jour amoureux. Nous étions ensemble et ça se passait bien, voilà tout. Notre routine m'allait parfaitement. L'arrivée d'Océane a tout chamboulé.

Xavier avait tenté de quitter Samia à plusieurs reprises avant même l'arrivée d'Océane, mais, chaque fois, il s'était senti obligé de faire machine arrière. Samia paraissait forte mais ce n'était pas le cas. Peu de gens en avaient conscience, car elle n'était pas du genre à se confier. La mort de son père, puis celle de son petit frère l'avaient beaucoup affectée. Elle avait vécu ces deux disparitions comme des abandons. Aussi, quand Xavier avait émis l'idée de partir, ou simplement de faire une pause, Samia s'était écroulée.

— Je ne l'aimais peut-être pas d'un amour fou mais je ne voulais pas lui faire du mal pour autant. J'ai toujours eu beaucoup de respect pour elle. Alors j'ai accepté que ma vie ait ce goût tiède et je me suis fait une raison. Mais avec Océane, cela devenait impossible de faire semblant. Je ne réussissais pas à trouver ma place. Samia voulait que l'on ressemble à une famille parfaite, qu'on soit toujours ensemble. C'était trop dur pour moi. Je me suis donné à fond dans mon boulot, laissant Samia seule à la maison avec notre fille. Quand la santé d'Océane s'est dégradée, encore une fois, je n'ai pas été à la hauteur. J'ai laissé Samia gérer.

Plus Xavier Doucet admettait ses erreurs, plus il se détendait. Ce n'était pas la première fois que Zeller observait cet effet. Le poids de la culpabilité s'allégeait avec les aveux.

— Je pensais que Samia avait accepté la situation. Elle ne me faisait jamais de reproches. Océane la comblait. Elle lui donnait tout l'amour dont elle avait besoin et Samia le lui rendait en retour. Elle était totalement dévouée à notre fille. Ma femme ne se plaignait jamais. Dans le quartier, tout le monde la considérait comme une sainte alors que personne ne se gênait pour jeter sur moi un regard désapprobateur. J'étais un père absent et un mari peu attentionné. Samia, elle, ne disait rien. Et, un jour, tout a changé.

Zeller resta impassible. Il ne devait pas brusquer son vis-à-vis. Xavier Doucet fit un signe au serveur. Il avait besoin d'un autre café. Le major en commanda un lui aussi. Si Xavier Doucet avait besoin de temps pour lui livrer la suite, il était prêt à le lui accorder. Au bout de deux longues minutes, le père d'Océane se sentit disposé à continuer.

— Je ne pourrais pas vous dire exactement ce qui a provoqué ce changement. J'ai longtemps cherché pourtant. Peut-être que Samia a tout simplement perdu patience. Peut-être en avait-elle assez de mon manque d'implication, je ne sais pas. Elle s'est mise à me faire des scènes, pour un oui ou pour un non. Elle voulait tout connaître de mon emploi du temps. Jusqu'ici, elle m'avait toujours accordé sa confiance. Elle ne s'était jamais montrée possessive ni même un tant soit peu jalouse. J'ai eu des histoires, des aventures sans lendemain. Jamais rien de bien sérieux. Samia s'en doutait mais n'avait jamais cherché à savoir. Ce qui comptait, c'était que je rentre tous les soirs. Et un beau matin, les disputes ont commencé. Espacées les premières semaines puis rapidement quotidiennes. Nous ne nous engueulions jamais devant Océane mais l'ambiance était devenue irrespirable à la maison. J'ai commencé à travailler de plus en plus tard, bien après qu'Océane était couchée. Notre fille n'était pas idiote. Elle savait que sa mère et moi avions un problème. Ses maux de ventre sont devenus de plus en plus fréquents. Il ne fallait pas avoir fait médecine pour comprendre ce qui se passait.

— Selon vous, les douleurs d'Océane étaient uniquement psychosomatiques ?

— Non, ça faisait plusieurs années qu'elle en souffrait. Les premiers symptômes sont apparus alors qu'elle était encore petite. À l'âge de six ou sept ans, je dirais. Simplement, les crises se sont rapprochées. Océane se pliait de douleur un jour sur deux.

— Et Samia, comment le vivait-elle ?

— C'est difficile à dire. Elle était terriblement malheureuse pour elle. Je crois sincèrement que Samia souffrait autant que notre fille, mais elle ne faisait rien pour calmer les choses. Il faut dire qu'Océane était aussi moins facile. Elle venait de rentrer dans la préadolescence et voulait affirmer son caractère. Elle en avait assez que sa mère soit constamment sur son dos. Ce n'était pas évident pour Samia. Avec le recul, je compatis. Elle avait tout sacrifié pour le bien-être de sa fille. Elle avait quitté son emploi, fait une croix sur notre couple. Elle passait ses journées à s'occuper d'Océane, à la soigner, à lui faire rattraper les cours qu'elle avait manqués. Alors, forcément, elle vivait assez mal cette période. J'aurais été à cran pour moins que ça.

Xavier Doucet jeta un regard vers l'extérieur et se perdit dans ses pensées. Zeller, qui imaginait combien il était douloureux de raviver ces souvenirs, respecta cette introspection. Quand le serveur déposa l'addition, il régla la note et attendit de longues secondes avant de le relancer.

— Vous étiez chez vous le soir où Océane a disparu. Vous ne travailliez pas ?

— Non. C'était un vendredi. J'avais promis à Samia de faire un effort et de passer le week-end en famille.

La voix de Xavier Doucet s'était soudain cassée. Il prit un instant pour reprendre contenance.

— J'ai embrassé ma fille avant qu'elle ne sorte de la maison. Elle m'a serré fort dans ses bras. J'y repense souvent. A-t-elle fait ça parce qu'elle était contente de nous voir tous réunis ou parce qu'elle savait qu'elle ne rentrerait pas ? Cette question m'a rendu dingue, vous n'avez pas idée !

Zeller ne pouvait malheureusement pas lui apporter la réponse. Il s'obligea, au contraire, à lui en poser d'autres. Il savait que Xavier Doucet n'avait eu de cesse de revivre les derniers jours passés avec sa fille. Avait-elle parlé d'une personne qui l'aurait abordée ? Un adulte qui aurait cherché à se lier d'amitié ? Lui-même avait-il remarqué un individu qui n'était pas du quartier ? Où se trouvait-il le 27 septembre ?

— C'est le jour où on a retrouvé Océane sur cette départementale, c'est ça ? réagit vivement Doucet. C'est quoi cette question ? Vous pensez sincèrement que j'aie pu faire du mal à mon enfant ? Vous êtes malade ! J'ai dit que j'ai été un mauvais père mais n'allez pas déformer mes propos. J'aimais Océane. Mal, c'est vrai, mais je l'aimais.

— Océane n'est pas morte, monsieur Doucet.

— Arrêtez ça tout de suite ! Vous voyez très bien ce que je veux dire.

— Justement, j'aimerais comprendre. Pourquoi n'êtes-vous allé qu'une seule fois au chevet de votre fille ?

La colère de Xavier Doucet s'évapora aussi vite. De nouveau, la culpabilité l'assaillit.

— C'est trop dur. Je n'y arrive pas.

— Vous n'arrivez pas à quoi ?

— À tout ça. Je n'arrive pas à me réjouir de retrouver ma petite fille alors qu'elle est dans cet état. J'ai mis tellement de temps à me reconstruire. J'ai été obligé de me faire une raison pour continuer à vivre. Je me suis convaincu qu'Océane était morte et qu'elle ne reviendrait jamais. Alors oui, bien évidemment, je suis heureux d'avoir eu tort durant toutes ces années mais la voir dans ce lit avec tous ces appareils autour d'elle, je ne sais pas… Et c'est à peine si je la reconnais. C'est presque une femme maintenant.

Zeller ne fit aucun commentaire même s'il saisissait la détresse de ce père.

— J'aimerais tout de même que vous répondiez à ma question, monsieur Doucet. Où étiez-vous le 27 septembre ?

— J'étais à mon cabinet, à trois cents kilomètres de là ! Je vis désormais à Toulouse. Je pensais que vous le saviez. Et Samia ? Vous lui avez aussi posé la question à Samia ?

— Nous l'avons fait.

— Je n'en reviens pas que vous puissiez nous soupçonner !

— C'est la procédure, voilà tout.

Xavier Doucet tentait de se calmer mais le mal était fait. Zeller n'obtiendrait plus rien de lui. Il ne restait plus qu'une chose à faire avant de le libérer. Il lui montra la photo de Karine Alban sur son téléphone portable.

— Reconnaissez-vous cette femme, monsieur Doucet ?

— Elle est morte ?

— En effet.

— Quel rapport avec Océane ? Vous pensez qu'elle aurait pu l'enlever ?

— Nous pensons qu'elle aurait pu croiser la route de votre fille, répondit prudemment Zeller. Son visage ne vous dit rien ?

Xavier Doucet se saisit du téléphone qu'il regarda attentivement. Zeller le vit froncer les sourcils.

— C'est difficile à dire. Elle a les yeux fermés, sans parler du reste. Vous n'auriez pas une autre photo ? Je veux dire… une où elle serait encore en vie ?

Zeller afficha la vieille carte d'identité sans espoir, conscient que le cliché était très éloigné de la femme sur la table d'autopsie. Xavier Doucet saisit de nouveau l'appareil.

— Comment s'appelle-t-elle ?

— Karine Alban.

— Ce nom ne me dit rien. J'ai l'impression de l'avoir déjà vue mais je ne pourrais pas l'affirmer, finit-il par dire, confus.

— Essayez encore un peu. Si vous l'avez croisée, ce serait dans quelles circonstances ? insista Zeller.

L'homme prit le temps de chercher dans ses souvenirs avant de capituler.

— Non, désolé, je ne vois pas. Peut-être une patiente. J'en ai eu tellement à une époque. Et puis encore une fois, ce n'est qu'une vague impression.

25

12 octobre – 11 h 30
Castillon-du-Gard

« Cette fois, on le tient ! » s'était exclamé Malo en insérant la clé de contact.

Domitille avait tout juste eu le temps de réquisitionner une équipe en renfort. Trois véhicules de gendarmerie, sirènes hurlantes et gyrophares enclenchés, avaient formé un cortège sur l'autoroute A9. Les trente kilomètres qui les séparaient de Castillon-du-Gard furent parcourus en un temps record.

À l'approche du village, Domitille ordonna aux trois conducteurs de se faire discrets. Hors de question de débarquer en fanfare. Le personnel de l'hôtel dans lequel ils se rendaient avait été prévenu de leur arrivée. Il n'était pas nécessaire d'attirer les curieux.

Comme l'avait pressenti Domitille, le scooter avec lequel Rémi Alban avait été vu à Saint-Gilles n'était pas son seul véhicule. En quittant son squat, le jeune homme s'en était débarrassé. Le deux-roues avait été découvert trois cents mètres plus loin. Contrairement à ce qu'avait espéré Malo, Rémi n'avait rien laissé sous la selle. Les techniciens avaient en revanche mis la main sur l'emballage d'une carte SIM dans le vide-poche situé à l'avant. Le numéro d'identification inscrit dessus leur avait permis de localiser le téléphone dans lequel elle avait été insérée. Toujours active, la puce les avait guidés jusque dans ce village de moins de deux mille habitants. Rémi Alban avait enfin commis une erreur.

Domitille avait profité du trajet pour aller sur le net, et se faire une idée de l'hôtel dans lequel se trouvait leur suspect. Il disposait d'une trentaine de chambres réparties sur dix-huit maisons médiévales reliées entre elles. Un standing loin de correspondre à son ancienne planque. Elle-même n'avait pas les moyens de s'offrir plus d'une nuit dans cet établissement. Lorsque Malo avait joint le réceptionniste, ce dernier avait affirmé qu'aucune chambre n'avait été attribuée à un jeune homme de vingt-deux ans. L'hôtel était pour ainsi dire vide en raison des intempéries. Les pluies avaient inondé les jardins et dévasté la piscine. Il était même prévu d'anticiper sa fermeture pour la remise en état annuelle, dès que leur seul et dernier client aurait quitté sa suite. Un habitué des lieux, avait-il tenu à préciser. Domitille s'imagina un homme richissime. Qui d'autre pouvait à lui seul empêcher la fermeture d'un hôtel de luxe quand bien même des travaux s'imposaient ?

Elle avait beau s'y essayer, Domitille ne partageait pas l'optimisme de Malo. Elle craignait que ce téléphone ne soit une fausse piste. Les chambres de l'hôtel étant inoccupées, Rémi Alban aurait certainement pu s'y installer discrètement mais comment aurait-il eu cette information ? Il connaissait peut-être un employé de l'établissement. C'était de l'ordre du possible, mais Castillon était à l'opposé de Saint-Gilles. Pourquoi venir ici alors qu'un touriste en cette saison aurait tout de suite suscité l'attention ? Étant donné la taille du village, tout le monde se connaissait forcément. C'était prendre un énorme risque. D'un autre côté, aucun appel à témoins n'avait été lancé de manière officielle. Seules les forces de l'ordre avaient reçu le signalement de Rémi Alban. Le jeune homme ne se croyait peut-être pas recherché. Domitille appréhendait une nouvelle déconvenue. Elle avala un cracker pour se calmer. Inutile de réfléchir à tout cela maintenant. Dans quelques minutes, elle serait fixée.

Niché sur un promontoire rocheux, Castillon-du-Gard offrait un panorama exceptionnel sur la vallée du Gardon et les paysages environnants. Malgré la couverture nuageuse, Domitille avait aperçu le pont du Gard alors que leur convoi longeait un des remparts. Elle ne doutait pas que cet endroit devait être pris d'assaut aux beaux jours. La commune avait œuvré pour en faire un joyau provençal. Toutes les rues avaient été repavées, les fils électriques dissimulés. Mais en ce jour maussade, Domitille se demandait si ce village était même habité. Ils n'avaient pas encore croisé une seule âme.

Le réceptionniste avait averti Malo que l'accueil s'effectuait dans une ruelle qui ne permettait pas le stationnement, et lui avait indiqué un parking à proximité. Le lieutenant avait feint d'écouter les explications. Il n'avait aucunement l'intention de se garer si loin. Son interlocuteur aurait l'occasion de découvrir par lui-même que ce n'était pas une visite de courtoisie mais une descente orchestrée.

L'escouade de gendarmes fit irruption dans un hall qui ne devait pas faire plus de quarante mètres carrés. Tassés les uns contre les autres, ils étudiaient d'un seul homme le plan de l'hôtel que Domitille venait de récupérer. Elle scinda le groupe en trois équipes. Chacune d'elles inspecterait six maisons. Le réceptionniste leur fournit des passes, précisant que la suite 127 ne pourrait être visitée.

— C'est la chambre occupée ?

— Absolument. C'est un client assez âgé qui n'aime pas être dérangé.

— On a l'air d'être là pour repérer nos prochaines vacances ? rétorqua Malo.

— Appelez-le, je vous prie, intervint Domitille pour désamorcer la situation. Prévenez-le qu'on doit faire le tour de sa chambre. Il n'y en aura pas pour longtemps.

Le réceptionniste grimaça, craignant sans doute de commettre un impair en l'absence de son manager. La capitaine insista d'une voix aimable mais ferme.

Les deux premières équipes se dirigeaient déjà vers leur lotissement respectif tandis que Domitille et Malo attendaient le retour de l'hôte d'accueil. Ils avaient décidé de s'occuper du bloc de maisons à l'extérieur du bâtiment principal dans lequel se trouvait la chambre occupée. Le réceptionniste revint vers eux avec une mine embarrassée.

— Il ne répond pas. Il est peut-être en train de dormir. À moins qu'il ne soit dans son bain ? Je ne peux pas vous laisser entrer comme ça.

— Venez avec nous ! répondit Domitille dont le ton ne souffrait plus aucune discussion.

Malo imposa un pas de course que personne ne chercha à ralentir. Si le nom de Rémi Alban était apparu il y a trois jours et seulement deux jours que son portrait avait été diffusé, les gendarmes avaient la sensation de lui courir après depuis bien plus longtemps. Rémi, même s'il n'avait pas commis le meurtre de Karine Alban et l'agression d'Océane Doucet, restait une personne de grand intérêt pour leur enquête. Il était le seul, à leur connaissance, à pouvoir apporter des éléments de réponse.

Comment et pourquoi Océane s'était retrouvée dans les griffes de Karine Alban ? Qui avait des raisons de torturer cette dernière ?

Ils arrivèrent devant la porte 127, Domitille légèrement essoufflée. Elle frappa du plat de la main en s'annonçant. Elle réitéra son geste deux fois sans que personne se manifeste. Elle fit signe au réceptionniste d'actionner son badge en lui ordonnant de se mettre sur le côté dès que ce serait fait. Malo dégaina son arme et indiqua d'un geste à Domitille qu'il ferait irruption en premier.

Le dispositif mécanique placé au-dessus de la porte empêcha qu'elle ne s'ouvre avec fracas. Malo débarqua dans un salon inoccupé, suivi de près par Domitille. Toutes les lampes étaient allumées, la pièce baignait dans la lumière. Ils avancèrent prudemment et inspectèrent chaque recoin du duplex. La chambre et la salle de bains se trouvaient à l'étage. Domitille tenait son arme le long du corps. Elle réajusta de sa main libre le gilet pare-balles qui lui cisaillait l'épaule et respira un grand coup avant de suivre Malo dans l'escalier.

Arrivée sur la dernière marche, Domitille enregistra mentalement tout ce qu'elle voyait. Deux lampes de chevet qui éclairaient un lit défait. Des habits déposés avec soin sur un valet de nuit. Les persiennes légèrement entrebâillées et la fenêtre ouverte. La température dans la pièce ne devait pas excéder les quinze degrés. Domitille qui avait bridé ses pensées jusqu'ici éprouvait désormais un franc et mauvais pressentiment.

Quand elle vit Malo revenir de la salle de bains, elle comprit que son intuition ne l'avait pas trompée. Son second s'accrocha quelques instants au chambranle de la porte avant de lever vers elle un visage blême. Domitille s'approcha et vit qu'il tenait quelque chose dans sa main.

Malo avait pris le temps d'enfiler un gant, pensa-t-elle mécaniquement. Elle constata qu'il était déjà maculé de sang.

— Je crois qu'on vient de trouver le téléphone de Rémi Alban, dit-il d'un air hagard en ouvrant sa main.

26

13 octobre – 16 h 30
Nîmes

Sous un ciel menaçant, Gab Zeller marchait au rythme de la foule qui s'était réunie pour suivre la marche blanche organisée en l'honneur d'Océane. Des premiers chiffres avaient été annoncés. Les organisateurs estimaient que dix mille personnes avaient fait le déplacement. La préfecture aurait certainement sa propre évaluation en fin de journée. Peu importait. Il était indéniable que les Gardois s'étaient déplacés massivement pour soutenir les parents d'Océane.

La procession était partie des arènes de Nîmes, monument emblématique de la ville que le major avait à peine eu le temps d'admirer. Il s'était laissé porter par le flux silencieux en regardant de temps à autre le nom des rues empruntées sans être capable de se repérer. Le boulevard Victor-Hugo avait précédé les rues de l'Horloge et de la Madeleine. Il se trouvait à présent place des Carmes et commençait à comprendre que le cortège dessinait une boucle qui les ramènerait à leur point de départ.

Il avait pu apercevoir au loin Coline et Kylian dans leur uniforme. Domitille leur avait demandé d'observer le couple Doucet. Les parents d'Océane ouvraient la marche et rien ne laissait supposer qu'ils n'étaient plus mariés. Main dans la main, ils s'adressaient de temps à autre des regards empreints de tendresse. Tous deux portaient un T-shirt à l'effigie de leur fille. Samia se retournait régulièrement pour adresser des remerciements muets aux participants. Elle était visiblement émue par tous ces témoignages de soutien. Ses cernes trahissaient sa fatigue mais son sourire l'estompait. Zeller s'était retenu de lui adresser quelques mots avant le départ de la marche. Ce moment lui appartenait. Elle méritait de jouir de chaque instant de cette communion.

Le major ne s'attendait pas que tant de médias couvriraient l'événement. Certes, personne ne pouvait affirmer qu'Océane allait se réveiller mais l'issue était moins tragique que ce que les journalistes avaient pour habitude de commenter. Zeller imaginait aisément que l'avancée des forces de l'ordre, ou plutôt leur inefficacité dans cette enquête, étaient en ce moment même le réel sujet débattu sur les plateaux télé. La pression politique allait encore monter d'un cran.

Gab Zeller avait passé la matinée au chevet d'Océane, profitant que Samia et Xavier Doucet soient accaparés par les préparatifs de cette journée. Il s'était assis à côté de la jeune femme et lui avait parlé le plus naturellement du monde, persuadé qu'elle pouvait l'entendre. Il espérait établir un lien avec celle qui occupait jour et nuit son esprit depuis presque trois semaines. Il ressentait le besoin de lui apporter un peu de réconfort. Lui faire savoir que des hommes et des femmes travaillaient ardemment pour comprendre ce qui lui était arrivé.

De façon plus surprenante, il avait enchaîné sur un monologue nettement plus personnel. Il lui avait raconté la vie qu'il menait quand il avait son âge. Sa première déception amoureuse, ses écarts de conduite, les tensions avec son père avant de s'engager dans l'armée. Il avait volontairement survolé cette période, omis de lui parler de l'accident et de sa rébellion face à la réaction de ses parents. Cette histoire était la sienne et la délivrer, ici et maintenant, n'aurait eu aucun sens. Il avait préféré poursuivre sur son parcours professionnel, les études qu'il avait reprises tout en restant réserviste pour se former au droit et à la psychocriminologie. Ses premières enquêtes et la fierté qu'il avait tirée de leur résolution. Gab Zeller voulait insuffler un peu d'espoir à Océane. Lui dire que malgré les horreurs qu'elle avait dû traverser, une nouvelle vie l'attendait. Le major n'avait partagé que de bons souvenirs. Il ne lui avait pas non plus parlé de la culpabilité qui le rongeait depuis plus de six mois. Encore une fois, il n'était pas venu ici pour s'épancher.

Une part de son esprit restait tout de même concentrée sur l'enquête. La découverte d'un corps dans une chambre d'hôtel à Castillon-du-Gard avait modifié leur approche du dossier. Depuis plus de vingt-quatre heures, les recherches s'étaient focalisées sur ce dernier crime.

La salle de bains de la chambre 127 de l'hôtel de luxe avait été le théâtre d'un carnage. La faïence écrue avait disparu sous les traînées de sang.

Mathieu Witowski, un homme de soixante-douze ans, avait été retrouvé dans la baignoire. Il n'avait pas seulement été amputé de son appareil génital. On lui avait également percé les yeux, sectionné la langue et tranché les mains. Organes que les techniciens avaient récupérés dans le lavabo.

Zeller profitait de la marche blanche pour réfléchir à cette nouvelle affaire. Rémi Alban était-il l'auteur de cette atrocité ? Tout portait à le croire. Son téléphone avait été retrouvé à côté du lavabo. La priorité absolue des enquêteurs était à présent de mettre la main sur cet homme.

Le juge Perfetti avait d'ailleurs délivré un mandat d'amener et des recherches actives étaient en cours dans toute l'Occitanie.

On ne connaissait à la victime ni conjoint ni enfants. Mathieu Witowski vivait à Paris dans le 8e arrondissement. Propriétaire d'un appartement de deux cents mètres carrés dans une rue parallèle aux Champs-Élysées, il séjournait régulièrement dans l'hôtel cinq étoiles de Castillon. L'enquête de personnalité avait déjà établi qu'il passait une partie de l'hiver en Suisse et l'automne à New York. Son appartement parisien servait donc en quelque sorte de pied-à-terre. Ancien PDG d'une firme pétrolière, Mathieu Witowski était connu dans le monde des affaires.

Domitille et Zeller avaient calé un rendez-vous le lendemain dans une tour de la Défense avec une femme qui avait été son assistante près de quinze ans. Ils espéraient comprendre comment un homme de cet âge, à la retraite et voyageant à travers le monde, avait croisé la route de Rémi Alban. Et surtout, qu'avait-il fait pour que le jeune homme ou qui que ce soit d'autre s'acharne ainsi sur son corps ?

Le meurtre de Vincent Hachemin ne pouvait plus être considéré comme un acte isolé. Le mode opératoire pour Mathieu Witowski différait légèrement mais l'idée restait la même. Sa tête avait été enserrée dans un sac à linge en plastique, que l'hôtel mettait à la disposition de ses clients. Le téléphone de Rémi découvert à côté de la victime ne menait qu'à une déduction possible. Tous les meurtres étaient liés.

27

14 octobre – 13 heures
Nîmes – Groupement de gendarmerie départementale du Gard

Malgré la fatigue accumulée et ses séances d'entraînement annulées, Malo Prigent débordait d'énergie. Le fait d'être de nouveau intégré à la globalité de l'enquête n'y était pas étranger. Quand les techniciens l'avaient prévenu avoir borné le téléphone de Rémi Alban, il avait craint que Domitille ne l'évince et lui demande de continuer à se concentrer sur Vincent Hachemin. Peut-être avait-il bénéficié du fait que Zeller soit absent des locaux quand l'alerte avait été donnée ? Cela n'avait plus d'importance. Désormais, tous les effectifs travaillaient d'arrache-pied sur une seule et même affaire.

Domitille et Zeller étaient partis pour Paris, aussi se retrouvait-il seul avec Coline et Kylian pour approfondit leurs recherches. Il avait demandé à sa lieutenante de retracer tous les derniers déplacements de Rémi grâce à la puce de sa carte SIM. Coline avait décroché du mur une affiche défraîchie vantant les mérites des métiers de la gendarmerie nationale afin de déployer une carte de la région. Si l'enquête n'aboutissait pas rapidement, il ne resterait plus que le plafond pour exposer les nouveaux éléments.

Plusieurs repères étaient déjà placés à l'aide de pastilles autocollantes. La jeune lieutenante fit un commentaire entre deux bouchées de la dernière part de pizza, froide depuis un bon bout de temps.

— Il a fait plusieurs escapades sans jamais quitter le Gard. J'ai recoupé avec la liste de ses appels. Je crois que j'ai une petite idée du pourquoi de ses déplacements.

— Je t'écoute, répondit Malo en s'approchant de la carte pour suivre son raisonnement.

— On note une escale à Villevieille, une autre à Barjac. Les deux communes ont des hôtels quatre étoiles qui comportent pas mal de similitudes avec l'établissement de Castillon. Des domaines luxueux agencés dans de vieilles bâtisses provençales. Un château pour l'un, un mas pour l'autre. Rémi Alban les a contactés alors qu'il se trouvait sur place.

— Tu penses qu'il cherchait Mathieu Witowski, déduisit Malo.

— C'est ce qui m'est venu à l'esprit. Imaginons que Rémi soit sur la trace d'un mec en particulier. En l'occurrence, Witowski. Tout ce qu'il sait, c'est que le type séjourne régulièrement dans un hôtel de ce genre. Un truc luxueux, pas une construction moderne mais plutôt de la vieille pierre. Il ne connaît pas son emplacement exact mais il sait que c'est dans le Gard, à moins de cinquante kilomètres d'Alès.

— Pourquoi tu prends Alès comme point de référence ?

— Parce que c'est l'adresse où il a vécu le plus longtemps. Quand bien même tu prendrais Nîmes ou Pont-Saint-Esprit, les trois hôtels sont dans un mouchoir de poche.

— OK, disons que je te suis. Donc Rémi Alban piste sa proie. Il repère les hôtels qui pourraient correspondre, vérifie auprès de la réception que Witowski a pris une chambre dans leur établissement. Il finit par trouver le bon. Comment savait-il que l'homme qu'il recherchait était en ce moment même dans un hôtel du coin ?

— Le réceptionniste m'a dit que Witowski venait chaque année à la même période.

— Je répète ma question : comment Rémi le savait-il ?

Coline n'avait rien à répondre et préféra ingurgiter le reste de sa pizza.

— Si Rémi était au courant des habitudes de notre victime, continua Malo, il aurait forcément connu le nom de l'hôtel. Donc ça ne marche pas. Je penche plutôt pour une tierce personne. Quelqu'un l'aura rencardé. Reste à savoir qui. Jusqu'à présent, on ne lui a trouvé aucune connexion. Pas un ami, ni même une vague connaissance. Ce mec est un fantôme !

— Karine lui a sans doute appris à se cacher depuis l'enfance, ça n'a donc rien d'étonnant.

Malo tira sur sa vapoteuse, petit plaisir qu'il s'octroyait dès que Domitille s'absentait. Manifestement, elle n'était pas fan du parfum pastèque-kiwi. L'odeur semblait l'incommoder particulièrement ces derniers temps.

Coline avait raison sur un point. Rémi Alban avait réussi à rester sous les radars de nombreuses années. Malo avait tendance à oublier que leur suspect avait sûrement passé la plus grande partie de sa vie dans la clandestinité. Contrairement à ce qu'ils avaient cru un temps, Rémi maîtrisait l'art de la cavale, il avait appris à se faire discret. L'emballage de la carte SIM avait été pour l'instant sa seule erreur. Il en commettrait d'autres, c'était à n'en pas douter, mais les gendarmes n'avaient pas le loisir d'attendre que cela survienne. Si Rémi Alban avait d'autres cibles en tête, il fallait absolument l'arrêter, et rapidement.

Kylian déboula dans le bureau, le souffle court. Malo l'avait chargé de mettre la pression aux techniciens en identification criminelle dont le laboratoire n'était qu'à quelques encablures de leur bâtiment. Il était censé faire le pied de grue dans leurs locaux.

— Y a du nouveau ! dit Kylian en s'affalant sur la première chaise trouvée.

— Et tu es venu jusqu'ici pour nous le dire ? le rabroua Malo. Je t'avais dit de ne pas les quitter d'une semelle.

— Leur machine à café est en panne. Je m'en fais un rapide et j'y retourne juste après. De toute façon, ils m'ont bien fait comprendre que je les ralentissais plus qu'autre chose.

— Je m'en fous. Je ne veux surtout pas qu'ils fassent passer une autre affaire avant la nôtre.

— Pas de risque de ce côté-là. Je crois qu'ils ont eu des consignes très claires de là-haut.

Malo ne savait pas si, par « là-haut », Kylian parlait de leur général de brigade ou du procureur en personne. Il s'en moquait éperdument tant que le message était passé.

— Et donc, tu préfères d'abord prendre ton café ou tu nous dis tout de suite ce qu'ils ont trouvé ?

Coline fit des grands yeux à Kylian de peur qu'il opte pour la mauvaise réponse.

— Ils ont reçu les résultats ADN prélevés sur les draps, dit-il de bonne grâce.

— Quels draps ? lui demanda de préciser Malo, étant donné la multitude des prélèvements effectués depuis une quinzaine de jours.

— Ceux trouvés dans le squat de Rémi et Romane, à Saint-Gilles.

— Et ?

— Et ce n'était pas plus mal qu'ils ne soient pas réellement frère et sœur ! Ils ont retrouvé des traces de sperme et de sécrétions vaginales.

— Ces draps n'étaient peut-être pas les leurs, objecta Coline.

— Ils ont pu faire une comparaison avec l'ADN d'Océane. C'est bien elle qui a dormi dans ces draps. Pour Rémi, on ne peut que supputer, car son ADN n'a pas été répertorié de manière officielle.

— Donc Rémi et Romane étaient amants, entérina Malo. Ça nous dit quoi ?

Coline se souvenait du raisonnement élaboré quelques jours plus tôt par Domitille et Zeller. Elle s'approcha du tableau blanc et pointa du doigt le résumé de cette hypothèse.

— Si Océane couchait avec Rémi, elle savait qu'il n'était pas son frère. Donc l'amnésie tombe à l'eau.

— Personne n'a vu *Game of Thrones* ou quoi ?! ne put s'empêcher de rétorquer Kylian.

Malo stoppa toute tentative de réplique en reprenant la discussion à son compte.

— S'ils couchaient ensemble, ils devaient être complices. En tout cas pour les meurtres de Karine Alban et de Vincent Hachemin.

— Pas forcément, le contra Coline, qui se faisait un devoir de s'opposer à Malo dès qu'il optait pour une seule voie. Rémi a très bien pu agir seul. Romane comprend ce qu'il a fait et menace de le dénoncer à la police. C'est pour cette raison qu'il décide de la tuer.

— Ça se tient aussi, admit Malo qui perdait patience.

Les informations tombaient sans qu'ils puissent en tirer la moindre conclusion. Chacun espérait que le dernier meurtre serait celui qui leur permettrait de relier les points. À la différence des autres protagonistes, Witowski avait une vie sociale bien remplie. Quelqu'un, quelque part, serait en mesure de leur apporter des réponses sur la raison de sa présence régulière dans le Gard et, qui sait, sur son lien avec Rémi Alban ou une des autres victimes.

Malo s'était réinstallé à son bureau et constata que plusieurs messages étaient arrivés dans sa boîte mail. Il les parcourut un à un jusqu'au dernier, qu'il mit du temps à interpréter. Il lui avait été transféré par un autre service. Il relut plusieurs fois le texte et décrocha dans la foulée son téléphone.

« Domi, c'est Malo. Je viens de te transférer un mail. Rappelle-moi. On a un corbeau dans la ville. »

28

14 octobre – 13 heures
Pontoise – Locaux de la DiANE

Assise à une grande table de réunion sur laquelle traînaient quelques gobelets maculés de café et trois croissants défraîchis, la lieutenant-colonel Marie Ettori invita Zeller et Domitille à s'installer.

Domitille attendit que le major choisisse une chaise pour saisir celle d'à côté. Elle ne l'aurait jamais admis de vive voix, mais elle était intimidée de se retrouver dans ce bâtiment.

La DiANE était une des unités regroupées dans le complexe de la police judiciaire de la gendarmerie nationale, mythique aux yeux de tout OPJ. Même l'édifice impressionnait. Domitille était persuadée d'avoir vu Zeller sourire en la voyant admirer la façade, toute de verre et de métal.

Arrivés par le premier train, les deux officiers s'étaient d'abord rendus à la Défense pour rencontrer l'ancienne assistante de Mathieu Witowski, une femme revêche qui leur avait livré une suite de platitudes. Zeller n'avait pas insisté mais avait assuré à Domitille que la DiANE se chargerait de la convoquer officiellement afin de lui mettre la pression.

Les derniers éléments du dossier avaient déjà été transférés aux équipes de Marie Ettori. Comme à son habitude, cette dernière demanda qu'on lui fasse une description plus précise de la dernière scène de crime.

— Les techniciens estiment que le tueur est sorti par la fenêtre, dit-elle en préambule. Combien de mètres entre le rebord et la chaussée ?

— À peine deux mètres cinquante, répondit Zeller. Les chambres ont été aménagées dans des vieilles bâtisses médiévales, plutôt basses de plafond.

— Donc pas besoin d'être un athlète pour sauter de cette hauteur. Il serait également entré par là ?

— Ça paraît déjà plus compliqué. Pas de gouttières ou de treillis auxquels s'accrocher.

— Notre victime l'aurait donc fait entrer.

— C'est la théorie retenue, jusqu'ici.

— Alors pourquoi sortir par la fenêtre ? Pourquoi ne pas repartir par là d'où il est arrivé ?

— Sûrement par peur de croiser un membre du personnel de l'hôtel. Il devait avoir du sang sur lui.

— J'ai vu que les TIC n'avaient trouvé aucune empreinte correspondant à celles retrouvées dans le squat de Rémi Alban.

— Non. On a retrouvé des traces de doigts ensanglantés sur le rebord de la fenêtre, mais aucun pli papillaire. Notre meurtrier devait porter des gants. On attend encore les résultats ADN, même s'il y a fort à parier que le sang appartient à notre victime. J'ai fait envoyer tous les échantillons à Cergy pour gagner du temps. Ils savent que l'affaire est prioritaire.

— Tu penses qu'il va recommencer ? voulut savoir Ettori.

— Difficile à dire. Il faudrait déjà qu'on comprenne le rapport entre Hachemin et Witowski. Qu'on trouve aussi ce qui peut les relier à Karine Alban ou à Océane Doucet. On manque de temps. Trop de données à collecter.

— Je m'en doute. J'ai mis une bonne partie de nos effectifs sur cette affaire. Ils sont en train d'éplucher vos dossiers, ajouta Marie Ettori à l'intention de Domitille. Je vous propose qu'on s'occupe des enquêtes sur les parcours de vie d'Hachemin et de la dernière victime.

— Toute aide sera la bienvenue, répondit Domitille. De mon côté, j'aimerais me concentrer en priorité sur Karine Alban. Gab pense qu'elle joue un rôle majeur dans cette histoire et j'ai tendance à me fier à son instinct.

Marie Ettori pinça les lèvres. Un réflexe imperceptible qui n'échappa pas à Zeller. Il attendit une remarque qui ne vint pas et préféra tout de suite enchaîner.

— Pour ma part, je continue de creuser du côté d'Océane Doucet. Si Karine Alban tient une place centrale, Océane est une clé qui pourra nous ouvrir beaucoup de portes.

— Explique-toi ! demanda Marie Ettori, sans ambages comme à son habitude.

— Sa disparition, dans un premier temps. Comment s'est-elle orchestrée ? Ses relations avec Karine et Rémi. Océane était-elle réellement bien traitée ? Son échappée avec Rémi. Qu'ont-ils entrepris après avoir recouvré leur liberté ? Si je parviens à démêler tout ça, je comprendrai peut-être pourquoi Rémi Alban s'est mis à massacrer à tour de bras. Tout est forcément connecté.

— À condition qu'il soit bien notre meurtrier, tempéra Ettori.

— À condition qu'il soit bien notre meurtrier.

Le major Simon Anduze fit irruption dans la pièce et s'assit dans la foulée. Il s'excusa de son retard, tout en précisant que c'était en rapport avec le dossier.

— J'ai pris contact avec Paul Guillet, comme vous me l'aviez conseillé, dit-il en regardant tour à tour Domitille et Zeller. Vous avez bien fait, cet homme avait effectivement beaucoup de choses intéressantes à dire.

L'ancien professeur d'histoire de l'art qui avait bénéficié des services de Karine Alban durant sa convalescence était resté près de trois quarts d'heure au téléphone avec l'analyste comportemental pour lui brosser un portrait de la femme, aussi fidèle que possible.

— Elle n'a jamais parlé des enfants, attaqua Simon Anduze, ce qui signifie qu'elle était sur le qui-vive. Pour autant, elle lui a dévoilé pas mal de facettes de sa personnalité. De ce que j'ai compris, Karine, sans être limitée intellectuellement, était assez naïve dans sa façon de voir le monde. Pour faire simple, il y avait les gentils et les méchants. Elle pouvait aussi être facilement influencée.

Le major Anduze confirma sa première approche. Nul doute pour lui que Karine Alban souffrait d'un trouble schizotypique. Sa personnalité excentrique était surtout due à la difficulté d'entretenir des liens avec la société. Paul Guillet ne l'avait bien évidemment pas formulé de la sorte mais il avait remarqué que Karine Alban s'était adoucie au fil des semaines. Elle était moins sujette aux bizarreries. En revanche, dès qu'une personne venait lui rendre visite, son comportement se modifiait. Elle ne répondait pas aux questions qu'on lui posait, époussetait les meubles de manière frénétique et allait jusqu'à chantonner en traversant toutes les pièces.

— On parle généralement d'inconfort dans les relations interpersonnelles. Karine Alban semblait avoir adopté Paul Guillet. Avec lui, elle arrivait à échanger. Dès qu'un inconnu se mettait en travers de cette relation, sa personnalité fantasque ressurgissait. En revanche, je pense avoir compris d'où lui est venue son obsession pour la lettre R.

J'imagine que vous connaissez tous le mythe de Rémus et Romulus ?

Selon le major Anduze, la marotte de Karine Alban consistant à faire du R son initiale de prédilection prenait sa source dans cette légende. Paul Guillet lui avait confié que Karine était fascinée par cette histoire.

— Karine lui a dit avoir découvert ce mythe quand elle était enfant, continua Simon Anduze. Petite, elle avait tendance à adopter tous les animaux en souffrance qu'elle trouvait. Comme elle vivait en pleine campagne, les occasions étaient fréquentes. Son père adoptif avait fini par la surnommer la Louve, en référence au mythe de Rémus et Romulus et de la louve romaine. Mais il avait omis tout détail qui aurait pu la choquer. Pour Karine Alban, la légende parlait donc uniquement d'un animal protecteur qui avait adopté des jumeaux, abandonnés à la naissance par leurs parents. La bête les avait allaités et élevés jusqu'à ce qu'ils soient en âge de se défendre seuls. Pour Paul Guillet, Karine y voyait le reflet de son histoire et de ses parents adoptifs. Toujours est-il que jamais son père ne lui a précisé que Romulus avait fini par tuer son frère Rémus. Paul Guillet a tenté de lui raconter le mythe dans sa globalité mais Karine s'est tout de suite emportée. Il m'a parlé d'une réaction totalement disproportionnée. Une fois calmée, Karine lui a expliqué avoir donné les prénoms des jumeaux à ses chats en référence à ce mythe et que cette histoire ne pouvait être que belle. Or, nous savons que Karine Alban n'avait pas de chat à cette époque. Il est évident qu'elle pensait à Rémi et Romane, sans pouvoir l'avouer.

Le major Anduze ajouta que Karine Alban s'était créé une place dans la société en prenant le rôle de cette louve. Son trouble de la personnalité avait toujours dû être source de complications dans la relation à l'autre. Une personne schizotypique pouvait avoir des comportements déroutants, voire frustrants, pour l'entourage ou les membres de la famille. Son père adoptif lui avait donné un surnom et un rôle qu'elle avait sublimés. Elle l'avait pris comme une marque d'affection et de reconnaissance qu'elle avait voulu faire perdurer. En incarnant la Louve, elle s'imaginait pouvoir créer des liens forts et durables avec Romane et Rémi.

— OK, intervint Domitille, un peu sonnée par cette démonstration, mais quel rapport avec les chats et cette initiale ?

— Vu les dates d'adoption, je pense que les chats ont remplacé petit à petit Rémi et Romane. J'ai d'ailleurs lu dans le dossier qu'elle a choisi comme noms Rémus et Romulus pour ses deux premiers matous. Elle n'allait pas appeler les suivants de la même façon, aussi n'a-t-elle gardé que l'initiale pour coller à son illusion. D'ailleurs, si on suit le rapport des laborantins, elle a poussé son fantasme de louve à son paroxysme en recourant à la soumission chimique.

Domitille et Zeller l'interrogèrent du regard.

— L'analyse de sang faite sur les chats, se contenta de répondre Anduze.

— Eh bien ? réagit Domitille, qui avait été la seule de l'équipe à le lire.

— Une étude des poils a été réalisée suite à la découverte de benzodiazépine dans leur sang. Apparemment, les chats consommaient de manière régulière cet anxiolytique.

Domitille posa les mains sur ses cuisses, espérant que personne ne la verrait les martyriser. Elle était allée directement à la conclusion du rapport sans prendre le temps de le lire entièrement.

— Qu'est-ce que ça nous dit ? demanda Zeller d'un ton détaché que Domitille apprécia à sa juste valeur.

— Karine rendait amorphes ses chats pour qu'ils soient plus dociles et donc, dans sa vision du monde, plus aimants. Elle prenait soin d'eux et attendait en retour qu'ils dépendent d'elle.

— Donc pour toi, relança Gab Zeller, Karine Alban se voyait en mère protectrice, c'est bien ça ?

Simon Anduze se contenta de confirmer d'un hochement de tête.

— Elle a dû croire rendre service à Océane et à Rémi en les enlevant, continua Zeller pour lui-même.

— Tu penses qu'Océane était maltraitée par ses parents ? l'interrogea Marie Ettori.

— Ça m'est venu plusieurs fois à l'esprit, même si rien ne pousse dans cette direction. J'ai longuement observé les deux parents durant la marche blanche. Ils m'ont paru unis dans leur détresse. Samia s'est battue huit ans comme une tigresse pour retrouver sa fille et elle passe maintenant tout son temps à son chevet. Karine s'est peut-être faussement persuadée que la petite avait besoin d'aide. Elle l'a vue rentrer chez elle, ce soir du 21 juin. Océane ne se sentait pas bien. Karine en a été affectée. Plutôt que de la raccompagner chez ses parents, elle aura décidé de la recueillir comme elle avait l'habitude de le faire avec les animaux en souffrance. Après, pourquoi a-t-elle préféré la garder avec elle plutôt que la ramener chez ses parents ? C'est une autre histoire.

L'abattement commençait à se ressentir autour de la table. Marie Ettori décida de prendre les devants.

— Soyons honnêtes, tant qu'on n'aura pas mis la main sur ce Rémi, tout ce qu'on dira ne sera que spéculations. À moins bien sûr qu'on comprenne les meurtres de Vincent Hachemin et de Mathieu Witowski. Ils ont forcément un rôle important dans toute cette histoire.

— J'ai pu étudier les deux scènes de crime, reprit Anduze. On note de nombreuses différences. Pour Hachemin, un acte dur mais maîtrisé. Le corps a été caché.

Sans la panne d'électricité, Dieu seul sait quand il aurait été trouvé. Pas de traces de sang dans la maison, aucun indice laissé. L'émasculation et la pénétration envoient un message fort qui n'offre pas beaucoup de place à l'interprétation. Hachemin s'est comporté par le passé en prédateur sexuel et il en a payé le prix.

— Et pour Witowski ? s'enquit Zeller.

— Pour Witowski, j'ai déjà plus de mal à me prononcer. Tout est plus erratique. Les marques sur le rebord de la fenêtre, le sang sur les murs de la salle de bains, le corps à la vue du premier venu. Sans parler du téléphone portable laissé sur le bord du lavabo. Ce dernier point frise l'acte manqué. Quant aux sévices, ils ont forcément une explication. On ne prend pas le temps de découper des mains et une langue sans avoir une bonne raison. C'est une opération fastidieuse.

Pour le comportementaliste, les yeux percés devaient également avoir une signification. Il allait approfondir son analyse, mais sa première impression le poussait à affirmer que ce meurtre revêtait un aspect nettement plus personnel. Bien sûr, le sexe restait un élément dominant, mais en privant la victime de son toucher, de sa parole et de sa vue, c'était comme si le meurtrier avait tenté d'annihiler la personne que Witowski avait été ou qu'il avait représentée.

— Il a peut-être été le témoin d'un abus sexuel qu'il aura tenu secret, lança-t-il pour conclure. Ou alors, l'instigateur. L'acharnement sur sa personne laisse penser, en tout cas, que le meurtrier lui en voulait tout particulièrement.

— En admettant qu'il y ait eu viol, reprit Domitille la bouche pleine, un croissant à la main, on ne sait même pas qui en a été la victime. Rémi ?

— C'est possible, lui répondit Zeller. Ça peut être aussi Romane. Rémi avait endossé un rôle de protecteur vis-à-vis d'elle et aura décidé de la venger. Mais il peut aussi s'agir d'Océane.

— Alors là tu m'as perdue.

— Sans être maltraitée par ses parents, Océane a peut-être vécu un épisode traumatisant avant ses douze ans. Cela expliquerait ses maux de ventre. Elle ne serait pas la première petite fille à garder pour elle un tel secret.

— Au bout de quelque temps, elle se sent en confiance avec Rémi et lui raconte son histoire, poursuivit Domitille en ramassant les miettes avec ses mains. Dans ce cas, ce Witowski aurait un lien direct avec Océane. Un parent ? Un ami de la famille ?

— Ça vaudra le coup de vérifier auprès des Doucet. Vois si tes hommes peuvent leur montrer sa photo.

— Je m'en occupe tout de suite, dit-elle en ouvrant l'application mail de son portable tout en attrapant un deuxième croissant.

— À quelle heure est prévu votre train ? demanda Marie Ettori en s'adressant à Zeller.

— On repart ce soir.

— Le plus tôt sera le mieux, les coupa Domitille. Malo vient de me transférer un mail. On a peut-être enfin une vraie piste.

29

16 octobre – 14 h 30
Nîmes – Groupement de gendarmerie départementale du Gard

Les équipes de Domitille avaient eu moins de deux jours pour préparer la garde à vue. Zeller s'était entretenu longuement avec le juge d'instruction dans l'espoir de négocier un délai. Il pensait avoir eu gain de cause avant que le procureur ne s'en mêle et ne s'y oppose fermement. Ce dernier subissait la pression de toutes parts. La mort de Mathieu Witowski avait fait du bruit. L'ancien PDG de la firme pétrolière avait été une des figures importantes du monde des affaires. Il y comptait encore quelques amis fidèles. Le préfet de la région s'en était mêlé tout comme le ministre de la Justice, qui exigeait que la lumière soit faite rapidement.

Malo et son équipe avaient travaillé jour et nuit pour analyser les accusations du message anonyme. Pour étayer son propos, le corbeau avait fourni des dates, des noms et des localisations. Si les faits énoncés à l'encontre du suspect ne pouvaient être corroborés, les informations pouvaient être vérifiées. À ce jour, trois d'entre elles avaient pu être confirmées. Assez significatives pour justifier une garde à vue, pas suffisantes pour une arrestation. Si les enquêteurs n'obtenaient pas des aveux complets, il y avait fort à parier que l'homme serait libre avant la fin de la journée.

Domitille relisait une dernière fois ses notes alors qu'il patientait dans le couloir, encadré par deux gendarmes. Elle avait demandé à Zeller d'être présent durant l'interrogatoire, il ne s'était pas encore prononcé. Domitille savait que ce n'était pas le rôle de la DiANE, elle trouvait néanmoins dommage de ne pas profiter des compétences du major. Sans compter que Zeller connaissait nettement mieux qu'elle cette partie du dossier.

— Je continue de penser que c'est une erreur, dit Gab, alors qu'il se tenait debout face à elle.

— On n'a pas le choix. Il a menti.

— Et je suis curieux de savoir pourquoi, mais cette affaire a beaucoup trop de ramifications pour qu'on se laisse dicter notre conduite sur la base d'une simple dénonciation. Si on foire notre coup, il sera trop tard pour revenir en arrière.

— Comme si je ne le savais pas, s'agaça Domitille qui tentait de se concentrer.

— Tu sais qui a prévenu la presse ?

— La presse ?

— Elle est devant les grilles.

— Il ne manquait plus que ça ! Sûrement un coup du proc. Sa façon à lui de dire qu'il maîtrise l'affaire.

— Sauf qu'il ne maîtrise rien. Pas plus que nous, d'ailleurs.

— La vache, t'es en forme ! Tu as d'autres encouragements à me donner avant que je me lance ?

— Désolé.

Zeller massacrait consciencieusement son ourson en mousse, les yeux rivés au tableau blanc. Il avait l'air aussi tendu qu'elle. Si les médias prenaient l'affaire à cœur, tous leurs faits et gestes seraient scrutés, disséqués.

— Ne l'attaque pas tout de suite sur Witowski, reprit Zeller. Ni sur Hachemin. Attends aussi avant de lui parler de Karine Alban.

— Tu m'as déjà dit tout ça, Gab. Tu ne veux pas plutôt l'interroger avec moi ?

— Malo a réussi à m'installer un retour vidéo dans la salle de réunion. Je ne serai pas loin. De toute façon, tu as déjà boulotté toutes les chouquettes, dit-il d'un ton plus léger.

Malo prit sa position habituelle, derrière Domitille, le dos au mur. Domitille, elle, s'assit devant l'ordinateur et attendit que le suspect soit installé pour enclencher la caméra de l'ordinateur. Après les instructions d'usage, elle démarra l'interrogatoire en douceur.

— Savez-vous pourquoi vous êtes là, monsieur Doucet ?

— Aucune idée ! Vos hommes n'ont rien voulu me dire.

— Si je devais résumer, il semblerait que vous ayez pris l'habitude de nous mentir.

Xavier Doucet, interloqué, haussa les sourcils et attendit la suite.

— Où étiez-vous quand votre fille a disparu dans la soirée du 21 juin ?

— J'ai déjà répondu mille fois à cette question. J'étais chez moi. Avec Samia.

— Avant de continuer, êtes-vous sûr de vouloir maintenir cette version ?

Xavier Doucet montra un premier signe de faiblesse. Il regarda Malo, espérant peut-être que ce dernier lui viendrait en aide. Il croisa les jambes, les décroisa. Il s'adressa finalement à Domitille avec une fébrilité palpable.

— Est-ce que Samia vous a dit autre chose ?

— Pourquoi l'aurait-elle fait ?

— J'essaie de trouver une explication à votre question ! Je vous l'ai affirmé maintes fois, j'étais avec elle. Je ne vois pas ce qui pourrait vous faire penser le contraire.

— Océane est sortie s'amuser sur l'aire de jeu juste après avoir dîné, correct ?

— Correct. Il devait être 19 heures, peut-être un peu plus.

— Et elle aurait dû revenir à la maison avant 21 heures, c'est bien ça ?

— Vous le savez parfaitement ! souffla-t-il.

— Donc je vais vous le demander une dernière fois, monsieur Doucet. Je serais vous, je réfléchirais bien avant de répondre. Où étiez-vous entre 19 et 21 heures le soir où votre fille a disparu ?

Xavier Doucet inspira longuement avant de fermer les yeux. Domitille ne chercha pas à le brusquer. Elle l'avait ferré.

— J'étais parti voir ma maîtresse, finit-il par avouer.

— Votre maîtresse qui habitait à l'époque à deux kilomètres à peine de chez vous.

— C'est ça.

— Et qui s'appelle Sophie Granier, vous confirmez ?

— Je confirme.

La voix de Xavier Doucet était devenue atone. Il ne montrait aucune combativité. À ses yeux, cette vérité ne méritait plus d'être cachée.

— Pourquoi avoir menti à l'époque, et surtout, comment se fait-il que votre femme ait confirmé votre alibi ?

— Samia avait confiance en moi, énonça-t-il comme une évidence. Elle savait que je n'avais rien à voir avec la disparition de notre petite fille.

— Elle a tout de même choisi de mentir aux enquêteurs !

— Samia disait que j'allais devenir votre premier suspect. Vous alliez perdre du temps alors que la priorité était de retrouver Océane !

— Sur le premier point, elle n'avait pas tort, mais vous êtes d'autant plus suspect depuis que nous avons découvert la vérité.

— Écoutez, appelez Sophie. Elle vous confirmera que j'étais avec elle.

— Nous l'avons fait. Elle a d'abord nié avant qu'on lui rappelle qu'elle pouvait être accusée à tout moment de complicité.

— Complicité de quoi ? s'emporta Doucet. Vous croyez vraiment que j'aurais pu faire du mal à ma petite fille ?! OK, on n'aurait peut-être pas dû mentir mais qu'est-ce que ça change, maintenant ? Vous croyez que je l'ai cachée toutes ces années ? Océane a enfin été retrouvée et on ne peut pas dire que ce soit grâce à vous ! Si vous aviez fait correctement votre boulot, elle ne serait pas en ce moment même entre la vie et la mort !

Domitille laissa le temps à Xavier Doucet de recouvrer son calme. Jusqu'ici, tout se passait comme Zeller l'avait imaginé. Cela la mettait en confiance pour la suite.

— Si votre femme était au courant pour votre maîtresse, pourquoi a-t-elle fait porter les soupçons sur vous quelques jours après le début de l'enquête ?

Xavier Doucet afficha une mine lasse mais répondit sans traîner.

— Pour se venger.

— Se venger de quoi ? Vous venez de dire que vous n'étiez pour rien dans la disparition de votre fille.

— Je ne parle pas de ça. Quand on a compris qu'il était arrivé malheur à Océane, j'ai fait la promesse à Samia de rester avec elle et de lui être fidèle.

— Sauf que vous n'avez pas tenu votre parole, je me trompe ?

— C'était trop dur. Samia était hystérique. Je ne supportais plus d'être enfermé avec elle en attendant que vous nous donniez des nouvelles. Ce n'est pas glorieux, j'en ai conscience.

— Donc si vous ne vous teniez pas à carreau, elle pouvait faire sauter votre alibi et vous dénoncer à n'importe quel moment. Ça ressemble un peu à du chantage, vous ne trouvez pas ?

— Vous voyez le mal partout ! Elle était malheureuse et je n'étais pas à la hauteur. Elle a agi sans réfléchir, c'est tout ! On s'est expliqués après ça.

— Et les problèmes se sont envolés ?

— Vous voulez savoir si j'ai continué à la tromper ? Non, j'ai arrêté mes conneries. Je suis resté bien sage jusqu'à ce que ce ne soit plus vivable pour moi. J'ai fini par la quitter et je suis parti m'installer à Toulouse.

— Elle vous en a voulu ?

— Non. Enfin… je ne crois pas. Elle m'a dit qu'elle comprenait. Pourquoi cette question ? C'est elle qui vous a révélé que j'étais avec Sophie, c'est ça ?

Domitille avait été briefée par Zeller. À cette question, elle devait absolument laisser planer le doute. En réalité, les enquêteurs n'avaient encore aucune idée de l'identité du corbeau, même si Samia était la candidate idéale. Ce qu'ignorait Xavier Doucet, c'est que ce n'était que le début de l'interrogatoire.

30

16 octobre – 15 heures
Nîmes – Groupement de gendarmerie départementale du Gard

Gab Zeller avait longuement hésité à convoquer Samia dans les locaux de la gendarmerie. Les dénonciations du message anonyme l'impliquaient elle aussi. Elle n'avait pas hésité à fournir un faux alibi à son mari sans jamais revenir dessus, même après toutes ces années. Zeller était impressionné par sa faculté à maquiller la vérité. Il ne pouvait rien reprocher aux enquêteurs de l'époque, lui-même avait été berné.

Samia craignait que les policiers ne perdent du temps à soupçonner Xavier Doucet. Elle n'avait pourtant pas hésité à le pointer du doigt, quelques semaines après. Les motivations de Samia devaient donc être plus personnelles. Peut-être avait-elle craint que l'image de sa famille ne soit écornée et que cette histoire ne soit criée sur les toits ? Ou alors, elle avait saisi une occasion de faire rentrer son mari dans le droit chemin, ce qui expliquerait sa réaction quand il avait de nouveau fauté.

Zeller avait finalement choisi de l'évincer à dessein. Soit Samia était leur corbeau, et la confrontation avec Xavier

Doucet risquait de tourner au pugilat, soit elle n'avait rien à voir avec ces accusations et il était plus judicieux d'attendre sa réaction. Pour l'heure, Samia devait échafauder moult scénarios et préparer sa défense. En récoltant au préalable la version du père d'Océane, Zeller parviendrait peut-être à lui couper l'herbe sous le pied.

Le major de la DiANE martyrisait la tête de son ourson en suivant l'interrogatoire sur l'écran. Il connaissait les prochains mouvements de Domitille puisqu'ils les avaient planifiés ensemble. Jusqu'à présent, Xavier Doucet gardait son calme. Ces premiers aveux ne seraient pas lourds de conséquences maintenant qu'Océane avait été retrouvée.

Kylian venait d'apporter un verre d'eau au suspect, l'interrogatoire allait pouvoir démarrer de nouveau. Zeller monta le son du moniteur, les mâchoires serrées.

— Deux de mes hommes étaient présents le jour de la marche blanche organisée en l'honneur de votre fille, commença Domitille.

— Je les ai vus, répondit Doucet. Ils n'étaient pas très discrets.

— Ce n'était pas leur consigne. Ils devaient simplement nous rapporter tout fait ou individu sortant de l'ordinaire.

— Alors ils n'ont pas dû vous dire grand-chose.

— En effet. Ils se sont tout de même étonnés de ne voir aucun membre de votre famille. Vos parents, qui habitent à une heure d'ici, ne sont pas venus. La mère de Samia non plus. Vous êtes en froid avec eux ?

Xavier Doucet prit le temps de réfléchir à sa réponse. Domitille se cala sur sa chaise, signe qu'elle n'était pas pressée. Malo, quant à lui, ne se gêna pas pour bâiller.

— Samia et sa mère ne se parlent plus depuis des années, bien avant qu'on se mette ensemble, dit-il. Je ne l'ai jamais rencontrée. Mais tout ça, les policiers qui ont enquêté à l'époque ont déjà dû vous le dire.

— Elle connaissait tout de même l'existence d'Océane ?

— Samia m'a dit qu'elle lui avait annoncé sa naissance, mais sa mère n'a jamais cherché à la voir.

— Vous savez pourquoi elles sont brouillées ?

— Faudra que vous lui posiez la question. Moi, j'ai essayé et elle n'a jamais rien lâché. Samia peut parfois être assez fermée.

Zeller ressentait la haine naissante de Xavier Doucet à l'encontre de son ex-femme. Il était à présent persuadé de se trouver ici par sa faute. Il allait tenter, d'une manière ou d'une autre, de lui rendre la pareille.

— Maintenant que nous avons parlé de Samia, si nous parlions un peu de vos parents, continua Domitille, qui avait dû se faire la même réflexion.

— Nous aussi, nous sommes en froid. Mais j'imagine que vous êtes déjà au courant.

— Disons que nous nous sommes permis de les appeler pour vérifier ce qui nous avait été rapporté.

Xavier accusa le coup. Zeller devinait facilement sa pensée : Samia avait également fourni cette information. Doucet se risqua à une échappatoire.

— Ma mère n'a plus toute sa tête. Elle est vieille et a tendance à tout exagérer.

— Cela ne vous fait pas honneur de traiter ainsi votre maman, monsieur Doucet. Elle est peut-être vieille mais elle continue à vous protéger. Elle nous a simplement confié que vous n'étiez pas en bons termes et qu'elle ne vous avait pas vu depuis que vous aviez quitté Bollène, votre ville natale. Pourquoi vous en êtes parti, déjà ?

Zeller eut l'impression que Doucet reprenait confiance. Si ses parents n'avaient rien dit, alors les enquêteurs n'avaient qu'une version et il avait une chance de s'en sortir.

— Mon cabinet ne décollait pas. J'avais un mal fou à me faire une patientèle. Cette ville se mourait peu à peu. J'ai préféré prendre le large pour tenter ma chance ailleurs. Ça doit être inscrit dans votre dossier. Vos collègues de la police m'avaient largement interrogé à ce sujet !

— Je l'ai lu, en effet, mais je vous repose la question. C'est l'unique raison pour laquelle vous êtes parti ? insista Domitille, un léger sourire aux lèvres. Vous en êtes sûr ?

— Écoutez, capitula Doucet, comprenant à présent que les gendarmes connaissaient la vérité. Je ne sais pas ce qu'on vous a raconté mais c'est un énorme malentendu ! Je n'ai jamais rien fait de répréhensible à cette femme.

— Cette jeune fille, monsieur Doucet. À quinze ans, on est une jeune fille.

— Peu importe ! Femme, jeune fille, enfant, vous pouvez bien l'appeler comme vous voulez, il n'empêche que je ne l'ai pas violée !

— Vous n'avez pas eu de rapports sexuels avec elle ?

Xavier Doucet, qui s'était emporté vivement, garda tout à coup le silence.

— Est-ce que vous voulez que je répète ma question, monsieur Doucet ?

— Nous avons couché ensemble, avoua-t-il au bout de quelques instants. Mais elle était consentante.

— Bien sûr.

— J'avais vingt-quatre ans et elle faisait beaucoup plus que son âge. J'ai compris mon erreur et j'ai vite mis un terme à cette histoire. Elle l'a mal vécu et a décidé de me piéger.

— De vous piéger ?

— Elle a dit qu'elle me dénoncerait si je la quittais. Ensuite, elle m'a demandé de l'argent.

— Vous lui en avez donné ?

— Au début, mais ce n'était jamais assez. J'ai fini par m'enfuir. J'ai dit à mes parents que je voulais faire ma vie ailleurs. Ils ont ensuite appris la véritable raison de mon départ. Ma mère a pris le parti de cette fille sans même chercher à connaître ma version. On est en froid depuis.

— Nous allons vérifier tout cela. S'il y a eu viol, monsieur Doucet, et même si aucune plainte n'a été déposée, le délai de prescription est loin d'être écoulé.

Domitille ne se donna pas la peine de développer et tourna une page de son dossier.

Zeller ne put retenir un sourire. Domitille jouait parfaitement sa partition. Contrairement à ce qu'elle faisait croire à son suspect, la mère de Xavier Doucet n'avait pas cherché à le protéger ni même à cacher la vérité. Elle avait raconté exactement la même histoire. Si elle avait accepté de corroborer la version de son fils, huit ans plus tôt, c'était uniquement parce qu'elle craignait qu'il ne soit accusé d'une ignominie. Xavier avait peut-être eu des relations inappropriées avec cette fille de quinze ans mais jamais il n'aurait pu faire de mal à sa propre fille. Depuis le retour d'Océane, elle ne voyait plus de raison de cacher la vérité. Si elle ne s'était pas présentée à la marche blanche, contrairement à ce que pensait son fils, c'était parce qu'elle redoutait sa réaction.

Gab Zeller, de son côté, s'était chargé de contacter la fameuse jeune fille qui avait accusé Xavier Doucet. Elle était aujourd'hui mariée et mère de trois enfants. Zeller n'avait pas mis longtemps à lui faire avouer qu'elle avait effectivement fait chanter Xavier Doucet pour se venger. La jeune femme avait fondu en larmes avant de se justifier maladroitement. L'âge, l'influence de son entourage, son mal de vivre, tout y était passé.

Domitille fut surprise que Zeller lui demande de cuisiner Doucet sur ce sujet alors qu'eux-mêmes connaissaient la vérité. Le major de la DiANE voulait l'acculer, le déstabiliser à coups de griefs et de questions. Ils arrivaient cependant à leur dernière munition.

— J'aimerais maintenant revenir sur votre emploi du temps, reprit Domitille. En particulier sur votre journée du 27 septembre. Celle où Océane a été retrouvée. Vous avez dit à notre collègue, le major Zeller, que vous vous trouviez à votre cabinet, à Toulouse. Souhaitez-vous maintenir cette version ?

Zeller avait obtenu ce qu'il souhaitait. Xavier Doucet était sonné. Un boxeur proche du K.-O.

— J'ai dit ça sans réfléchir, admit-il après avoir repris une gorgée d'eau. En réalité, je ne suis pas sûr de savoir où j'étais. Ce jour-là, vous avez découvert une jeune femme sous la boue. C'est bien après que vous m'avez annoncé qu'il s'agissait de ma fille. Donc non, je ne sais pas où je me trouvais le 27 septembre.

— Alors pourquoi avoir répondu que vous étiez à votre cabinet ?

— Parce que ça me paraissait logique sur le moment. J'y passe la majeure partie de mon temps.

— Sauf que le 27 septembre, vous n'aviez aucun rendez-vous. Nous avons vérifié.

— Si vous le dites.

— Je vous le dis.

— Ça remonte à près de trois semaines. Sincèrement, vous vous souvenez de ce que vous faisiez il y a trois semaines ?

— On ne parle pas de moi, monsieur Doucet.

L'homme croisa les bras sur sa poitrine et tenta tant bien que mal d'afficher un visage de marbre. Le message était clair. Il n'était plus disposé à parler.

Domitille posa alors devant lui un plan du Gard imprimé sur une feuille volante.

— Vous voyez les cercles rouges, là, là et là ?

Doucet confirma d'un hochement de tête sans même s'approcher.

— Ce sont des antennes relais. L'une d'elles se situe à cinq kilomètres de Nîmes. Les deux autres en plein centre-ville.

Doucet persistait dans son mutisme. Zeller crut le voir déglutir. Lui-même avait cessé de respirer.

— Je ne vous poserai la question qu'une seule fois, monsieur Doucet. À votre place, je prendrais le temps avant de répondre. Ça ne jouerait pas en votre faveur que de nous mentir encore une fois. Voici donc ma question : pourquoi votre téléphone a borné sur ces trois antennes le 27 septembre dernier ?

31

16 octobre – 22 heures
Nîmes – Appartement de Samia Doucet

Des journalistes faisaient le pied de grue en bas de l'immeuble à l'affût de sensationnel. Si les trois derniers jours avaient été cléments, les météorologues annonçaient de nouvelles perturbations. D'ici quelques heures, la pluie et le vent se chargeraient de les disperser.

Pauline avait accouru dès qu'elle avait entendu la nouvelle. Xavier arrêté, elle se devait d'être aux côtés de Samia. « Il n'a pas été arrêté, s'était aussitôt agacée Samia, il est juste en garde à vue ! » Pour Pauline, la différence était ténue. Si les gendarmes ne l'avaient toujours pas relâché, c'est bien qu'il avait quelque chose à se reprocher.

Cela faisait quatre jours qu'elle dormait à l'hôtel. Un premier prix qui lui offrait peu de confort. Elle pensait que Samia finirait par changer d'avis. Qu'elle la présenterait de manière officielle à son ex-mari. Encore une belle déconvenue !

Depuis plus de trois heures qu'elle était arrivée, Pauline se sentait inutile. Samia répondait aux messages envoyés sur ses réseaux sociaux, s'entretenait parfois longuement au téléphone. Deux avocats l'avaient déjà contactée pour proposer leurs services à titre gracieux. Non pas pour défendre son ex-mari mais pour lui suggérer de se porter partie civile dans le cas où Xavier serait mis en accusation. Pauline s'était étonnée que Samia ne les rembarre pas. À aucun moment elle n'avait clamé l'innocence de son ancien compagnon. Elle avait, au contraire, pris soin de noter les numéros entrants.

Les médias avaient réussi à glaner quelques informations, notamment des pans de la personnalité de Xavier. Ils le décrivaient comme un homme infidèle et un père peu présent. Qui avait bien pu les renseigner ? avait demandé Pauline pour montrer son intérêt. Sûrement les gendarmes, avait répondu Samia froidement. S'agissant des raisons exactes qui avaient poussé les enquêteurs à placer le père d'Océane en garde à vue, aucun journaliste n'osait en revanche se prononcer formellement. Des théories étaient lancées, des suppositions avancées. De nombreux experts se permettaient d'analyser la situation sans en connaître les tenants et les aboutissants. Il fallait bien nourrir la bête.

Pauline avait tenté d'en apprendre plus auprès de sa compagne, sans résultat. Quand elle demandait à Samia ce que voulaient les gendarmes à Xavier, celle-ci se contentait de hausser les épaules comme si l'essentiel ne se trouvait pas là. Pauline avait du mal à cerner le fond de sa pensée et ignorait même si Samia avait cherché à entrer en contact avec son ex-mari depuis qu'il était à la gendarmerie.

— Je ne te comprends pas ! avait fini par lâcher Pauline. Tu penses que Xavier a pu faire du mal à Océane ou pas ?

Samia l'avait regardée comme si elle était d'une autre planète sans pour autant se donner la peine de répondre. Estimait-elle que cette question, *a priori* légitime, était en soi un affront ou craignait-elle au contraire que la vérité puisse éclater ? Pauline était incapable de le dire.

Il était désormais 22 heures et personne ne pouvait dire où Xavier Doucet passerait la nuit.

Samia était toujours derrière son ordinateur tandis que Pauline ressassait les derniers jours passés. Depuis leur ultime échange de tendresse, la situation n'avait fait que se dégrader. Pauline s'était une fois de plus fourvoyée en imaginant que l'éclaircie dans leur relation allait perdurer.

Le matin de la marche blanche, Samia lui avait proposé de se mettre à l'avant du cortège et de tenir la banderole avec elle. Pauline avait apprécié, avant que Samia ne lui demande de s'abstenir de tout geste intime. Le chaud et le froid. Pauline était pourtant habituée.

Peu avant le départ des arènes, Samia avait fait une allocution sur une petite scène. Elle avait invité Xavier à la rejoindre et avait sciemment ignoré Pauline. Il était évident que Samia se rapprochait de son ex-mari, depuis son retour à Nîmes. Quand elle ne lui tenait pas la main, elle posait sa tête sur son épaule ou enroulait son bras autour du sien. À croire qu'elle voulait démontrer à la terre entière qu'ils formaient encore un couple uni face à l'adversité. Pauline n'avait pas réussi à le supporter. Après la marche, elle s'était éclipsée et réfugiée dans son hôtel minable. Seule dans sa chambre, elle n'avait eu de cesse de ruminer. Elle avait bu un verre ou deux en faisant les cent pas dans cette pièce qui atteignait péniblement les neuf mètres carrés. Elle avait pesé, tourné le problème dans tous les sens, à la recherche d'un moyen de rappeler son existence, de s'imposer entre Samia et Xavier.

À présent de retour dans cet appartement censé être le sien, Pauline désespérait de trouver sa place. Mais que faire de plus pour que Samia lui porte un tant soit peu d'attention ! De guerre lasse, elle s'affala dans le canapé et feuilleta un magazine quand le téléphone se mit une fois de plus à sonner.

Samia se jeta sur son portable. La discussion ne dura pas plus de cinq minutes. En raccrochant, elle avait ce regard que Pauline ne parvenait pas toujours à déchiffrer mais qui la troublait toujours autant.

Sans toucher un mot de la conversation, Samia s'assit sur le canapé avant de s'allonger et de poser sa tête sur les genoux de Pauline.

— Si tu nous mettais un film, dit-elle d'un ton détaché. Xavier ne rentrera pas.

32

17 octobre – 15 h 30
Autoroute A709 en direction de Montpellier

Épuisée par les dernières vingt-quatre heures, Domitille avait laissé Zeller prendre le volant. Malo et elle s'étaient relayés toute la nuit pour interroger Xavier Doucet. Ils n'avaient eu d'autre choix que de le relâcher en début d'après-midi, faute d'éléments probants.

Après deux réveils intempestifs au milieu de la nuit, Xavier Doucet avait fini par craquer. Il avait admis être venu à Nîmes le 27 septembre, à la demande de Sophie Granier. Alors qu'ils ne s'étaient pas parlé depuis des années, son ex-maîtresse l'avait supplié par mail d'accepter une rencontre. Elle expliquait être rongée par les remords, se demandait s'ils n'avaient pas fait une erreur en mentant à la police huit ans plus tôt. Le message n'était en rien agressif, Xavier l'avait tout de même vécu comme une menace.

Elle lui avait donné rendez-vous dans un café du centre-ville, mais lui avait posé un lapin. Il lui avait téléphoné le jour même et était tombé sur sa messagerie. Puis lui avait écrit un mail mais avait reçu en retour une alerte lui indiquant que l'adresse du destinataire n'était plus valide.

Sophie Granier l'avait finalement rappelé dix jours plus tard pour lui dire qu'elle ne comprenait pas le message qu'il lui avait laissé. Elle était partie deux semaines en vacances et n'avait pas cherché à le joindre.

Les gendarmes avaient rappelé cette femme qui leur avait confirmé n'avoir jamais contacté son ancien amant, préférant au contraire l'oublier. De son côté, Xavier Doucet n'avait aucun moyen de prouver qu'il était venu à Nîmes dans le seul but de voir Sophie Granier : il avait effacé le message de son ancienne maîtresse de peur que quelqu'un puisse se méprendre sur son contenu. Domitille avait imaginé que ce seul élément inciterait le juge Perfetti à poursuivre la garde à vue. Mais le magistrat avait rappelé que si le téléphone de Xavier Doucet avait borné à Nîmes le 27 septembre, Océane avait pour sa part été retrouvée à une cinquantaine de kilomètres de là.

Domitille avait poussé l'interrogatoire en abordant les meurtres de Mathieu Witowski et de Vincent Hachemin. Xavier Doucet avait nié catégoriquement connaître les deux hommes. Concernant Karine Alban, il avait répété ce qu'il avait dit à Zeller cinq jours plus tôt. Son visage lui disait quelque chose mais il était incapable de la resituer.

— Tu devrais essayer de dormir, lui conseilla Zeller alors que Domitille triturait sa lèvre inférieure. Ça ne sert à rien de ressasser. On savait que ce serait compliqué de le garder quarante-huit heures.

— Perfetti aurait quand même dû nous faire confiance.

— Tu penses vraiment qu'on avait de quoi relier Doucet à tous ces meurtres ?

— Peut-être pas, concéda Domitille, mais il a menti à plusieurs reprises. Et avoue que cette histoire de rendez-vous, c'est quand même gros.

— Tellement gros que j'ai du mal à croire qu'il l'ait inventée. S'il avait voulu se créer un alibi solide, il aurait trouvé mieux. Il a eu quelques heures pour y réfléchir. Il aurait même pu nous faire croire qu'il avait vu Samia. Son ex-femme aurait nié mais le doute se serait installé. Ce n'est pas comme si cette femme ne nous avait pas déjà caché la vérité.

— Donc pour toi, ce n'est pas lui.

— Je ne pourrais pas l'affirmer. Il n'empêche qu'on n'avait pas de quoi le déférer.

Domitille fit une moue et ouvrit la boîte à gants. Elle fouilla dans le compartiment avant d'expirer bruyamment. Elle était à court de crackers.

— Tu es sûre que tu ne veux pas dormir un peu ? On en a encore pour une bonne demi-heure.

Domitille et Zeller étaient attendus par une vieille connaissance de Mathieu Witowski. Grâce à l'enquête de personnalité sur l'ancien PDG de la firme pétrolière, la DiANE avait récolté plusieurs témoignages qui, selon l'officier Marie Ettori, n'étaient pas vraiment dignes d'intérêt. Une femme de Montpellier, qui avait connu Witowski et fréquenté les mêmes cercles d'amis par le passé, avait cependant retenu son attention. Son point de vue sur l'homme différait pour le moins des nombreuses hagiographies que toute la presse avait dressées. Étant donné la courte distance entre Nîmes et Montpellier, Marie Ettori avait confié l'entretien à Zeller.

Gab profita du silence dans l'habitacle pour se préparer mentalement. Il avait la désagréable sensation de subir le rythme de cette enquête. Les informations tombaient en cascade sans qu'il ait réellement le temps de les analyser. Conduire à vitesse constante avait le mérite de ne pas trop accaparer son esprit.

Il commençait à ressentir l'influence du climat maritime alors qu'ils se rapprochaient de leur destination. Les pins d'Alep et les domaines viticoles qui longeaient l'autoroute lui permettaient enfin de découvrir la beauté et la richesse de la région. Il espérait qu'une occasion plus légère lui permettrait de revenir sur ces terres.

Mme Kaes vivait en plein centre historique de Montpellier, dans le quartier de l'Écusson. Zeller s'était garé dans un parking à proximité alors que Domitille dormait encore. Elle avait profité des dix minutes de marche pour se remettre les idées en place tandis que Zeller s'était imprégné de l'atmosphère de ce quartier historique en déambulant dans les ruelles médiévales.

L'appartement dans lequel vivait l'ancienne connaissance de Mathieu Witowski occupait tout le rez-de-chaussée d'un hôtel particulier et disposait d'une cour privative où les deux officiers furent invités à s'installer.

La femme qui leur faisait face était d'une grande élégance et s'ils n'avaient pas été prévenus qu'elle venait d'avoir quatre-vingts ans, ils lui en auraient donné facilement quinze de moins. Domitille se demanda quel pouvait bien être son secret.

— J'ai un très bon chirurgien ! dit Mme Kaes en s'asseyant à son tour.

Domitille piqua un fard, craignant d'avoir clairement exprimé sa pensée.

— Je connais ce regard, s'amusa l'octogénaire. Mais rassurez-vous, mes articulations me rappellent mon âge avant même que je sois réveillée.

Le ton était si léger que Domitille sourit franchement.

— Georges va nous apporter un rafraîchissement d'ici deux minutes mais j'imagine que vous n'avez pas de temps à perdre. Vous voulez que je vous parle de ce cher Mathieu, c'est bien ça ?

Zeller hocha la tête tandis que Domitille attendait impatiemment de faire la connaissance de Georges. Non seulement elle avait soif mais elle tenait à tout prix à savoir qui était ce Georges. Un mari ou un majordome ?

— Merci pour votre accueil, madame Kaes, attaqua Zeller. J'ai cru comprendre que vous aviez bien connu M. Witowski.

— Je répondrai à toutes vos questions à la condition que vous m'appeliez Fantine. Tout le monde m'appelle ainsi.

Fantine et Georges, répéta Domitille pour elle-même. *Je les aime déjà !*

— Comme vous voudrez, répondit Zeller qui, lui, était concentré. Vous étiez proche de M. Witowski ?

— Si vous me demandez si nous avons eu une relation intime lui et moi, je risque de vous décevoir. Nous avions des amis en commun, mais notre relation s'arrêtait là.

Malgré le ton désinvolte, Zeller sentit qu'il devait creuser.

— Vous ne l'aimiez pas, je me trompe ?

— On ne peut rien vous cacher, lieutenant.

— Major.

— Major, lieutenant, capitaine... Ce serait tout de même plus simple si vous me donniez votre prénom.

Zeller sourit à son tour mais ne répondit rien.

— À cheval sur les principes ? s'amusa Fantine Kaes. Que c'est charmant ! Voilà bien un mot qui ne faisait pas partie du vocabulaire de Mathieu.

— Quel mot ? Principe ou charmant ?

— Ma foi, je ne l'avais pas formulé dans ce sens mais maintenant que vous me posez la question, je dirais les deux !

— Comment le décririez-vous ?

— Mathieu ? Rien de plus facile ! Si je devais résumer, je dirais qu'il était un requin en affaires, un rapace dans l'intimité. Pour faire encore plus court, Mathieu était un prédateur.

— Sexuel ? demanda Domitille, enfin focalisée sur la conversation.

— Aussi. Mathieu aimait posséder. Le pouvoir, l'argent, les femmes, rien ne devait lui résister. Si vous le faisiez, ce n'était jamais sans conséquence.

— Vous avez des exemples précis en tête ? chercha à savoir Zeller.

— Plusieurs, mais il y en a un qui m'a marquée en particulier. Je me souviens d'une jeune femme qui venait parfois à nos soirées. Des dîners mondains d'un ennui mortel durant lesquels les hommes parlaient affaires tout en reluquant les fesses des serveuses. Mon mari en faisait partie. Dieu merci, ce ne sont pas uniquement les meilleurs qui partent en premier.

Domitille crut un instant avoir mal entendu avant que Fantine Kaes esquisse un sourire carnassier.

— Georges n'est peut-être pas aussi talentueux en affaires que mon défunt mari, mais au moins, il sait me faire rire.

Georges, le nouveau mari, donc ! pensa Domitille. *Ou l'amant. À moins qu'elle ne demande à son majordome de la faire rire...*

Zeller jeta un œil vers la capitaine qui se ressaisit dans l'instant. Avait-elle encore remué ses lèvres ?

— Vous nous parliez d'une jeune femme, insista Zeller, qui semblait être le seul à suivre le fil de l'entretien.

— Vous avez raison, je m'égare ! Margot, me semble-t-il, mais ma mémoire me fait peut-être défaut. Elle devait à peine avoir dix-huit ans. Elle était si jolie, si gracieuse. Comparée à nous, c'était une enfant. Que faisait-elle avec Mathieu ? Il avait au moins trente ans de plus qu'elle et n'avait rien d'un bel homme. Il avait de l'argent, bien sûr, mais il était tellement pingre que je doute qu'elle en ait profité. Quoi qu'il en soit, chaque fois qu'elle l'accompagnait, elle perdait en luminosité. Elle était de plus en plus maigre, plus pâle aussi. Nous avons vu cette belle rose se faner sous nos yeux et nous n'avons rien fait. Un jour, il est venu avec une autre fille, à peu près du même âge. J'ai eu l'outrecuidance de lui demander ce qu'il avait fait de Margot. Il m'a regardée froidement, me faisant ainsi comprendre que j'avais tout intérêt à me mêler de mes affaires. Le petit père n'avait pas apprécié que j'évoque son ancienne maîtresse devant sa remplaçante. Quelques semaines plus tard, deux agents de police sont venus nous interroger, mon mari et moi. Ils nous ont montré une photo où nous posions dans un restaurant en compagnie d'autres convives, notamment Mathieu et Margot. Ils avaient retrouvé ce cliché, recouvert de sang, dans la main de la jeune femme. La petite s'était ouvert les veines.

33

17 octobre – 18 heures
Autoroute A709 en direction de Nîmes

Domitille était à présent totalement éveillée. Zeller avait même du mal à la canaliser alors qu'ils quittaient Montpellier. Pour Domitille, les propos de Fantine Kaes apportaient un éclairage des plus parlants. Cette femme intelligente ne s'était pas fait prier pour leur dévoiler d'autres secrets sur Mathieu Witowski. Influent, le magnat de l'économie pétrolière avait toujours réussi à étouffer les plaintes avant même qu'elles ne soient énoncées publiquement. Qu'elles soient d'ordre professionnel ou bien personnel. Dans ce domaine, Mathieu Witowski était pourtant réputé pour dépasser régulièrement les limites. Bien sûr, l'époque où Fantine Kaes le côtoyait était tout autre, la parole des femmes n'était que peu écoutée. Il n'en demeurait pas moins que le comportement de Witowski avait souvent eu de quoi choquer. Sans compter que l'homme aimait les femmes, surtout si elles étaient jeunes. Très jeunes, avait insisté Fantine. Selon elle, Witowski avait pris garde à ne leur présenter que des filles majeures. Elle était néanmoins persuadée qu'il était aussi attiré par les jeunes personnes à peine pubères. Elle l'avait vu à maintes reprises poser des yeux concupiscents sur des adolescentes. Elle avait tenté d'en parler à son mari. Ce dernier l'avait chaque fois remise à sa place. On ne cherchait pas d'ennuis à Mathieu Witowski.

Pour Domitille, à partir du moment où Witowski était un prédateur avéré, tout comme semblait l'être Vincent Hachemin au vu des sévices subis, le mobile des meurtres était tout trouvé.

— Tu oublies Karine Alban, rétorqua Zeller pour nuancer cette affirmation.

— Elle l'était peut-être aussi.

— Quoi, une prédatrice sexuelle ?

Domitille n'y croyait pas elle-même. 96 % des violences sexuelles étaient commises par des hommes. De plus, aucun témoignage ne justifiait que Karine Alban ait pu avoir ce penchant. Elle essaya une autre approche.

— Imaginons un instant que Romane ait croisé la route de Witowski. Il la viole, Rémi la venge.

— Et elle aurait aussi été violée par Hachemin ? la poussa Zeller.

— Pourquoi pas ! Ils auraient même pu le faire ensemble.

— Witowski et Hachemin ? Ils évoluaient dans deux mondes totalement différents.

— À première vue. Tes équipes bossent sur leurs parcours de vie. Elles vont peut-être trouver un lien.

— Ça changerait la donne, répondit Zeller sans trop y croire. Reste tout de même Karine Alban.

— Je sais, souffla Domitille en se tortillant sur son siège jusqu'à se retrouver dos à la route.

— Tu cherches quelque chose ?

— J'ai acheté un paquet de chips la semaine dernière. Je ne sais pas ce que Malo en a fait.

— Tu aurais commencé un paquet sans oser le terminer ?

Domitille allait répondre quand elle s'aperçut que Zeller se moquait ouvertement d'elle.

— Quoi ? J'ai faim, ce n'est tout de même pas de ma faute !

— Peut-être, mais si tu ne calmes pas un peu ton appétit, on devra bientôt t'hélitreuiller pour t'amener sur le terrain.

— Très drôle ! J'aimerais t'y voir.

— Je suis sérieux, essaie de t'aménager des pauses. La nuit blanche que tu viens de passer, ce n'était pas forcément une bonne idée.

— Je n'allais pas laisser Malo tout seul. Et je suis enceinte, pas malade.

— Tu devrais faire un peu attention à toi. Le père, lui, ça ne l'inquiète pas ?

— Le père ?

— Sujet sensible ?

— Absolument pas ! Il n'y a pas de père, c'est tout. Enfin si, mais non.

— Je vois, mentit Zeller.

— Enfin plutôt non mais oui, si tu préfères.

— Effectivement, c'est plus clair.

— Ce que je veux dire, c'est que…

— Tu n'es pas obligée de m'en parler, la coupa gentiment Zeller.

Domitille garda un instant le silence avant d'exposer plus clairement sa pensée.

— Il y a un père. Il est au courant. C'est juste qu'il n'avait pas signé pour ça. On s'était entendus pour une relation sans prise de tête. Après, est arrivé ce qui est arrivé. Ce n'était pas calculé. Je ne peux décemment pas lui en vouloir d'avoir mis les voiles. De toute façon, je ne suis pas sûre que j'aurais aimé l'avoir sur le dos. On s'amusait bien, de là à construire une famille ensemble…

Domitille s'arrêta là. Elle en avait déjà dit plus qu'elle ne l'aurait voulu. Personne dans son entourage ni même dans sa famille n'était encore au courant. Elle préférait se laisser du temps. En réalité, elle reculait au maximum le moment où elle devrait l'annoncer. Passé ce stade, elle ne pourrait plus faire machine arrière.

— Mettons de côté le meurtre de Karine Alban, reprit Zeller comme si de rien n'était.

— Il reste encore le cas de Romane, continua Domitille tout en le remerciant d'un regard dont il ne dut même pas s'apercevoir.

— Je reste convaincu que son agression ne s'inscrit pas dans la même lignée.

— Une tierce personne ?

— Pas forcément. Une autre raison, assurément. L'arme utilisée est sans doute la même que pour Karine Alban mais le mode opératoire diffère complètement. Pas de tortures ni de sévices.

— Et si Romane avait tenté de se suicider ?

Zeller quitta la route des yeux un instant pour s'assurer que Domitille était sérieuse.

— Je repense à ce que nous a dit Fantine, s'expliqua-t-elle. À cette Margot qui, à force de fréquenter Witowski, a fini par se trancher les veines. Imaginons un instant que Romane ait été la maîtresse de Witowski. Sur le long terme, j'entends. Il la traite comme un objet, puis s'en lasse et l'abandonne sur le bas-côté. Et quand je dis sur le bas-côté, je parle au sens propre comme au sens figuré.

— Witowski aurait été en voiture avec elle le 27 septembre, ils ont une dispute, il se gare sur le bord de la route qui mène à Saint-Jean-du-Gard et lui intime de descendre.

— C'est ça !

— Et désespérée, elle grimpe la colline et se poignarde avec l'arme utilisée contre Karine Alban ?

— Je te l'accorde, raconté de cette manière, c'est tout de suite moins crédible, bougonna Domitille.

— Je ne jette pas tout en bloc, je pense même que ça demande à être creusé.

— Vraiment ?

— Pour la relation avec Witowski en tout cas. Concernant le suicide, j'imagine mal une femme de cet âge s'enfoncer une pointe dans le ventre.

Domitille s'apprêtait à répliquer quand son téléphone vibra dans le vide-poche.

— Capitaine Fourest, dit-elle en décrochant. Malo ? C'est quoi ce numéro… Attends, je te mets sur haut-parleur.

Son second se trouvait dans les locaux de l'identification criminelle et considérait que les informations que les techniciens venaient de récolter ne pouvaient attendre le retour des deux officiers.

— Vous vous souvenez des cigares retrouvés chez Hachemin ? dit-il d'une voix si amplifiée qu'elle résonnait dans l'habitacle.

— Bien sûr, répondit Domitille. Ils correspondent aux brûlures sur son corps ?

— Oui mais ça, on s'en fout ! Ce qui est plus intéressant, c'est que les TIC ont retrouvé deux mégots de ces cigares dans les sacs-poubelle de Karine Alban.

— Dans ses sacs-poubelle ?

— Ceux qu'elle avait empilés dans son entrée. Y a un gars ici qui fait le tri de tous ses déchets depuis plus d'une semaine. Je peux te dire que je n'envie pas son boulot !

— De mémoire, c'étaient des Romeo y Julieta, intervint Zeller. C'est une marque assez courante.

— Ils ont préféré attendre les résultats des tests ADN avant de nous en parler. Les mégots contiennent bien la salive d'Hachemin !

— Donc Hachemin connaissait Alban, résuma Domitille en s'adressant à Zeller.

Si les deux premières victimes se connaissaient, il serait tout de suite plus facile de leur trouver un dénominateur commun. Restait à savoir quel lien les unissait à Mathieu Witowski.

— Est-ce qu'ils ont pu dater ces mégots ? demanda Zeller, les yeux toujours rivés sur la route.

— Pas encore. Ils sont en train de pousser les analyses. Ça, c'était la petite nouvelle. J'en ai une autre qui devrait vous plaire encore plus.

34

17 octobre – 20 heures
Nîmes – Groupement de gendarmerie départementale du Gard

Avant la réunion de crise, Domitille avait chargé Kylian de recopier tout ce qui se trouvait sur le tableau blanc et les feuilles volantes scotchées puis de photographier l'ensemble tel qu'il était agencé avant de tout effacer. Les enquêteurs avaient tout intérêt à repartir de zéro.

Domitille avait proposé à Zeller de prendre les rênes de la réunion, mais celui-ci préférait rester au fond de la salle pour avoir une vue d'ensemble et rebondir selon les angles exploités.

L'ambiance était électrique. Chacun attendait de se lancer. Domitille prit un marqueur noir et inscrivit, au centre et tout en haut du tableau, le nom de Rémi suivi d'un point d'interrogation. Juste au-dessous, elle divisa le panneau en quatre colonnes. Chacune comportait le nom d'une victime.

Afin de se repérer dans le temps, le sens de la lecture respectait l'ordre chronologique de la mort présumée des victimes.

— On n'a pas la date exacte de la mort d'Hachemin, dit-elle en pointant son nom du doigt, mais on sait qu'il a été le premier à être assassiné. Vient ensuite le meurtre de Karine Alban, puis l'agression d'Océane Doucet, alias Romane Alban, et, enfin, Witowski. Si on met Océane de côté, on sait que nos victimes évoluaient dans des univers très différents. On doit donc se concentrer sur ce qui les rapproche.

Domitille se saisit alors d'un marqueur rouge en précisant que les annotations qui allaient suivre n'étaient que des déductions, voire des spéculations. Sous les noms d'Hachemin et de Witowski, elle nota le mot « PRÉDATEUR » en capitales. Pour Océane, elle écrivit « victime » puis « complice ? ». Karine Alban eut, quant à elle, le terme « kidnappeuse » accolé à son prénom.

— On risque de s'embrouiller, intervint Zeller.

Domitille sembla ne pas le comprendre.

— Océane a été enlevée, c'est un fait et ça a dû conditionner sa personnalité. Il est donc important de garder cet élément en tête. En revanche, si on s'interroge sur l'auteur du kidnapping, on risque de s'éparpiller. Les deux affaires sont liées, je te l'accorde, mais elles sont espacées de huit ans.

Domitille se décolla de deux pas du tableau et l'observa attentivement. Avec tout ce qu'elle s'apprêtait à ajouter, ils auraient déjà suffisamment d'informations à traiter. Elle effaça la dernière inscription avec la manche de son pull et reprit le marqueur noir pour tirer un grand trait sur toute la longueur et créer une ligne qu'elle intitula CDD.

— Cause du décès, dit-elle avant d'inscrire le mot « asphyxie » pour trois des victimes.

— On ne parle pas des émasculations ? s'étonna Kylian.

— Ce n'est pas la cause de la mort, répondit Coline à la place de Domitille. Les blessures vont venir après.

La capitaine remercia sa lieutenante d'un regard et termina sa ligne par la colonne d'Océane.

— Même si elle n'est pas morte, partons du principe qu'on a voulu la tuer, dit-elle en notant les mots « arme blanche » et « estomac ». Passons maintenant à la suite.

Domitille créa une nouvelle ligne qu'elle nomma cette fois MO.

— Mode opératoire pour Hachemin : tortures avec les cigares, pénétration forcée, ablation des organes génitaux et sac-poubelle sur la tête.

Domitille avait inscrit des abréviations que seuls les initiés étaient en mesure de déchiffrer. Elle compléta la colonne de Karine Alban par le terme « CHATS » en majuscules et ajouta la torture, les trente blessures à l'abdomen et le sac Lidl.

— Tu n'es pas d'accord pour qu'on se focalise trop sur les chats, Gab, mais pour moi, ce point a son importance.

Zeller ne fit aucun commentaire si bien que Domitille continua sur sa lancée. Elle nota pour Witowski la torture en précisant en dessous les yeux percés, l'ablation de son appareil génital, de sa langue et de ses mains, avant de terminer par le sac à linge sur la tête.

— Je n'ai rien oublié ? demanda-t-elle à l'assemblée.

— On note qu'on monte en gamme ? ne put s'empêcher de dire Malo.

— Tu parles des tortures ?

— Je pensais plutôt au sac plastique. On est partis d'un vulgaire sac-poubelle à un sac Lidl, pour finir avec le sac à linge d'un cinq étoiles !

Seul Kylian se permit de glousser.

— Et sinon, quelqu'un a un commentaire vraiment pertinent à partager ? poursuivit Domitille d'un ton égal. Non ? Très bien, on continue alors.

Domitille s'attaqua à la localisation des scènes de crime. En dehors de Zeller, tous connaissaient assez bien le Gard pour savoir que la distance maximale entre ces lieux n'excédait pas les soixante-dix kilomètres.

— Maintenant qu'on a la vue d'ensemble, on va pouvoir s'amuser, annonça Domitille en rebouchant le marqueur d'un geste sec. Je vous propose de relier les protagonistes entre eux. Pas de supputations. Seulement ce qui est avéré.

Domitille se saisit alors d'un feutre vert et traça trois flèches en partant de Karine Alban. Les deux premières rejoignaient Océane et Rémi, la troisième était dirigée vers Vincent Hachemin.

— Les mégots de cigare retrouvés dans les poubelles de Karine Alban indiquent que l'homme s'est rendu au moins une fois chez elle. Occupons-nous à présent d'Océane. Ce sera rapide. En dehors de sa relation avec Karine, tout ce qu'on a pu apprendre jusqu'ici, c'est qu'elle était vraiment très proche de Rémi, dit-elle en reliant les prétendus frère et sœur.

Domitille fit une pause pour se masser les cervicales. L'exercice touchait à sa fin. Ne restait plus que Mathieu Witowski à traiter.

— Jusqu'à présent, attaqua Domitille en pointant son nom avec le marqueur, nous avons considéré que Mathieu Witowski était une victime parmi d'autres. Que son sort pouvait être comparé à celui de Vincent Hachemin. Comme vous le savez, la donne a changé depuis hier. Le laboratoire de Cergy nous a transmis les analyses de la chambre d'hôtel. Avant de se concentrer sur ces résultats, est-ce qu'on considère toujours que tous les meurtres sont liés ?

— Ça me paraît évident, répondit Zeller, sûr de lui.

— Admets que ça pose question ! Je pensais qu'on était d'accord pour dire qu'Hachemin et Witowski avaient été tués parce qu'ils étaient des prédateurs sexuels.

— On était d'accord pour dire que c'était une possibilité, nuança Zeller. Et c'est toujours le cas.

— On a quand même une donnée de taille à intégrer, réagit Domitille en traçant sa dernière flèche. Witowski était le père de Rémi !

35

18 octobre – 6 h 30
Environs de Nîmes – Route de Caveirac

Domitille descendit les marches abruptes en se tenant fermement à la rambarde. À cette heure indue, elle n'avait pas assez confiance en ses réflexes.

Elle n'avait pas prévu de dormir chez elle et, si elle l'avait pu, elle aurait certainement évité ce déplacement qui l'obligeait à se lever si tôt. Son téléphone avait sonné à 21 heures la veille alors qu'elle s'apprêtait à clore la réunion. Domitille n'aspirait qu'à une seule chose, à ce moment précis : aller se coucher. Elle avait hésité avant de répondre à ce numéro inconnu et se demandait encore ce matin si elle n'aurait pas mieux fait d'ignorer cet appel.

Son jeune frère, Thibert, s'était encore embourbé dans une situation délicate. Cette fois, au moins, Domitille n'avait pas eu à négocier avec un de ses collègues pour qu'il ferme les yeux. Le patron d'une auberge à la sortie de leur village l'avait appelée. Thibert refusait de le payer. Il était fin soûl et se plaignait que son plat avait été servi froid. Domitille n'avait pas cherché à en entendre plus. Ce n'était pas la première fois. Elle connaissait le restaurateur pour avoir dîné plusieurs fois dans son établissement. Une demi-heure plus tard, elle lui réglait l'addition.

Domitille et son cadet de dix ans vivaient à l'entrée de Caveirac, un des premiers villages de la vallée de la Vaunage à une quinzaine de kilomètres à l'ouest de Nîmes. Leurs parents, partis s'installer en ville, dans un logement plus fonctionnel, leur avaient laissé ce mas, dont l'étage était devenu impraticable à leur âge. Sans compter qu'il fallait se baisser constamment pour passer d'une pièce à l'autre. Supportant de moins en moins la chaleur, ils ne profitaient pour ainsi dire plus jamais de leur jardin. Pour toutes ces raisons, ils avaient préféré migrer vers un appartement récent et climatisé de Nîmes.

Assis à la grande table en bois qui trônait au milieu de la cuisine, Thibert tendit un mug de café à sa sœur.

— Tu es déjà levé, s'étonna Domitille.

— Je n'ai pas dormi.

— Je me disais aussi.

— Je savais que tu partirais à l'aube et je voulais te remercier.

Domitille ne dit rien.

— Je ne sais pas ce qui m'a pris, commença-t-il. J'avais passé une sale journée.

Comme sa sœur gardait le silence, il s'efforça de le combler.

— Je me suis fait virer de mon boulot, hier.

— Lequel ?

— Comment ça, lequel ?

— Désolée, mais ce n'est pas facile de te suivre. Tu changes de job toutes les trois semaines.

— Si tu venais plus souvent ici, tu saurais de quoi je parle !

— Je ne suis ni ta mère ni ta petite amie, Titi, je suis ta sœur. Ce n'est pas à moi de veiller sur toi.

— Commence pas, s'il te plaît.

— Ah mais je te rassure tout de suite, dit-elle d'un ton las, je n'ai pas l'intention de commencer quoi que ce soit. Tu as trente-deux ans, tu fais bien ce que tu veux. De toute façon, je n'ai vraiment pas le temps de me prendre la tête avec toi. J'ai une tonne de boulot qui m'attend et, comme je refuse de me taper les bouchons, je dois décoller dans vingt minutes.

Thibert se pinça le lobe de l'oreille en baissant les yeux comme il le faisait chaque fois qu'il estimait devoir présenter des excuses. D'ordinaire, Domitille s'en attendrissait.

— Je te rembourserai, dit-il, sentant que sa sœur n'était pas disposée à lui faciliter la tâche.

— Laisse tomber.

— Tu repasses bientôt ?

— J'espère, répondit Domitille qui le pensait sincèrement. En attendant, sois sympa, appelle maman. Elle se fait du souci.

Domitille roulait à vive allure sur la départementale alors que le jour n'était pas encore levé. Elle devinait le ciel chargé et désespérait de pouvoir rouvrir ses fenêtres pour s'enivrer des senteurs de la garrigue. Les parfums de son enfance lui manquaient.

Les yeux sur la route, elle réfléchissait à son affaire. La veille, peu avant la réunion, elle s'était longuement entretenue avec le juge Perfetti, qui, comme l'équipe de la brigade, avait reçu les différents comptes rendus de la DiANE. Mathieu Witowski avait particulièrement retenu son attention. En tant que juriste, il avait tenu à rappeler que la filiation entre l'homme d'affaires et Rémi ne pouvait pas être entérinée de façon définitive puisque l'ADN de

Rémi Alban n'avait pas encore été officiellement répertorié. Cette conclusion s'établissait sur une comparaison entre un échantillon salivaire de Mathieu Witowski et les traces de sperme prélevées sur les draps du squat occupé par Rémi. Il avait tout de même admis que le doute était suffisamment raisonnable pour que les enquêteurs partent de ce principe.

D'autres informations avaient intéressé le magistrat. Mathieu Witowski détenait des comptes bancaires un peu partout dans le monde, avec une préférence pour les paradis fiscaux. L'un d'eux était hébergé au Luxembourg. La procédure pour lever le secret bancaire prendrait des semaines, voire des mois, mais le juge Perfetti était prêt à considérer que les cinq mille euros versés tous les trois mois sur le compte de Karine Alban étaient émis par l'ancien magnat du pétrole. La régularité de cette somme sous-entendait qu'il avait sciemment laissé Rémi aux bons soins de Karine Alban et qu'il lui accordait une pension en échange, tout en s'assurant de sa discrétion. Le jeune homme n'avait pas été enlevé comme Océane Doucet, mais il avait été confié. Witowski connaissait donc Karine Alban. Domitille avait ajouté une flèche sur son tableau à la fin de la réunion.

Demeurait une question de taille. Pourquoi Witowski continuait-il à verser de l'argent à Karine Alban depuis trois ans alors que Rémi avait quitté le domicile ? Le père génétique était-il seulement au courant ? Le juge avait émis l'hypothèse que Karine Alban réceptionnait la pension pour le jeune homme, lui-même ne possédant pas de compte à son nom. Il payait tout en liquide. Et s'il se rendait tous les trois mois à la nouvelle adresse de Karine Alban, les habitants de Saint-Jean-du-Gard l'auraient peut-être remarqué. Aussi, Domitille s'était engagée à renvoyer une équipe sur place avec le portrait-robot de Rémi.

Elle se demandait, pour sa part, comment Mathieu Witowski avait pu croiser la route de Karine Alban. Encore une fois, il s'agissait de deux personnes évoluant dans des mondes que tout opposait.

36

18 octobre – 8 h 30
Route nationale 106 du Gard

Malo Prigent se lassait déjà de ce trajet. Il pensait sérieusement à se trouver un pied-à-terre à Alès. Trois allers-retours en moins de dix jours, c'était plus qu'il ne l'avait fait en dix ans. Il ne faisait même plus attention aux paysages, lui qui avait toujours aimé l'alternance de collines boisées et de formations rocheuses qu'offrait cette partie du Gard.

La réunion de la veille s'était terminée à 21 heures. Seuls Coline et Kylian l'avaient accompagné boire une bière. Domitille avait prétexté une urgence. Quant à Zeller, il avait préféré marcher quarante minutes pour rejoindre le cercle mixte[1] qui l'hébergeait plutôt que d'être raccompagné en voiture, comme chaque soir depuis qu'il était à Nîmes.

Chacun avait eu droit à son ordre de mission avant de lever le camp. Kylian devait s'intéresser de plus près aux

1. Cercles mixtes de la gendarmerie : établissements proposant aux personnels du ministère de l'Intérieur et du ministère des Armées des prestations d'alimentation et d'hôtellerie.

comptes de Karine Alban et remonter aussi loin qu'il le pouvait tandis que Malo, assisté de Coline, était chargé d'interroger de nouveau son ancienne voisine. Si Vincent Hachemin était venu dans la maison de Saint-Jean-du-Gard, peut-être était-il aussi passé chez les Alban du temps où ils vivaient à Alès. Idem pour Mathieu Witowski. Il aurait pu rendre visite à son fils, Rémi. Aucun détail n'était à négliger. La temporalité par exemple. Depuis quand Karine Alban connaissait-elle Vincent Hachemin ? Comment leurs routes avaient-elles pu se croiser ? Ou encore quel genre de relations entretenait l'homme d'affaires avec son fils ?

À 9 heures tapantes, Chantal Courtet accueillit les deux lieutenants comme s'il s'agissait de vieilles connaissances. Elle n'affichait étonnamment plus aucune trace d'appréhension. Malo Prigent comprit rapidement la raison de ce changement de comportement. Son mari avait décidé de poser sa matinée pour assister avec elle à ce nouvel entretien officiel. Chantal Courtet n'était plus seule face à l'adversité.

Amaury Courtet ne chercha pas à atténuer les propos de son épouse quant à leur inimitié vis-à-vis de Karine Alban. Le fait de médire sur une personne défunte récemment ne semblait le déranger en aucune façon. Il avait toujours su que cette femme n'était pas nette, avait-il dit en introduction. Sans prétendre que Karine Alban méritait son sort, il ne considérait clairement pas ce décès comme une perte pour la société.

Malo Prigent prit sur lui pour rester courtois. À peine entamé, le discours d'Amaury Courtet le fatiguait. L'homme estimait faire partie de la classe méritante, celle qui travaillait sans vivre aux crochets de l'État et donc, par extension, de ses impôts. Forcément trop élevés.

Coline vint au secours de son supérieur en présentant le premier élément de leur dossier. Une photo de Mathieu Witowski. Amaury Courtet regarda les deux lieutenants sans comprendre.

— Avez-vous déjà vu cet homme ? se contenta de demander Malo.

— À la télé, comme tout le monde ! C'est l'homme d'affaires, là… son nom m'échappe.

— Mathieu Witowski, termina Coline pour lui.

— Oui, eh bien quoi ? Quel rapport avec Karine Alban ?

— L'avez-vous vu entrer chez elle ou même traîner dans votre ancien quartier ? continua Malo.

— Un patron du CAC 40 chez Karine Alban ? railla l'homme. Pourquoi pas le Premier ministre, pendant que vous y êtes !

— Je ne connais pas ses habitudes, répondit Malo froidement. En attendant, ce qui m'intéresse, c'est de savoir si vous avez vu cet homme autour de chez vous.

Le ton était suffisamment sec pour qu'Amaury Courtet réponde sans ironie.

— Jamais. Je l'aurais remarqué.

Chantal Courtet signifia d'un geste que sa réponse était la même. La présence de son mari l'empêchait visiblement de s'exprimer. Coline récupéra la photo tandis que Malo décida de s'adresser à elle.

— Karine Alban recevait-elle parfois de la visite ?

L'époux s'empressa de répondre à sa place. Ils ne passaient pas leur temps à la fenêtre à observer leurs voisins. Malo perdait patience.

— J'imagine que vous n'êtes pas souvent chez vous la journée, monsieur Courtet, donc peut-être que votre femme est plus à même de répondre.

— Chantal n'est pas une commère !

— Madame Courtet ? l'ignora Malo en plantant ses yeux dans ceux de l'épouse.

Elle en fut déroutée. Un mot d'ordre avait dû être donné par son mari. Ce n'était pas à elle de parler. Malo s'agaça ouvertement.

— Nous pouvons vous convoquer tous les deux à la gendarmerie pour vous interroger séparément, si vous préférez.

Chantal Courtet regarda son mari d'un air suppliant. Malo crut déceler un léger mouvement de tête approbateur. Elle avait le feu vert.

— Quelques personnes passaient de temps en temps la voir.

— Des femmes, des hommes ?

— Un peu des deux. Peut-être un peu plus d'hommes.

— Ils restaient longtemps ?

— Non, une heure ou deux, au maximum.

— De manière régulière ?

— Vous m'en demandez trop, lieutenant.

Malo remarquait son malaise.

— Pourquoi n'avoir rien dit la dernière fois que nous sommes venus ?

— Vous ne m'avez pas interrogée à ce sujet.

Malo n'avait peut-être pas posé cette question précise mais il se souvenait parfaitement de lui avoir demandé de leur exposer tout ce qui lui semblerait pertinent au sujet de Karine Alban. Elle ne s'était pas privée pour balancer son venin sur son ancienne voisine, si bien que le lieutenant était dérouté par cette omission. Avait-elle eu peur de passer pour une concierge aux yeux de son mari s'il avait appris qu'elle avait déclaré connaître les habitudes de Karine Alban ? Il paraissait évident que Chantal Courtet se retenait de parler librement.

Coline, pour combler le blanc qui s'était installé, déposa sur la table basse un agrandissement de la photo d'identité de Vincent Hachemin.

Chantal prit le portrait et fit mine de se concentrer.

— C'est possible, dit-elle en reposant rapidement la photo.

— Je vais vous demander de faire un effort, madame Courtet. Avez-vous déjà vu cet homme, oui ou non ?

Elle saisit de nouveau le cliché et l'observa cette fois plus attentivement. Malo savait d'expérience qu'il était toujours compliqué de transposer un visage figé sur une personne qu'on avait vue en mouvement. De plus, si Chantal Courtet avait aperçu cet homme, il y avait de fortes chances que ce soit à bonne distance. Malo s'attendait à une réponse vague quand Coline ajouta une précision des plus utiles.

— À cette époque, il conduisait une Dacia Sandero orange.

— Cette horreur ! réagit Amaury Courtet. J'ai vu cette voiture deux ou trois fois en revenant du bureau. Je me suis toujours demandé comment on pouvait acheter un SUV de cette couleur.

— Effectivement, la voiture me dit quelque chose, ajouta l'épouse.

Malo avait la désagréable sensation que Chantal Courtet avait accepté de confirmer ce point uniquement parce que son mari l'avait devancée. Il rageait de ne pouvoir lui parler en privé.

— Le propriétaire de cette voiture fait-il partie des hommes que vous évoquiez ? continua Coline.

— Oui, avoua-t-elle du bout des lèvres. Je ne l'avais pas reconnu sur le moment. Oui, il en fait bien partie.

— Vous ne lui avez jamais parlé ?

— Non, enfin… pas que je me souvienne.

Cette fois, Malo était intimement persuadé que Chantal Courtet venait de leur mentir. Il la transperça du regard et n'eut pas à attendre plus de cinq secondes pour qu'elle revienne sur ses propos.

— Ou alors peut-être une fois, dit-elle comme si la mémoire venait juste de lui revenir. Un jour où j'avais besoin d'être dépannée.

— Dépannée ?

— Oui, vous savez comment ça se passe entre voisins. Il vous manque un œuf, vous n'allez pas au supermarché. Il vous suffit de frapper à la porte.

Malo hocha lentement la tête d'un air grave avant de se tourner vers Coline.

— Tu as la transcription du premier témoignage de Mme Courtet ?

Coline se retint de sourire, ayant déjà vécu plusieurs fois cette scène. Elle sortit le compte rendu de son dossier et le tendit à Malo. Il le parcourut rapidement avant d'arrêter son doigt sur une ligne.

— Voilà, je savais bien. Vous nous avez dit, le 9 octobre : « Ce n'est pas chez elle que j'allais frapper quand j'avais besoin d'un coup de main, si vous voyez ce que je veux dire. » Manifestement, je n'ai pas dû bien vous comprendre.

37

18 octobre – 9 h 30
Alès – Maison de Chantal et Amaury Courtet

Sentant que la situation prenait un tournant auquel il ne s'était pas préparé, Amaury Courtet tenta de tenir tête à Malo quand celui-ci lui ordonna de quitter la pièce. Il parla alors de harcèlement et menaça les deux lieutenants d'en référer à leur supérieur. Malo lui donna son téléphone pour lui faciliter la tâche, ce qui décontenança l'homme d'autant plus. Il regarda sa femme en lui demandant s'il devait appeler un avocat, elle le rassura d'une voix calme.

À peine son mari éclipsé, Chantal Courtet se mit à pleurer.

— Mon intention n'a jamais été de vous mentir, dit-elle entre deux sanglots. Je m'en veux pour tout ce que je vous ai raconté la dernière fois. Karine Alban n'était pas une mauvaise femme, simplement…

— Simplement ? la relança Malo alors qu'elle s'était arrêtée de parler.

— Simplement, si je vous avais dit la vérité, mon mari aurait compris que Karine et moi nous nous fréquentions.

— En quoi cela aurait été un problème ?

— C’est compliqué. Je ne saurais même pas par où commencer. Et puis, j’ai tellement honte…

Malo prit la serviette en papier qui lui servait de sous-tasse et la tendit avec maladresse à Chantal Courtet. Il avait espéré que Coline prendrait le relais et gérerait pour lui cette crise de larmes mais la jeune lieutenante en avait décidé autrement.

— Si vous repreniez tout depuis le début ? lui proposa-t-il d’un ton qu’il voulut le plus apaisant possible.

Chantal Courtet se moucha et inspira une grande bouffée d’air.

— Je me suis mariée à dix-neuf ans, dit-elle en regardant Malo dans les yeux. Mon mari en avait vingt-huit. Il avait déjà eu plusieurs histoires, moi je n’avais connu que lui. C’était un homme alors que je n’étais qu’une enfant. Au début, tout se passait bien. Il était attentionné et s’occupait tout le temps de moi. Même si je n’avais pas fait d’études supérieures, Amaury savait que j’avais à cœur d’entrer dans la vie active. Il promettait de me soutenir à cent pour cent. J’avais même commencé une formation d’auxiliaire vétérinaire quand je suis tombée enceinte. Après la naissance de Mandy, Amaury s’est opposé catégoriquement à ce que je cherche un emploi. Il disait gagner assez d’argent pour deux et qu’il valait mieux que je m’occupe de notre enfant. J’ai cru naïvement qu’il parlait des premières années.

Chantal Courtet prenait un peu plus d’assurance à mesure qu’elle parlait.

Par la suite, Amaury avait refusé que leur fille aille à la crèche, prétextant que leur enfant ne méritait pas d’être élevée par des inconnus. Chantal, elle, ne souhaitait pas décevoir les attentes de son mari. Elle regrettait encore aujourd’hui de ne pas s’être rebellée à cette époque. Sa vie aurait été sûrement différente.

Chantal Courtet était de nouveau tombée enceinte avant même que leur aînée n'entre à l'école primaire. Cette fois, elle avait accouché d'un garçon, autrement dit un demi-dieu aux yeux de son époux. Il était hors de question que Chantal n'accorde pas tout son temps à cet enfant roi.

— Et l'histoire s'est répétée une fois de plus avec la naissance de notre dernière que vous avez croisée quand vous êtes venus, ajouta Chantal Courtet amèrement. Elle vient de fêter ses quinze ans. Depuis vingt-deux ans, je suis dévouée à mon mari et à mes enfants et je n'ai jamais rien fait pour moi. Sans parler du fait que je dépends d'Amaury, financièrement parlant. Je n'ai même pas de compte en banque.

Son mari avait réussi à la convaincre qu'elle n'en avait pas l'utilité, que cela ne ferait que générer des frais dont il valait mieux se passer.

— Il a aussi éliminé une à une toutes mes anciennes connaissances. Il ne les trouvait pas fréquentables. Il avait toujours quelque chose à leur reprocher et se montrait désagréable quand j'avais le malheur d'inviter l'une d'elles à la maison. Même mes parents ont cessé de nous rendre visite. Et quand je vais chez eux, ils évitent soigneusement de me parler de mon mari.

— Vous n'avez jamais cherché à vous affirmer ? demanda Coline avec peu de tact mais avec la sensibilité qui caractérisait sa personnalité si singulière.

— J'ai essayé une fois ou deux. Amaury me l'a fait regretter.

— Il vous bat ? s'enquit cette fois Malo.

— Si seulement, répondit Chantal Courtet d'un haussement d'épaules. Ma décision aurait été plus facile à prendre. Non, Amaury est plus intelligent que cela. Il m'a fait perdre toute confiance en moi et sait parfaitement me rappeler que je ne suis plus rien sans lui.

Chantal Courtet ne pleurait plus. Elle avait capitulé. Elle avait enfin brossé un portrait honnête de sa vie.

— Vous craigniez que votre mari ne vous fasse payer le fait que vous fréquentiez Karine Alban et c'est pour cette raison que vous nous avez menti la dernière fois ? voulut vérifier Malo.

Chantal Courtet hocha imperceptiblement la tête, le lieutenant pouvait ressentir sa gêne.

— Vous nous avez parlé de honte, insista Malo. Ce mot me semble un peu fort si on tient compte de la situation. Vous êtes certaine que vous n'avez rien d'autre à nous dire ?

Chantal Courtet maintenait son buste droit mais ses yeux n'arrivaient plus à se fixer sur les lieutenants. Elle cherchait une issue, une réponse qui lui permettrait de mettre un terme à cet entretien.

— Nous ne sommes pas là pour vous juger, intervint alors Coline posément. Nous cherchons à comprendre ce qui a pu arriver à Karine Alban, madame Courtet. Ainsi qu'à Romane, qui se bat en ce moment même pour rester en vie.

Malo se mit en retrait pour ne pas rompre le lien que sa lieutenante tissait avec leur témoin. Il attendit patiemment que Chantal Courtet baisse les armes.

— Ma fille aînée était partie de la maison, commença-t-elle en observant ses mains. Romane et Rémi avaient quitté Alès, eux aussi. Je ne sais plus comment ça s'est passé exactement mais Karine et moi, on s'est rapprochées à ce moment-là. Tant que ses enfants étaient avec elle, Karine évitait de parler à qui que ce soit. Elle avait un comportement assez renfermé. Je crois que c'est elle qui est venue me parler la première fois. Elle m'a saluée dans la rue et s'est approchée pour échanger des banalités. Une discussion en entraînant une autre, on s'est vues régulièrement. C'est toujours moi qui allais chez elle. Je ne voulais pas que mes enfants puissent en informer mon mari. C'était un peu mon moment à moi.

Chantal Courtet leur expliqua comment elle en était venue à se confier. Elle ne chercha pas à dépeindre une vie parfaite comme son mari l'y obligeait. Elle se sentait prisonnière de sa famille et en souffrait. Karine Alban l'avait écoutée attentivement jour après jour. Sans parler d'amitié, les deux femmes s'étaient apprivoisées. Karine Alban avait parfois des raisonnements sur la société assez enfantins, voire farfelus, mais dès qu'il s'agissait de la vie de Chantal Courtet, elle faisait preuve d'une réelle empathie.

— Elle m'a donné des cachets pour combattre ma déprime. J'étais réticente, mais ça m'a aidée. Et un jour, un homme a débarqué chez elle alors que nous buvions un café. C'était Vincent Hachemin. Elle me l'a présenté rapidement en me disant qu'il travaillait dans le recrutement. Je n'ai pas cherché à en savoir plus.

Les deux femmes se fréquentaient de plus en plus souvent. Chantal se plaignait souvent de son mari et de sa dépendance financière, Karine Alban lui intima de prendre le sujet à bras-le-corps et de songer à préparer son avenir.

— Elle m'alertait sur le jour où mon dernier enfant quitterait la maison. Selon elle, mon mari se lasserait de moi. Je ne lui serais plus utile et il me reprocherait de vivre à ses crochets. J'ignore si le futur lui donnera raison, mais cela a fait écho en moi. J'avais besoin de me prouver que j'étais encore une personne à part entière. Alors elle m'a reparlé de Vincent Hachemin. Je lui ai répété que je ne pouvais pas prendre un emploi, Amaury s'en apercevrait tout de suite. Elle s'est mise à rire. Elle m'a expliqué que Vincent Hachemin ne se contentait pas de faire du recrutement pour les entreprises, et qu'il pourrait m'apporter une solution nettement plus personnalisée en toute discrétion. J'ai mis du temps à comprendre ce qu'elle voulait dire.

38

18 octobre – 12 h 50
Nîmes – Groupement de gendarmerie départementale du Gard

Réunie au mess, l'équipe s'était installée à une table, suffisamment isolée et étonnamment disponible depuis quelques jours, pour le débriefing de la matinée. Domitille avait appris lors d'une pause-café qu'elle était surnommée par ses collègues « le banquet des chatons ». La capitaine ne s'en était pas ombragée. La dérision était souvent leur meilleur rempart. Pour l'heure, « ses chatons » se démenaient pour dénouer la pelote de laine. Malo venait de passer dix minutes à relater son entretien avec Chantal Courtet.

— Et voilà comment on a su que Vincent Hachemin avait un petit business parallèle bien rodé ! pérora-t-il pour conclure.

— Donc Vincent Hachemin était un proxénète ! reprit Kylian qui n'avait pas cherché à masquer sa surprise.

— Absolument ! Il profitait de son carnet d'adresses professionnel pour diversifier son activité. Les mêmes clients à qui il proposait des intérimaires lui faisaient part de demandes plus particulières. Femme au foyer désœuvrée, dominée ou dominatrice, jeune homme en quête d'expérience, jeune femme à la recherche d'un *sugar daddy*, tout y passait.

— Karine Alban faisait partie de son vivier ?

— *A priori* non. Elle servait juste d'intermédiaire.

— J'ai du mal à croire que Chantal Courtet se soit laissé embarquer là-dedans.

— Elle n'en était pas fière. Elle a d'ailleurs très vite arrêté.

Chantal Courtet avait coupé tout contact avec Vincent Hachemin et n'avait plus entendu parler de lui après le départ de Karine Alban. Elle ignorait comment ces deux derniers s'étaient rencontrés, tout comme elle était incapable de dire s'ils avaient continué à se voir après le départ de son ancienne voisine, dont elle n'avait pas de nouvelles depuis deux ans.

— Bref, avec Hachemin, Alban et Witowski, continua Malo, on avait le tiercé gagnant ! Un proxénète, une nounou rabatteuse et un prédateur sexuel certainement devenu père malgré lui.

— Un environnement dans lequel s'était retrouvée une gamine de douze ans, rappela Zeller d'une voix terne. En tout cas, cette info nous a permis d'en apprendre une autre de taille. Quand tu nous as envoyé ton mail, j'étais en réunion avec mes collègues de la DiANE qui devaient s'entretenir avec l'ancienne assistante de Witowski dans la foulée.

— Celle que vous avez interrogée à la Défense ? demanda Coline.

— Absolument. Ma supérieure l'a convoquée pour qu'elle se livre un peu plus. Elle vient de me rappeler. Armelle Mennesson a été nettement plus prolixe. Elle a confirmé que Witowski était attiré par les jeunes femmes, surtout si celles-ci se montraient fragiles et facilement influençables. Elle a évoqué une histoire qui avait mal tourné avec une stagiaire. Witowski s'en était sorti avec un accord financier.

Elle ne savait pas en revanche qu'il avait eu un fils. À en croire Marie Ettori, Armelle Mennesson ne s'était montrée qu'à moitié étonnée. Mathieu Witowski n'en avait jamais parlé, mais il n'était pas du genre à étaler sa vie privée.

— Ce qui est intéressant, poursuivit Zeller, c'est qu'elle connaît l'agence de recrutement pour laquelle Vincent Hachemin travaillait. Elle a fait appel à cette entreprise à plusieurs reprises. Chaque fois pour assurer son propre remplacement lorsqu'elle prenait ses congés d'été.

L'assistante de direction ne se souvenait pas du nom du commercial avec qui elle avait échangé et doutait que Mathieu Witowski ait pu le rencontrer. Il avait, selon elle, bien d'autres préoccupations. S'inquiéter de la personne qui remplacerait celle qu'il estimait n'être qu'une simple secrétaire était le cadet de ses soucis.

— Mes gars n'ont pas mis beaucoup de temps à faire des recoupements, sourit Zeller. Ils ont appelé la société de placement en question. À l'époque où Mathieu Witowski était encore PDG de la firme pétrolière, Vincent Hachemin occupait le poste de directeur commercial des grands comptes avant qu'il ne soit rétrogradé. C'est donc tout à fait envisageable qu'il ait rencontré Witowski. Il a pu se déplacer pour présenter lui-même l'assistante intérimaire ou encore s'enquérir de la qualité de son travail durant la mission. Hachemin aurait ainsi eu tout le loisir de proposer à l'homme d'affaires d'autres types de services. Partant de là, on peut aisément supputer que toutes les victimes étaient reliées entre elles. Hachemin gérait les plaisirs déviants de Witowski et, quand ce dernier a eu besoin de confier son fils illégitime, Hachemin lui a présenté Karine Alban.

— Mais pourquoi aurait-il eu besoin de placer Rémi ? l'arrêta Domitille. Tu fais quoi de la mère ?

— On la cherche. Mes collègues remontent au plus loin dans la vie de Witowski pour retrouver sa trace mais peut-être que cette femme fait partie du réseau de Vincent Hachemin. On étudie toutes les pistes.

— Est-ce que la jeune femme qui s'est ouvert les veines ne pourrait pas être la mère de Rémi ? suggéra Coline.

— On a vérifié les dates, répondit Zeller. Ça ne colle pas.

Kylian fit signe qu'il avait lui aussi quelque chose à ajouter et se dépêcha d'avaler le morceau de viande qu'il venait de mettre dans sa bouche.

— J'ai passé une partie de la nuit et toute la matinée sur les relevés bancaires de Karine Alban, dit-il presque essoufflé. Je suis remonté à presque vingt ans en arrière. Les versements des cinq mille euros ont commencé il y a douze ans. Donc soit Rémi avait déjà dix ans quand il a été confié à Karine Alban, soit Mathieu Witowski la payait en liquide les premières années.

Kylian fit une pause pour terminer son verre d'eau avant de reprendre avec la même dynamique.

— J'ai aussi remarqué un retrait, cette fois, de cinq mille euros effectué il y a trois ans. Ça correspond au moment où Rémi et Romane sont partis d'Alès.

— Karine Alban a versé trois mois de pension à Rémi pour l'aider à s'installer avec Romane, suggéra Coline.

— C'est ce que je me suis dit aussi. Après cela, Karine Alban n'a plus fait de retrait conséquent. Elle dépensait une fortune en produits animaliers. Quasiment tout l'argent de la pension y passait.

— Donc elle ne reversait plus un euro à Rémi, intervint Domitille.

— Non, rien. Ça pourrait être le mobile du meurtre, non ?

Domitille fronça des sourcils et l'encouragea à pousser son raisonnement.

— Rémi décide de quitter Alès avec Romane, s'enhardit le gendarme. Il a déjà dix-neuf ans. Il pense que Karine lui filera le fric versé par son père, sauf qu'elle déménage à son tour sans laisser d'adresse et le garde pour elle. Rémi la retrouve. Fou de rage, il la tue.

— Vingt mille euros par an, renchérit Malo, on a vu des meurtres pour bien moins que ça !

Domitille interrogea Zeller du regard. Tous les autres membres de l'équipe attendaient à présent son avis.

— Cette piste mérite d'être prise au sérieux, dit-il après avoir pris le temps d'y réfléchir. Cela pourrait même expliquer la torture. Rémi se persuade que Karine cache l'argent chez elle ou bien il tente d'obtenir les accès à son compte en banque. Elle finit par lui avouer qu'elle a tout dépensé pour ses chats et il se venge sur elle mais aussi sur ses bestioles.

Domitille reposa sa fourchette, l'appétit coupé. Rien de plus sordide que l'argent pour mobile.

— Autre chose ? demanda-t-elle à l'assemblée, ne voulant pas rester sur cette idée.

— J'ai aussi eu un cabinet dentaire au téléphone, ajouta Kylian, galvanisé de se sentir enfin utile. Ils ont mis du temps à répondre mais ils ont retrouvé des radios dentaires d'Océane, enfin… de Romane Alban. Ils l'ont soignée pour deux caries. Le dentiste qui s'est occupé d'elle n'en avait qu'un vague souvenir, mais quand j'ai évoqué Karine Alban, la femme qui l'accompagnait, la mémoire lui est revenue. Elle lui avait parlé pendant toute l'intervention et ça l'avait particulièrement fatigué. « Comme toutes ces infirmières qui pensent en savoir plus que les médecins ! »

a-t-il ajouté. Je lui ai demandé s'il était sûr que Karine Alban en était une, il m'a répondu que les mots qu'elle employait n'étaient pas ceux d'une profane.

Kylian sourit fièrement en terminant son compte rendu, omettant de dire qu'il avait dû se faire expliquer le mot « profane » par le dentiste.

Aucune trace de diplôme pour Karine Alban n'ayant été retrouvée, il y avait fort à parier qu'elle s'était formée en candidat libre sans achever son cursus. Cette piste menait pour l'instant à une impasse.

— Si on en a fini, les surprit Gab Zeller en se levant, son plateau à la main, je vais vous laisser. Même si ce n'est pas la priorité, je me suis engagé à poursuivre l'enquête sur la disparition d'Océane. La marche blanche ultra-médiatisée a bien évidemment remis un coup de projecteur sur cette affaire et par là même un coup de pression sur le parquet de Nanterre. Samia Doucet a menti au démarrage de l'enquête de police, le juge veut s'assurer qu'elle ne nous a rien caché de plus. J'ai prévenu la mère d'Océane que je serais chez elle en début d'après-midi. Domi, je peux t'emprunter un de tes lieutenants ?

39

18 octobre – 14 heures
Nîmes – Appartement de Samia Doucet

Zeller s'assit dans le salon face à Samia Doucet et Pauline Marchand. Coline Foucaud, qui s'était présentée brièvement, préféra rester debout. En réalité, le major de la DiANE lui avait demandé d'observer discrètement la mère d'Océane, avec un recul qu'il n'aurait pas. Il voulait qu'elle note la moindre de ses réactions, sa gestuelle ou encore les expressions de son visage.

Pauline Marchand, qui les avait accueillis, se comporta en maîtresse de maison, ce qui ne manqua pas d'étonner Zeller. Chaque fois qu'il avait eu l'occasion de la croiser, elle s'était toujours mise en retrait. Même lors de la marche blanche, il avait remarqué qu'elle était restée à distance, laissant Samia et Xavier Doucet offrir l'image d'un couple meurtri mais uni.

Xavier Doucet était d'ailleurs le grand absent de cet entretien. Zeller avait pourtant aperçu un sac de voyage dans l'entrée.

— Votre ex-mari est déjà reparti à Toulouse ? demanda-t-il d'un ton anodin.

— Aucune idée, répondit Samia froidement. Il ne m'a pas donné de nouvelles depuis que vous l'avez relâché.

Zeller dirigea son regard vers l'entrée, les sourcils volontairement froncés.

— Il n'est pas venu chercher ses affaires, le devança Samia. J'ai pris sur moi de lui faciliter la tâche. Il n'aura pas besoin de s'attarder.

— Vous êtes en froid ?

— À vous de me le dire.

— Je ne comprends pas.

— Tout se passait bien avant que vos hommes ne viennent l'interpeller, dit Samia d'un ton égal. Depuis, plus rien. Je ne sais même pas où il a passé la nuit.

— Peut-être avait-il besoin de faire le point, répondit Zeller innocemment.

— Peut-être.

Samia ne cherchait pas à cacher son hostilité. Tout dans sa posture affichait qu'elle se tenait prête à un affrontement. Coline s'amusa de voir Zeller continuer d'un air détaché, comme si de rien n'était.

— J'imagine que vous savez pourquoi nous avons interrogé votre ex-mari, dit-il calmement.

— Comment le saurais-je ?

— Vous l'ignorez ? Comme vous n'avez posé aucune question à ce sujet, je pensais que vous étiez déjà au courant.

Cette fois Zeller feignait l'étonnement de manière outrancière. Le visage de Samia restait de marbre.

— Je vous écoute, dit-elle après un temps.

Zeller reposa la tasse de café que lui avait apportée Pauline et attaqua sans détour.

— Figurez-vous, madame Doucet, que nous avons reçu un message anonyme. Sa teneur était des plus instructives.

Coline crut déceler un léger pincement de lèvres chez Samia. Elle était trop loin pour l'affirmer. Elle s'avança le plus naturellement possible afin de n'être plus qu'à deux mètres du canapé.

— Ce message nous a appris, par exemple, reprit Zeller, que votre ex-mari et vous-même aviez menti aux enquêteurs, juste après la disparition de votre fille.

Samia n'avait pas bougé, cette fois Coline en était persuadée. Même pas un clignement d'œil.

— Je parle de l'alibi que vous avez fourni pour le soir du 21 juin, continua Zeller. Xavier n'était pas chez vous, comme vous l'avez déclaré à plusieurs reprises. Vous me l'avez encore répété récemment.

Gab Zeller fit une pause pour retirer son blouson qu'il avait gardé jusque-là. Il le posa sur ses genoux et s'excusa pour l'attente d'un sourire contrit avant de poursuivre.

— Il a admis s'être absenté pour retrouver sa maîtresse juste après le départ de votre fille.

Samia fixait toujours le major, impassible. Pauline, assise à côté d'elle, avait l'air mal à l'aise.

— Avant que vous ne disiez quoi que ce soit, sachez que nous avons pris le temps de vérifier. Xavier était effectivement avec une autre femme quand votre fille a disparu.

Nouveau silence que Samia ne chercha pas à combler.

— Ce qui fait que vous êtes la seule à ne plus avoir d'alibi.

Coline ne s'attendait pas à cette approche. Samia haussa les sourcils. Elle aussi semblait surprise.

— Quoi ? Vous pensez que j'ai enlevé ma propre fille ?!

Le ton employé était chargé de dédain. Zeller s'épargna de répondre. Il préféra attendre que Samia reprenne l'échange à son compte.

— Vous êtes vraiment impayable ! dit-elle dans un gloussement légèrement forcé. C'est quoi l'idée ? J'aurais attendu qu'Océane revienne à la maison pour l'emmener je ne sais où avant de l'abandonner pour qu'elle disparaisse ?

— Vous auriez pu recevoir une personne chez vous tandis que votre mari était absent, répondit Zeller posément. Une personne qui n'aurait pas apprécié le retour prématuré de votre fille.

Samia leva les yeux au ciel comme si cette idée était totalement aberrante.

— Contrairement à mon ex-mari, je n'avais pas de liaison. Je ne recevais pas mes amants dès qu'il avait le dos tourné.

— Je ne parlais pas forcément d'un homme. Cela aurait pu être n'importe qui.

Zeller avait volontairement dirigé son regard vers Pauline en finissant sa phrase.

— On ne se connaissait pas à l'époque ! réagit vivement Pauline.

— Personne n'était avec moi, trancha Samia.

Gab Zeller sonda longuement la mère d'Océane pour lui montrer qu'à partir de maintenant chacune de ses paroles serait jaugée plus attentivement.

— C'est tout ce qu'elle racontait, votre lettre anonyme ? le défia Samia.

Coline crut un instant que le major de la DiANE allait rester sur la réserve, mais il lui livra, au contraire, toutes les informations que le corbeau avait mouchardées. Samia les enregistra une à une sans ciller. Coline s'en étonna. Si cette femme entendait pour la première fois ces révélations, elle possédait alors un sang-froid singulier. Si, à l'inverse, elle était à l'origine des délations, elle se révélait une comédienne hors pair.

Pauline Marchand s'était tournée à plusieurs reprises vers Samia, la mine apitoyée, lui prenant la main pour la soutenir. Elle semblait être la seule affectée par ces révélations. Coline n'arrivait pas à savoir ce qui la touchait le plus. Apprendre que l'ex-mari de sa compagne avait été accusé un temps d'agression sexuelle ou qu'il était à Nîmes le jour où Océane avait été retrouvée.

— Xavier nous a dit que vous étiez brouillée avec votre mère, dit soudain Zeller, déroutant par là même son auditoire.

— Que vient faire ma mère dans cette histoire ? s'énerva Samia.

— Peut-être rien. Simplement je m'étonne qu'elle ne soit pas venue assister à la marche blanche en l'honneur de sa petite-fille.

— Je n'ai pas parlé à ma mère depuis vingt-cinq ans, major Zeller.

— Vous êtes en train de m'expliquer qu'elle n'a jamais su que vous aviez eu un enfant ?

— Jamais, et c'est très bien comme ça !

— Ce n'est pas ce que vous avez dit à votre mari.

— Je lui ai dit ce qu'il avait envie d'entendre.

— Vous ne pensez pas que la naissance de votre fille aurait pu vous rapprocher ? se permit Zeller, à présent plus conciliant.

— Toutes les femmes ne sont pas faites pour être mères, rétorqua Samia, intraitable. Pas plus que grand-mères.

— Je vois.

— Vous ne voyez rien !

— Alors expliquez-moi.

— Rien ne m'y oblige. Encore une fois, tout ça n'a rien à voir avec ma fille.

— J'aimerais tout de même m'entretenir avec elle, insista Zeller plus sèchement.

— Désolée, je ne peux pas vous aider. La dernière fois que je lui ai parlé, elle disait vouloir retourner au Maroc.

Où ? Je ne sais pas. J'ignore même si elle est toujours en vie.

Jamais Coline n'avait entendu autant de véhémence de la part d'une femme à l'encontre de sa mère. Jusqu'ici, Samia s'était montrée froide, voire dure, et la jeune lieutenante s'était obligée à garder en tête que cette mère avait traversé un enfer durant huit ans. Mais cet emportement laissait entrevoir autre chose. Une douleur plus viscérale encore. Samia avait-elle été maltraitée dans son enfance ? Était-ce pour cette raison qu'elle avait toujours surprotégé sa fille ?

Zeller, de son côté, n'avait aucun moyen de la contraindre à se livrer sur cette partie de sa vie. Il se resservit un verre d'eau, le temps que la tension s'estompe.

Pendant l'interlude, Coline observa un cadre accroché au-dessus d'une console. Il avait attiré son attention dès son arrivée, car c'était le seul qui n'était pas dédié à Océane.

— C'est mon petit frère, l'apostropha Samia, loin d'être calmée. Lui aussi vous voulez l'interroger ? Autant vous prévenir, ça risque d'être compliqué. Il est mort quand il avait dix ans !

40

18 octobre – 15 h 30
Nîmes – Appartement de Samia Doucet

— C'est toi, n'est-ce pas ?

Pauline Marchand faillit lâcher le plateau qu'elle rapportait à la cuisine.

Les deux enquêteurs étaient partis à peine une minute plus tôt. La dernière partie de l'entretien s'était portée essentiellement sur Samia. Ils lui avaient posé tout un tas de questions sur sa vie. Sur son passé, la mort de son père, puis celle de son frère. Ils avaient de nouveau tenté de comprendre ce qui l'opposait aussi catégoriquement à sa mère. Samia n'avait rien lâché. Ils avaient ensuite demandé depuis combien de temps les deux femmes entretenaient une relation amoureuse. Pauline s'était empressée de répondre.

L'entretien s'était terminé comme il avait commencé. Tendu et sans qu'aucun élément de réponse soit apporté d'un côté comme de l'autre.

Samia venait de lui poser une question. Une simple question qui avait eu pour effet de la figer.

— Réponds-moi, Pauline ? C'est toi, n'est-ce pas ?

Pauline était dos à Samia et n'osait pas se retourner. La voix de sa compagne était pourtant dénuée d'agressivité.

Elle entendit Samia se rapprocher avant de sentir sa paume sur son épaule. Pauline ne bougea pas. Elle était tétanisée.

— Pose ce plateau et regarde-moi. Je veux juste parler.

Les mains de Pauline tremblaient tellement qu'une tasse se renversa avant de se briser sur le carrelage de la cuisine. Les yeux embués et toujours de dos, elle s'accroupit pour ramasser les morceaux. Samia la contourna et s'agenouilla à son tour pour lui faire face.

— Je sais que c'est toi, Pauline. Tu es la seule à qui j'ai raconté que Xavier et moi avions menti aux enquêteurs. La seule à savoir que Xavier a eu des problèmes avec une fille dans sa jeunesse. Je n'ai jamais parlé de ça à qui que ce soit d'autre.

Samia regardait Pauline droit dans les yeux. Elle ne semblait pas en colère. Le ton qu'elle employait était au contraire très doux. Samia confirma ce sentiment en caressant la joue de sa compagne. Pauline ne put se retenir plus longtemps et fondit en larmes.

— Je suis désolée, hoqueta-t-elle, entre deux sanglots. Tellement désolée.

Samia l'aida à se relever et la fit marcher jusqu'au salon. Elles s'assirent toutes les deux sur le canapé et Samia entoura tendrement d'un bras les épaules de Pauline. Elles restèrent un long moment côte à côte sans rien dire.

Pauline finit par se redresser avant d'essuyer maladroitement ses larmes avec la manche de son pull. Elle renifla plusieurs fois et s'exprima enfin clairement.

— Je ne sais pas ce qui m'a pris, Samia. J'étais énervée, je ne supportais pas d'être éloignée…

— Je comprends pourquoi tu as fait ça, la coupa-t-elle gentiment. Je ne suis pas idiote, Pauline. J'ai pu paraître un peu rude, ces derniers temps.

Pauline observa quelques secondes Samia, décontenancée. Ce n'était pas son genre de faire amende honorable.

— Tu ne m'en veux pas ?

— Bien sûr que non.

Pauline ne chercha pas à cacher son étonnement. Samia la rabrouait pour un rien depuis plusieurs semaines. Elle s'emportait à la moindre contrariété.

— C'est à moi que je devrais en vouloir, s'expliqua Samia. Je t'ai délaissée alors que tu as toujours été là pour moi. J'ai conscience de tout ce que tu fais, de ta patience, de ton amour aussi. Je n'aurais pas dû proposer à Xavier de venir s'installer ici. Ce n'était pas juste de ma part.

Pauline n'osait pas se réjouir. Samia semblait sincère. Elle ne lui en voulait pas. Pourtant les choses auraient pu mal tourner. C'était d'ailleurs encore possible.

— Tu pourrais avoir des ennuis avec la justice, être poursuivie, rappela Pauline. Tout ça à cause de moi.

— Pourquoi ? Pour avoir menti sur un alibi ? Je ne pense pas. Les enquêteurs savent pertinemment que je n'ai rien à voir avec la disparition de ma petite fille. Aujourd'hui qu'elle est revenue, que veux-tu qu'ils me fassent ? Ils doivent plutôt craindre que je raconte aux médias à quel point ils ont été des incapables toutes ces années. Océane était ici, à quelques dizaines de kilomètres, et ils n'ont pas été foutus de la retrouver.

Pauline commençait à entrevoir la lumière. Tous ses muscles se détendaient. Contre toute attente, son plan s'était déroulé mieux qu'elle n'aurait pu l'espérer. Et pour être totalement honnête, c'était loin d'être un plan. Elle avait agi sur un coup de tête. Le lendemain de la marche blanche, elle s'était enfermée toute la journée dans sa chambre d'hôtel. Elle avait ruminé ses idées sombres jusqu'au soir. Remontée contre la terre entière, elle était sortie prendre l'air pour se calmer jusqu'à ce qu'elle tombe sur un cybercafé. Elle ne savait toujours pas ce qui l'avait poussée à entrer. Deux minutes plus tard, elle créait une fausse adresse électronique et trouvait celle de la gendarmerie. Elle avait ensuite rédigé son message, mue par l'aigreur et la colère. Elle n'avait pas réfléchi un seul instant aux conséquences que son mail pourrait engendrer. La raison ne lui était revenue qu'une fois sa frustration passée. Durant deux jours, elle avait vécu dans l'angoisse. L'angoisse que Samia puisse être arrêtée, ou pire, qu'elle apprenne la vérité.

Pauline se doutait que Xavier aurait à s'expliquer devant les gendarmes, mais elle s'était persuadée qu'il serait libéré quelques heures après, tout comme la première fois. Un temps qui permettrait à Pauline de revenir auprès de Samia et de la soutenir dans cette nouvelle épreuve. En apprenant la veille au soir que Xavier ne rentrerait pas, la douleur qui compressait sa poitrine s'était accentuée. Elle avait donc passé la nuit dans les bras de Samia en priant pour que son ex-mari soit libéré au matin.

Pauline s'était autorisée à souffler un peu quand le juge avait levé la garde à vue en début d'après-midi. Puis s'était réjouie en constatant que Xavier n'avait pas l'intention de revenir sous leur toit.

Quand les gendarmes avaient appelé un peu plus tôt pour annoncer un nouvel entretien avec Samia, le cœur de Pauline s'était cette fois complètement emballé. Elle avait tenté de rester naturelle en écoutant l'officier exposer les accusations, accusations qu'elle avait elle-même proférées. Elle avait feint la surprise non pour eux, mais bien pour Samia.

Après cette succession d'émotions, Pauline respirait enfin. Xavier avait été relâché, il n'était plus disposé à vivre ici et Samia n'allait pas être inquiétée. Plus que tout, la femme qu'elle aimait avait compris sa démarche et était prête à la pardonner. La situation ne pouvait pas être plus parfaite.

— Il y a tout de même une chose que je ne m'explique pas, dit Samia, coupant ainsi court à ses pensées.

— Laquelle ?

— Comment savais-tu que Xavier était à Nîmes, justement le jour où les gendarmes ont retrouvé ma petite fille ?

Pauline ne s'attendait pas à cette question, elle aurait pourtant dû. Elle aurait surtout dû éviter d'en parler dans son message de délation.

— Le hasard, répondit-elle d'une voix mal assurée.

— Le hasard ?

— Il était dans une brasserie. Je suis passée devant.

— Il était seul ?

— Je crois. Je ne me suis pas attardée.

— Bien sûr. Et où est-elle cette brasserie ?

— Dans le centre, près de la Maison carrée. Pourquoi ?

— Comme ça, répondit Samia d'un air songeur. Je trouve curieux que tu n'aies pas pensé à m'en parler.

— Je ne voulais pas te faire de peine. S'il avait voulu te voir, il t'en aurait parlé.

— Je vois.

Pauline commençait à se lever quand Samia la retint par le bras. Ses lèvres souriaient mais son regard s'était durci.

— Tant qu'on y est, il y a d'autres choses que je devrais savoir ?

41

19 octobre – 15 h 30
Nîmes

Gab Zeller avait profité de la présence de Coline pour continuer son enquête sur les raisons et conditions de la disparition d'Océane survenue huit ans plus tôt. Il aurait pu mener les entretiens seul mais il trouvait toujours plus constructif de confronter au plus vite ses premières impressions.

Zeller s'était engagé auprès du juge d'instruction à réétudier chaque piste du dossier. L'une d'elles impliquait ce porte-à-porte fastidieux et chronophage.

Ce fameux soir du 21 juin, en dehors des amis d'Océane et des trois adultes que Zeller avait déjà contactés, neuf adolescents se trouvaient sur l'aire de jeu. Leurs témoignages avaient été enregistrés dans le dossier. Personne n'avait remarqué quoi que ce soit de suspect. Zeller se devait de vérifier qu'aucun détail ne leur était revenu en mémoire.

Les deux officiers avaient déjà rencontré un témoin. Un jeune homme de vingt-cinq ans qui s'était révélé pour le moins inutile. Il leur en restait encore trois à interroger.

Ceux qui ne vivaient plus dans la région seraient appelés dans les prochains jours.

Ce premier témoignage avait été encore plus décevant que ce à quoi Zeller s'était attendu. Oui, le jeune homme avait bien passé la soirée sur cette aire de jeux, mais tous ses souvenirs étaient flous, pour ne pas dire inexistants. Il avait bu un bon nombre de bières et fumé beaucoup d'herbe. Les adolescents n'avaient été interrogés par les policiers que le lendemain si bien que, de peur d'être appréhendé en raison de sa consommation de la veille, il s'était coordonné avec sa petite amie de l'époque pour coller sa déclaration à la sienne. Avant que Zeller ne mette fin à l'entretien, l'homme avait tout de même précisé aux enquêteurs que, contrairement à lui, sa petite copine était sobre au moment des faits et qu'il valait mieux se fier à ce qu'elle avait rapporté.

Coline avait entré l'adresse de leur deuxième rendez-vous dans le GPS et Zeller se laissa bercer par la voix automatisée. L'enquête dans sa globalité accaparait son esprit, et il avait du mal à canaliser ses pensées. Un schéma commençait à se dessiner à partir de toutes les informations récoltées ces dernières vingt-quatre heures, mais Zeller peinait à se faire une idée du rôle de chacun des protagonistes de cette affaire. Le profil psychologique de Vincent Hachemin semblait le plus facile à dresser.

L'homme était peu apprécié de ses collègues, son ex-femme ne regrettait pas un seul instant de l'avoir quitté et ses enfants ne souffraient visiblement pas de son absence. Coline Foucaud ne lui avait trouvé aucun ami ni aucune autre fréquentation. Vincent Hachemin était un quinquagénaire isolé qui avait trouvé un moyen d'arrondir ses fins de mois en toute impunité et surtout sans aucun compte à rendre à qui que ce soit. Il devait certainement retirer une certaine fierté de cette réussite qui lui permettait de payer deux loyers, un à Lyon, l'autre à Uzès. Cette dernière adresse servait sans doute aux clients qui souhaitaient rester discrets. Beaucoup pensaient que Vincent Hachemin n'avait aucune ambition, Zeller était convaincu au contraire que l'homme en débordait. Il avait ragé d'être confronté à des personnes plus intelligentes, plus qualifiées ou mieux éduquées que lui tout au long de sa vie. En exploitant les faiblesses des uns et les vices des autres, il pensait certainement assouvir une revanche. Il avait fait du sexe son commerce et cette petite entreprise avait creusé sa tombe. Jusqu'à présent, rien n'indiquait qu'il ait été un violeur. Sa simple entremise avait peut-être entraîné des conséquences désastreuses pour quelqu'un et son assassin avait décidé de lui en faire payer le prix.

Concernant Mathieu Witowski, l'analyse devenait plus délicate. Certes, l'homme avait la réputation d'être un prédateur, l'ablation de ses organes génitaux tendait même à le confirmer. Qu'il ait profité des services de Vincent Hachemin au cours de sa vie était aisément concevable, qu'il ait eu une relation forcée avec Romane relevait en revanche de la simple suggestion. Zeller se garderait bien de faire une telle assertion dans son rapport. Marie Ettori serait la première à lui dire que cette hypothèse ne servait qu'à conforter l'image que chacun se faisait de la victime.

Le lien qu'entretenait Mathieu Witowski avec son fils soulevait également des questions. Witowski ne l'avait jamais déclaré ; il n'avait même jamais ressenti le besoin d'en parler, pourtant l'homme s'acquittait tous les trois mois d'une pension.

— Oui, enfin, vu ce qu'il gagnait, c'était quand même une sacrée pince !

Coline n'avait pas réussi à garder pour elle ce jugement alors que Zeller lui faisait part de ses réflexions. Passé l'effet de surprise, il admit qu'elle n'avait pas tout à fait tort. Fantine Kaes l'avait, elle aussi, souligné. L'ancienne connaissance de Mathieu Witowski s'était tout de même exprimée en des termes plus choisis.

— Rien ne l'obligeait à payer, dit-il pour contrebalancer. On a vérifié, aucune action en justice n'a été intentée à son encontre pour une reconnaissance en paternité. Il aurait très bien pu s'abstenir sans qu'aucune plainte lui soit jamais adressée.

Coline grimaça. Cet argument ne suffisait pas à la faire changer d'opinion.

— Je ne suis pas en train de raconter que cet homme était doué d'une âme charitable, continua Zeller, amusé par l'air boudeur de la lieutenante, je dis juste que ses actes ne cadraient pas avec sa posture.

— Peut-être que la mère le faisait chanter, proposa Coline.

— C'est une possibilité, mais pour l'instant, personne n'a réussi à retrouver sa trace. Si elle avait fait pression sur lui toutes ces années, son nom serait forcément remonté dans nos recherches. De plus, j'ai du mal à croire que Witowski venait une fois par an dans la région juste pour la beauté du paysage.

— Vous pensez qu'il séjournait à l'hôtel de Castillon dans le but de voir son fils ?

— On se dit vous, maintenant ?

— Un réflexe, désolée.

— Mathieu Witowski partageait son temps entre la Suisse, New York et Paris, reprit Zeller. Pourquoi séjourner ici deux à trois semaines par an ? Selon le gérant de l'hôtel, il passait le plus clair de son temps dans sa chambre et demandait à ne jamais être dérangé.

— Il faisait venir Rémi jusqu'à lui.

— C'est ce qui m'a traversé l'esprit.

— Pardon, mais un truc ne colle pas. Rémi a fait le tour des hôtels de luxe de la région avant de tomber sur celui de Castillon. Il ignorait où son père logeait.

— Il savait qu'il descendait dans un hôtel de luxe en vieilles pierres, rétorqua Zeller. Tu as été la première à émettre cette idée. Va plus loin dans ton raisonnement.

Coline jeta un œil rapide vers Zeller, il attendait réellement qu'elle poursuive. Elle redressa les épaules tout en se concentrant sur la route.

— Rémi s'est retrouvé dans cette chambre, mais il ne se souvenait pas du chemin emprunté, proposa-t-elle.

— On lui bandait peut-être les yeux en le conduisant là-bas, ou était-il endormi, voire drogué ?

— Pas besoin de passer par la réception pour se rendre à la chambre de Witowski, continua Coline, de plus en plus assurée. Elle se trouvait dans un bloc de maisons indépendantes du bâtiment principal. L'arrivée de Rémi pouvait donc se faire en toute discrétion. Rémi ne savait pas forcément où se trouvait l'hôtel mais savait à quoi il ressemblait.

Zeller hocha la tête pour signifier qu'ils étaient sur la même longueur d'onde. Coline amorça une manœuvre pour se garer. Elle s'arrêta à la moitié, son esprit entièrement focalisé sur cet échange.

— Si Witowski payait une pension de plein gré et s'il prenait le temps de rendre visite à son fils, pourquoi Rémi s'est-il autant acharné sur lui ?

Coline exprimait tout haut la problématique de Zeller. Bien évidemment une réponse aurait pu s'entendre. Coline fut la première à la proposer.

— Witowski violait son fils, dit-elle d'une voix lugubre.

— Cela expliquerait beaucoup de choses, c'est vrai, mais là encore, cela contredirait ce qu'on sait de lui. Witowski aimait séduire des jeunes filles, peut-être même des adolescentes. Qu'il fût un pédocriminel, je suis prêt à l'entendre. J'en suis d'ailleurs persuadé. Il n'en reste pas moins que c'est la gent féminine qui l'attirait. Personne, pas même Fantine Kaes, n'a évoqué la possibilité qu'il puisse être excité par les garçons.

Zeller ouvrit sa portière avant même que Coline ait coupé le contact. Son esprit était déjà passé à l'étape suivante. Karine Alban. Un casse-tête qui ne cessait d'évoluer au fil des témoignages. Zeller était persuadé de passer à côté de sa personnalité. Il avait l'intention de reprendre chaque déposition avec attention. De faire abstraction de tout ce qui polluerait son jugement. Sortir Océane de l'équation, oublier de quelle façon Karine Alban avait été tuée. Zeller voulait comprendre cette femme en dehors de toutes ces considérations.

Coline Foucaud fit les présentations alors que Zeller et elle se tenaient encore sur le paillasson de Perrine Lanoux. La jeune femme de vingt-quatre ans les reçut dans son petit appartement de quarante mètres carrés. Le major de la DiANE s'assit sur un clic-clac affaissé qui avait dû servir à plus d'une génération. Il accepta le thé que Perrine Lanoux venait de faire infuser. Coline se contenta d'un verre d'eau et resta debout, comme si cette disposition était maintenant entendue entre les deux officiers.

Perrine Lanoux avait tout juste seize ans lorsque Océane avait disparu. Elle se souvenait parfaitement de ce soir-là. Elle l'aurait certainement oublié en d'autres circonstances. Ce 21 juin était loin d'être exceptionnel, il ne l'était devenu que par la force des choses. Elle avait été interrogée par la police, avait posé des affiches et s'était bien évidemment rendue à la marche blanche. Elle ne connaissait pas bien Océane. Juste de vue. Ce n'en était pas moins une enfant du quartier.

— Nous étions toujours la même bande à traîner sur cette aire, dit-elle en rapportant un plateau de la cuisine. On ne faisait rien de spécial. On traînait.

— Nous avons cru comprendre qu'il y avait parfois un peu d'alcool et de drogue qui tournaient.

— Rien de bien méchant, répondit Perrine Lanoux, pas le moins du monde indisposée par la question. Personnellement, il m'arrivait de tirer sur le joint mais c'était surtout pour me donner un genre. Je crapotais la plupart du temps. Quant à l'alcool, on ne pouvait se payer que de la bière. Après cette histoire, je n'ai plus été la même. Ce qui est arrivé à Océane n'avait rien à voir avec nous mais je ne sais pas… je me suis sentie coupable. Si on avait été plus attentifs, les choses se seraient peut-être passées différemment.

Zeller lui adressa un sourire de circonstance. Il ne chercha pas à la contredire, à lui dire qu'elle n'aurait rien pu faire. Quelque part au fond d'elle, la jeune femme le savait.

— Avec le recul, vous souvenez-vous d'un adulte qui n'était pas du coin ? demanda-t-il à la place.

— La police m'a posé cette question à plusieurs reprises, mais non, je ne vois pas. Quand les journalistes ont parlé à la télé de ce tueur en série, il y a quelques semaines, j'ai eu un doute. Ils ont dit qu'il était mort maintenant mais qu'il avait été vu dans le quartier ce jour-là. On en a parlé avec quelques potes de la bande. Nous, on ne l'a pas vu en tout cas.

Comme il l'avait fait avec leur premier témoin, Zeller présenta à Perrine Lanoux les photos de Karine Alban et de Vincent Hachemin. La jeune femme observa longuement les clichés avant de les lui rendre. Ces visages lui étaient inconnus. Coline profita du fait que Zeller remettait les photos dans le dossier pour prendre la main.

— Vous êtes restée en contact avec tous les membres de votre bande ? demanda-t-elle sur le ton de la confidence.

— Tous, non. Seulement ceux avec qui j'étais le plus proche.

— Vous étiez combien ce soir-là ? s'enquit Coline avec la même approche, qui surprit cette fois Zeller.

Les policiers avaient recensé neuf jeunes qui avaient tous été identifiés. Zeller n'avait pas songé une seule seconde à remettre ce compte en question. La demande de Coline était pourtant parfaitement sensée. Sans même en avoir conscience, il malaxa son ourson dissimulé dans la poche de son blouson.

Perrine Lanoux prit le temps de fouiller dans sa mémoire. Zeller fixait les mains de la jeune femme qui, sans les nommer, comptait ses amis sur les doigts. Elle s'arrêta sur l'annulaire de sa deuxième main. Zeller s'était déjà fait une raison et la devança.

— Neuf, c'est ça ?

— C'est ça ! Enfin… dix avec moi.

42

20 octobre – 3 h 30
Lédenon

Domitille regardait avec effarement le dispositif mis en place tout en sirotant son troisième café. Son gilet pare-balles compressait sa poitrine et la gênait pour respirer, peut-être encore plus que d'habitude.

L'opération avait été montée si rapidement qu'elle n'avait pas le recul suffisant pour analyser la situation.

Malo, lui, n'avait pas besoin de caféine. Son corps était chargé d'adrénaline. Il tournait sur lui-même en donnant des instructions à Coline et Kylian alors que l'heure était à l'observation.

Gab Zeller était lui aussi de la partie. Domitille l'avait réveillé à 2 heures du matin pour le prévenir de leur départ imminent. Il avait proposé de les accompagner. Sa place n'était pourtant pas ici.

L'équipe de l'antenne d'Orange du GIGN [1] était arrivée une vingtaine de minutes après eux. En moins de dix minutes, un centre de commandement avait été installé pour étudier les options et les stratégies. Rien n'aurait pu prédire une telle nuit.

---

1. GIGN : groupe d'intervention de la gendarmerie nationale.

La fin de journée avait été marquée par l'information phare rapportée par Coline et Zeller.

Lorsque Perrine Lanoux avait évoqué la présence d'un dixième adolescent sur l'aire de jeu, le soir de la disparition d'Océane, le major de la DiANE n'avait pas hésité un instant. Il lui avait présenté le portrait-robot de Rémi Alban alors que son esprit échafaudait déjà plusieurs théories.

Elle avait pris du temps avant d'identifier le jeune homme qui avait été croqué. Elle n'avait vu Rémi que trois ou quatre fois. Il avait alors à peine quatorze ans. Ses traits étaient plus doux, ses joues plus rebondies. Si Mandy Courtet, son ancienne petite amie, n'avait pas insisté pour que le dessinateur relève sensiblement le coin des lèvres, Perrine Lanoux ne l'aurait pas reconnu. Rémi était réservé mais affichait toujours ce petit rictus. « Comme s'il observait le monde avec ironie », avait-elle ajouté. Cela l'avait marquée parce qu'il était le plus jeune de la bande.

Non, Perrine Lanoux n'avait pas vu l'appel à témoins. Elle s'imposait une détox digitale depuis quelques semaines. Elle ne l'aurait certainement pas reconnu de toute façon. Sorti du contexte, ce visage ne lui aurait rien évoqué.

Rémi n'était pas un ami. Elle n'avait d'ailleurs jamais entendu son nom de famille à l'époque. Qui l'avait introduit dans la bande ? Elle ne s'en souvenait pas. Rémi avait deux ans de moins qu'elle, un gouffre à cet âge-là. Non, il ne faisait pas vraiment partie du groupe. Il traînait parfois avec eux mais s'exprimait très peu. Il était là, voilà tout. Pourquoi personne n'avait pensé à parler de lui à la police ? Aucune idée. En toute honnêteté, elle avait même complètement oublié sa présence jusqu'à ce que Coline lui demande de refaire le compte de ses amis présents ce soir-là. Et puis, était-ce si grave ? Ils n'allaient tout de même pas soupçonner un garçon de cet âge d'avoir enlevé une gamine !

Gab Zeller avait écouté les explications de Perrine Lanoux sans s'étonner que cette information ait échappé aux policiers. Il avait suffi que trois adolescents sur dix donnent la même version pour qu'elle devienne une vérité. Personne n'avait fait attention à Rémi parce qu'il était le plus jeune et qu'il n'était pas tout à fait intégré à cette bande. Peut-être que Rémi avait d'ailleurs tout fait pour rester discret. C'était une des hypothèses que Zeller cherchait à développer.

Karine Alban avait-elle demandé à Rémi d'espionner Océane Doucet et de jouer les rabatteurs, ou avait-il décidé seul d'enlever une fille de douze ans ? L'acte semblait en tout cas prémédité.

Les enquêteurs avaient débattu longuement. Zeller était d'autant plus décidé à creuser la personnalité de Karine Alban. Rémi avait passé la majeure partie de sa vie avec cette femme. La comprendre permettrait de mieux le cerner lui aussi.

L'équipe s'était dispersée vers 21 heures. Personne n'avait eu le courage de boire un dernier verre. La fatigue exacerbée par l'accumulation d'informations et le manque de résultats commençait à se faire sentir.

Domitille s'était endormie aussitôt la tête posée sur l'oreiller. Elle avait cru faire un mauvais rêve dans lequel un bruit infernal prédominait. Une sirène qui lui vrillait les tympans et entravait ses pensées. Elle avait eu besoin de plusieurs secondes pour comprendre que ce son strident n'était autre que son téléphone. Elle s'était obligée à s'asseoir avant de répondre. Un appel du général de brigade à 1 h 30 du matin n'était pas coutumier.

Deux heures s'étaient écoulées et, s'il n'était pas encore question d'assaut, Domitille doutait fortement que cette nuit se terminerait bien.

43

20 octobre – 3 h 45
Lédenon

Gab Zeller ne lâchait plus son ourson en mousse. Il ne cherchait même pas à s'en cacher. L'effervescence autour de lui était telle que personne ne semblait le remarquer. Seule Domitille paraissait absente. Elle s'était postée dans un coin un peu à l'écart. Comme lui, elle devait vouloir prendre de la distance. Comprendre ce qui les avait menés jusqu'ici. Dérouler de nouveau les derniers événements pour savoir ce qu'ils avaient manqué.

Sur la route, Domitille lui avait expliqué que le coin accueillait à certaines périodes de l'année beaucoup de touristes en raison de son circuit automobile et des nombreux événements sportifs qui y étaient organisés. Ce circuit était réputé pour être le plus sinueux et le plus technique de France. Zeller n'en avait jamais entendu parler, il n'était pas un fan des sports mécaniques. Il restait pour sa part convaincu que la commune de Lédenon, sur une colline à mi-chemin entre Nîmes et Uzès, n'avait jamais dû connaître une telle agitation. Il estimait que le nombre de gendarmes et de pompiers réunis pour leur opération devait représenter pas loin de 2 % de la population.

L'adresse qui leur avait été fournie indiquait une avenue. Zeller n'aurait même pas donné le nom de rue à ce chemin si étroit qu'un camion ne pouvait y circuler. Des voisins avaient accepté de mettre leur jardin à disposition ainsi que leur cuisine pour répondre aux besoins logistiques du GIGN. S'ils étaient réveillés à cette heure indue, c'est parce qu'ils étaient à l'origine de l'alerte.

À 23 h 30, M. Riboul fut persuadé d'avoir entendu un cri alors qu'il était sorti fumer sa dernière cigarette dans le jardin. Sa seule réaction avait été d'en parler à sa femme, une fois revenu dans le salon. Mme Riboul avait cherché à en savoir plus. La lumière dans la maison d'en face depuis deux jours l'avait déjà intriguée. La demeure dépendait d'un complexe de locations saisonnières. Il était rarissime qu'ils aient des voisins à cette période, encore plus quand la météo se révélait aussi désastreuse. Son mari avait regretté aussi vite de lui en avoir parlé. Il aurait préféré monter se coucher. Mme Riboul lui avait signifié avec autorité qu'il en était hors de question. Elle avait tenu à lui rappeler que deux cambriolages avaient eu lieu dans le village cette année. En tant que bons citoyens, ils se devaient de reporter cet incident quand bien même il pouvait paraître insignifiant.

L'appel à la gendarmerie de Remoulins, à six kilomètres de Lédenon, fut passé à minuit. Quarante minutes plus tard, deux agents se présentaient à la porte de la maison de location. À peine avaient-ils sonné qu'ils entendirent à leur tour un cri suivi d'une détonation.

Les deux agents se mirent aussitôt à l'abri et suivirent la procédure qu'exigeait une telle situation. Ils téléphonèrent à leur chef d'escadron qui contacta à son tour la brigade de recherches la plus proche, c'est-à-dire celle de Nîmes. L'information fut parallèlement transmise au procureur et au préfet de la région.

L'équipe de Domitille n'étant pas d'astreinte, ce fut celle du capitaine Thiéry qui se rendit sur place. Il apparut rapidement que les gendarmes allaient faire face à une prise d'otage. Respectant à leur tour la procédure, ils requirent l'intervention du GIGN. Il était 2 h 15 du matin.

Le capitaine Thiéry et ses hommes tentèrent d'en apprendre plus sur les occupants de la maison assiégée en attendant l'arrivée du groupe d'intervention. Un véhicule était garé à proximité. M. et Mme Riboul assurèrent qu'ils n'avaient jamais vu cette voiture auparavant dans leur quartier. Grâce au numéro de la plaque minéralogique, les gendarmes apprirent que le véhicule avait fait l'objet d'une déclaration de vol trois semaines plus tôt. La plainte avait été déposée au commissariat de Saint-Gilles. Le capitaine Thiéry n'hésita pas longtemps avant de faire part de cette information au général de brigade de Nîmes. Il se souvenait parfaitement que Saint-Gilles avait hébergé récemment l'homme que toutes les forces de l'ordre du Gard recherchaient activement depuis maintenant plusieurs jours. À moins d'une coïncidence extraordinaire, le forcené qui retenait un otage ne pouvait être que Rémi Alban.

Gab Zeller ne s'attendait pas à ce que Rémi Alban possède une arme à feu, car le jeune homme n'en avait jamais fait usage jusqu'ici. Soit il se l'était procurée récemment, soit il s'en était servi uniquement pour menacer ses victimes avant de les torturer et de les asphyxier. Zeller préférait la deuxième option. Elle laissait plus de chances aux équipes du GIGN de sauver l'otage.

Un homme d'une quarantaine d'années à la carrure athlétique s'approcha de Zeller d'un pas décidé. Le major referma discrètement son poing sur l'ourson.

— Commandant Lowen, GIGN, annonça le gendarme en tendant une main. Je suis le négociateur. On m'a fait savoir que vous apparteniez à la DiANE.

Zeller confirma en serrant la poigne ferme du commandant.

— Je connais vos méthodes, continua Lowen, j'imagine que vous avez dû dresser un profil du preneur d'otage.

Zeller redoutait ce moment depuis qu'il était arrivé. En théorie, il aurait déjà dû fournir une synthèse de la personnalité de Rémi Alban fondée sur les renseignements obtenus et sur l'interprétation qu'il en tirait. Les derniers progrès de l'enquête l'en avaient empêché. Il n'avait rien pu rédiger avec certitude. S'il ne faisait quasiment aucun doute que Rémi Alban s'était mû en assassin récidiviste, il était déjà moins aisé d'en définir la raison. Zeller avait cru un temps que Romane se trouvait au centre de toute l'affaire. Il en doutait à présent. Rémi était étroitement lié avec au moins deux des victimes.

Gab Zeller manquait cruellement de données pour établir un profil psychologique et surtout ne pas commettre les erreurs du passé. Perrine Lanoux avait évoqué un garçon discret, Mandy Courtet un adolescent à la fois insensible et irascible. Trois ans s'étaient écoulés sans que le jeune homme fasse parler de lui. Le major se contenta donc d'énoncer les derniers faits récoltés.

— Vous dites qu'il a émasculé son père ?! réagit le commandant Lowen.

— Avant de lui percer les yeux, de lui couper les mains et la langue.

— Et vous êtes sûr que c'est bien lui l'auteur de ce crime ?

— Nous n'en avons pas la preuve, répondit Zeller qui se devait d'être honnête.

— Si je résume, vous êtes convaincu que notre forcené a tué sa nourrice, son père et un proxénète qui fréquentait les deux premiers.

— En résumé, c'est ça.

— Vous parliez d'une jeune femme.

— Romane, dont le vrai nom est Océane Doucet. On l'a retrouvée en piteux état, elle est encore dans le coma aujourd'hui. Mais difficile d'affirmer que Rémi a un rapport avec cette agression. Océane a été enlevée à ses parents alors qu'elle n'avait que douze ans. Rémi et elle vivaient sous le même toit depuis huit ans. Ils étaient amants. Depuis quand ? Nous l'ignorons. Nous pensons, en revanche, qu'il a joué un rôle dans son enlèvement alors que lui-même n'avait que quatorze ans.

Le commandant Lowen passa une main sur son crâne rasé en soufflant longuement.

— Un sacré bordel votre histoire.

— Je vous l'accorde.

— Un avis sur l'approche à avoir ?

— Sans connaître l'identité de l'otage ?

44

20 octobre – 4 h 15
Lédenon

— On a une image, commandant !

Domitille et Zeller se dirigèrent comme un seul homme vers le centre de commandement. Trois moniteurs avaient été installés sous la tente montée dans le jardin. Tous les membres du GIGN s'y étaient retrouvés. Si chacun gardait le silence, la tension n'en était pas moins palpable. Tous attendaient une identification.

Domitille fut la première à s'approcher. Elle observa avec attention l'écran central. Elle jeta ensuite un œil vers Zeller. L'image n'était pas d'une qualité irréprochable, mais elle l'était suffisamment pour que le major de la DiANE puisse analyser la situation.

Rémi Alban était sensiblement différent du portrait qui avait circulé. Ses cheveux étaient plus courts, ses joues plus creusées et mangées par une barbe clairsemée. Les trois dernières années avaient durci ses traits.

Sans le savoir, Rémi se trouvait souvent devant la caméra endoscopique qu'un des équipiers du GIGN avait réussi à faire passer par une gaine d'aération. L'objectif se trouvait entre deux lames d'un climatiseur. Indétectable à moins de savoir où chercher.

Rémi faisait les cent pas, son arme le long du corps. Il était nerveux. Se savait cerné par les forces de l'ordre. Plusieurs messages lui avaient été transmis par mégaphone. Le négociateur du GIGN attendait d'avoir un visuel avant de l'appeler. Il avait récupéré le numéro du téléphone fixe de la location de vacances, mais tenait à connaître tous les enjeux avant d'entamer les discussions.

L'otage était assis sur une chaise, les mains attachées dans le dos. Des colliers de serrage en plastique retenaient également ses chevilles. Bien qu'il fût positionné de profil, Domitille et Zeller le reconnaissaient sans mal. Quatre jours plus tôt, cet homme leur faisait face. Il était alors en meilleure forme.

Xavier Doucet n'avait plus la force de tenir sa tête droite. Il tentait parfois de la relever mais ce simple effort semblait lui coûter.

S'il n'était pas retourné chez son ex-femme au sortir de sa garde à vue, ce n'était pas par rancœur. Ou pour la punir parce que Samia l'avait peut-être dénoncé. Il avait été enlevé par Rémi. Comment ? Le jeune homme avait pu s'y prendre de nombreuses façons. La question la plus importante pour l'heure était de savoir pourquoi.

Xavier Doucet avait quitté les locaux de la gendarmerie trois jours et demi plus tôt. S'il était retenu de force depuis tout ce temps, c'est que le jeune homme n'avait pas encore obtenu ce qu'il souhaitait.

À cette distance, il était difficile de savoir si l'otage était blessé. Zeller partagea cette réflexion et le gendarme aux commandes de la caméra opéra un zoom. Xavier Doucet avait la tempe tuméfiée, Zeller pensait deviner du sang sur le col de son polo. Difficile de s'avancer plus quant à son état de santé. L'homme paraissait brisé.

— Vous nous faites un topo ? demanda le commandant Lowen en regardant tour à tour Domitille et Zeller.

— L'homme armé est bien Rémi Alban, commença Domitille pour la forme. Sur la chaise, c'est Xavier Doucet. Le père d'Océane.

Domitille crut bon de développer mais le négociateur l'arrêta d'une main levée.

— Laissez tomber tout ça pour le moment, dit-il. J'ai besoin que vous répondiez avant tout à deux questions : ce gamin est-il stable et quelles sont ses motivations ?

Zeller savait que c'était à lui de prendre la parole. Il ne pouvait plus reculer. Il pressa deux fois la tête de son ourson avant de se lancer.

— Stable, je ne pense pas. J'aurais même tendance à croire le contraire. Nous pouvions avoir des doutes jusqu'à ce soir mais la présence de Rémi dans cette pièce, avec Doucet comme otage, tend à confirmer que le jeune homme n'est pas responsable de ce qui est arrivé à Océane. Nous pensons qu'il est sincèrement amoureux d'elle. Enfin, de Romane. Maintenant qu'elle n'est plus à ses côtés, il est en roue libre. Il suffit de le regarder.

— Vous ne m'avez pas dit que vous le soupçonniez d'avoir déjà commis trois meurtres ?

— Si, mais les deux premiers étaient organisés. Sans être un travail de professionnel, tout avait été réfléchi. Nous aurions pu mettre des semaines à retrouver les corps. Encore plus pour établir un lien avec Rémi. Alors que pour son père, Rémi a agi de manière désordonnée, voire pulsionnelle. Romane était peut-être présente lors des deux premiers meurtres. Elle a su alors canaliser Rémi. Ou encore elle était l'instigatrice de ces crimes. Il est trop tôt pour le dire. Il paraît évident que Rémi agit à l'instinct maintenant qu'elle n'est plus là. Ce qui m'amène à ses motivations.

— Je vous écoute.

Domitille s'avança un peu plus près des deux hommes. Elle-même était impatiente de connaître la suite.

— Doucet ne se serait jamais retrouvé là si nous ne l'avions pas placé en garde à vue, reprit Zeller en fixant Domitille. Il est aussitôt devenu coupable aux yeux de Rémi.

— Coupable de quoi ? s'enquit le négociateur.

— D'avoir tenté de tuer Romane. Enfin Océane, sa fille.

— Mais on l'a relâché ! se défendit vivement Domitille.

— Le mal était fait. La presse tourne en boucle sur le sujet.

— Et vous pensez qu'il l'a fait ? intervint le commandant. Doucet aurait pu vouloir tuer sa propre fille ?

— Je n'en sais rien. Il était présent dans la région le jour où on a retrouvé Océane ensevelie sous une tonne de boue. Son téléphone a borné à une cinquantaine de kilomètres de là, mais on sait vous et moi que ça ne veut rien dire. Il a pu donner rendez-vous à sa fille et laisser volontairement son mobile allumé à Nîmes.

— Mais vous l'avez tout de même relâché.

— On n'avait pas de quoi le garder plus longtemps. Cette garde à vue aurait dû être décalée. Nous n'étions pas prêts.

— Laissez-moi deviner. Une petite pression du procureur.

Zeller s'abstint de répondre.

— Donc on a un gamin à fleur de peau qui pense tenir celui qui a tenté de tuer sa bien-aimée, conclut le commandant. Super ! Je vais prévenir les hommes de se tenir prêts.

— Prêts à quoi ? voulut savoir Domitille.

— Notre mission est de sauver l'otage, capitaine, qu'il soit coupable ou non.

— Et nous, on a besoin de Rémi vivant pour boucler notre enquête correctement.

— Je ferai passer le mot.
— Je suis sérieuse, commandant !
— Mes gars connaissent le job.

Deux tireurs d'élite étaient déjà positionnés sur le toit de M. et Mme Riboul, qui avaient accepté que soient sciées deux branches de leur figuier. La visibilité n'était toujours pas optimale mais les équipiers du GIGN avaient l'habitude de s'en accommoder. L'image thermique qui s'affichait sur leur moniteur indiquait que la température de Xavier Doucet ne cessait de baisser. L'homme n'avait quasiment plus d'énergie. Il fallait agir.

La tâche la plus compliquée incombait au négociateur : établir un lien avec le forcené et l'inciter à se stabiliser. Son va-et-vient dans la pièce ne permettait pas d'ajuster un tir.

Le premier appel sonna dans le vide. À l'écran, il était évident que cette tentative de communication stressait au plus haut point Rémi Alban. Il braquait maintenant son arme dans tous les sens en criant des mots qu'il était le seul à comprendre. Le micro amplifié dirigé vers les fenêtres restituait pourtant parfaitement les sons. Les trente minutes déjà enregistrées l'avaient démontré, même si elles ne leur avaient rien appris. Rémi psalmodiait plus qu'il ne parlait. Xavier Doucet, pour sa part, n'avait pas prononcé une seule syllabe pendant tout ce temps.

Le négociateur composa de nouveau le numéro. Cette fois, Rémi accepta de décrocher. Lowen n'eut pas le temps de s'exprimer. Rémi avait quelque chose à leur dire.

— Vous n'auriez pas dû le laisser partir ! hurla-t-il. Vous n'avez jamais rien compris, de toute façon ! Il aurait fini par vous le dire…

Rémi fit une pause en faisant retomber le combiné sur sa cuisse si bien que le commandant ne parvenait toujours pas à se faire entendre. Les secondes qui suivirent mirent tous les gendarmes en alerte.

Rémi semblait totalement désemparé. Oscillait d'avant en arrière, comme possédé. Lowen avait conscience qu'il devait trouver au plus vite un moyen de le ramener à la réalité.

Domitille cessa de respirer lorsqu'elle vit Rémi se frapper la tête de l'autre main. Celle qui tenait maladroitement l'arme. Le jeune homme perdait complètement pied.

Domitille capta le regard de Zeller, aussi tendu qu'elle. Les deux officiers avaient assez d'expérience pour savoir que Rémi n'était plus qu'une poudrière. Un mot ou un geste de travers et il s'enflammerait. Malheureusement, Xavier Doucet choisit cet instant précis pour réagir. Il releva péniblement son visage et d'une voix caverneuse se mit à l'apostropher.

— Qu'est-ce que tu as fait à ma petite fille ? Qu'est-ce que tu lui as mis dans la tête ?

Il n'en fallait pas plus.

Deux détonations déchirèrent le silence de Lédenon.

45

20 octobre – 11 h 55
Nîmes – Groupement de gendarmerie départementale du Gard

Gab Zeller s'était installé dans un bureau vacant. Il ne disposait que d'une petite table ronde et de trois chaises, c'était tout ce qu'il lui fallait. Les autres n'allaient pas tarder. Il avait beau n'avoir dormi que deux heures, il ne ressentait aucune fatigue. Son esprit était bien trop accaparé.

La fin de la nuit s'était achevée aux urgences du CHU de Nîmes. Domitille lui avait fait comprendre avec tact que sa présence n'était pas nécessaire mais il avait tenu à rester. Malo, Coline et Kylian avaient quant à eux obéi à leur supérieure et étaient partis se coucher. Chacun savait que l'enquête était loin d'être finie.

Domitille et Zeller s'étaient installés dans un coin de la salle d'attente de l'hôpital. Ils avaient vu débarquer un père affolé avec son nourrisson dans les bras, une femme couverte d'ecchymoses et un ouvrier, un casque de chantier sur la tête et le bras en sang. Une affluence relativement faible en trois heures de temps.

Un médecin s'était présenté à eux le visage fermé et les traits tirés. Il était trop tôt pour avancer un pronostic, avait-il annoncé sans la moindre empathie. Rémi Alban était toujours sur la table d'opération. Quant à Xavier Doucet, la décision avait été prise de le plonger dans un coma artificiel. Son réveil n'avait pas encore été programmé.

Tout avait basculé en un instant. Rémi avait levé son arme sur Doucet. Son doigt n'avait pas fini d'enfoncer la queue de détente qu'un tireur d'élite lui tirait dans l'épaule. Si l'homme du GIGN n'avait pas pris cette initiative, Xavier Doucet serait certainement mort à l'heure qu'il est. Rémi, déstabilisé par l'impact, avait néanmoins touché le père d'Océane au poumon droit. Cinq centimètres plus à gauche et la balle le foudroyait en plein cœur.

Un examen plus complet du corps de Doucet avait été réalisé. La blessure par balle n'était pas son seul traumatisme. Il souffrait également de trois fractures au niveau des côtes. L'une d'elles avait entraîné une perforation de la rate. Les chirurgiens n'avaient eu d'autre choix que de la lui retirer. Si l'intervention s'était bien passée, les médecins craignaient que Doucet ne soit trop faible pour se remettre de l'opération.

De l'autre côté, et malgré la justesse du sniper, la balle avait sectionné l'artère axillaire de Rémi avant de toucher la clavicule. Des fragments d'os avaient été déviés vers le poumon, créant de fait de multiples complications.

Les deux protagonistes avaient perdu connaissance avant même de se retrouver sur les brancards des pompiers secouristes. Le médecin urgentiste avait été incapable de dire quand l'un d'eux serait en mesure de leur parler.

Domitille, dans un dernier regain d'énergie, avait organisé une surveillance devant la chambre de Xavier Doucet.

Les deux plantons venus prendre la relève avaient ordre de la prévenir à l'instant même où il se réveillerait.

Pour Rémi Alban, les chirurgiens estimaient qu'ils devraient rester sur le pont jusqu'en milieu d'après-midi. Il avait perdu beaucoup de sang et son pronostic vital était toujours engagé.

La porte de la salle de la réunion s'ouvrit en grand, faisant sursauter Zeller. Il se redressa rapidement pour accueillir sa supérieure. Marie Ettori était seule. Elle avait déjà réussi à se procurer un mug de café.

— Dure nuit ? dit-elle pour toute introduction.

— J'en ai connu des meilleures.

Zeller lui avait envoyé un mail avant de s'allonger peu avant 8 heures du matin. Il avait tenté d'être le plus exhaustif possible sans prendre la peine de se relire. En voyant la réponse de la responsable de la DiANE, deux heures plus tard, il avait compris qu'elle en attendait plus. Elle l'informait qu'elle prendrait le premier train pour Nîmes.

Les deux officiers s'installèrent face à face et Zeller n'attendit pas que Marie Ettori l'interroge pour reprendre en détail le déroulé de la nuit.

La responsable de la DiANE l'écouta sans l'interrompre, puis vida sa tasse d'une traite en faisant la grimace.

— Tu en conclus quoi ? demanda-t-elle, en croisant les bras. Il est coupable ? Il a tenté de tuer Océane ?

— Qui ?

— Doucet, bien sûr !

— Je n'en ai aucune idée.

— C'est ce que semble penser Rémi, en tout cas.

— Nous l'avons peut-être influencé.

— Rassure-moi, tu n'es pas en train de te reprocher ce qui vient de se passer ?!

— Pas du tout ! Je me demande simplement si Doucet était déjà la cible de Rémi avant la garde à vue.

Marie Ettori se contenta de hausser les épaules. D'ordinaire, elle lui aurait dit que son métier n'était pas de lire dans les boules de cristal. Soit elle n'était pas encore bien réveillée, soit elle avait décidé d'être magnanime envers lui. Une attitude d'autant plus étonnante qu'il savait parfaitement ce qu'elle pensait de cette garde à vue. Si elle avait été chargée de l'enquête, elle aurait su tenir tête au juge et lui faire repousser l'échéance, malgré les pressions politiques. Rien n'obligeait le magistrat à accélérer ainsi les choses. Il n'était pas question d'une vie en sursis. Retrouver Rémi aurait dû être la priorité de la brigade de recherches. La lettre de dénonciation les avait détournés de leur principal suspect.

— Tu as pu réécouter les enregistrements ? changea-t-elle de sujet.

— Pas encore. Le GIGN nous a transmis l'intégralité des écoutes. On a prévu de s'y pencher cette après-midi. Je ne me fais pas trop d'illusions. Les propos de Rémi étaient plutôt incohérents. Tu pourras le constater par toi-même.

— On ne sait jamais. Dans le feu de l'action, un mot plus qu'un autre vous aura peut-être échappé.

Zeller acquiesça sans conviction.

— J'ai l'intention de tout reprendre de zéro, dit-il en se frottant le visage des deux mains. Quelque chose ne colle pas. Il faut que je creuse la personnalité d'Océane, ou plutôt celle de Romane. Je ne me suis pas assez intéressé à son cas. Dans mon esprit, elle n'était qu'une enfant victime d'un enlèvement. Plus j'avance, plus je me dis que j'ai eu tort. Son rôle a été déterminant dans toute cette histoire, j'en suis intimement persuadé. Et puis il y a Karine Alban.

— Quoi Karine Alban ?

— Je ne réussis pas à me la figurer en kidnappeuse d'enfant.

— Tu m'as bien dit qu'elle faisait aussi partie d'un réseau de prostitution !

— Dans les faits, oui mais…

— Mais quoi ?

— Je ne sais pas. J'espérais que Simon serait avec toi. J'aimerais qu'il me donne son avis sur la question.

Marie Ettori grimaça de nouveau. Cette fois, le café n'était clairement pas en cause. Elle semblait chercher ses mots.

— Un problème avec Simon ?

— Du tout. Il est sur une affaire qui lui prend tout son temps. Le problème n'est pas là.

Zeller attendit qu'elle développe. Pourquoi toutes ces précautions ? Sa responsable n'était pas réputée pour prendre des gants.

— Écoute, Gab, je ne te l'ai peut-être pas assez dit. Peut-être d'ailleurs que je ne te l'ai jamais dit. Je ne pensais pas que c'était nécessaire. C'était peut-être une erreur.

Cette fois, Zeller était inquiet. Il ne chercha pas à le cacher.

— Détends-toi, dit-elle, amusée. Ce que je cherche à t'expliquer, c'est que tu n'as pas besoin de Simon Anduze. Si j'ai accepté que tu fasses appel à lui jusqu'ici, c'est uniquement parce que tu voulais lever le pied mais, encore une fois, tu n'as pas besoin de lui, Gab.

— S'il n'avait pas été là l'année dernière…

— Tu ne peux pas ressasser cette vieille histoire, encore et encore ! le coupa Marie Ettori. Cette femme était une manipulatrice. Elle connaissait mieux que nous nos manuels.

— Il n'empêche que je me suis planté sur toute la ligne. À cause de moi, un homme est mort.

— Je ne te laisserai pas dire ça ! OK, si on n'avait pas dû la relâcher, ce mec serait peut-être encore en vie, mais combien de victimes y seraient passées si tu ne t'étais pas mis en travers de sa route ? Tu as manqué de temps, c'est tout.

— Non, j'ai dressé un mauvais profil, elle est là la vérité ! assena Zeller froidement. J'ai cru que je l'avais cernée alors qu'elle se jouait de moi.

— Arrête avec ça, tu veux ! La nettoyeuse du Morbihan a été arrêtée. Elle sera bientôt jugée et je peux t'assurer qu'il n'y aura rien pour la sauver, cette fois. Je vais regretter ce conseil, mais continue à me désobéir, Gab. Il faut que tu retrouves ta confiance. En plus de ta formation, tu es capable d'avoir une approche eidétique des dossiers, tu le sais. Tu vaux largement un Simon Anduze avec en plus des qualités qu'il n'a pas. C'est pour ça que je t'ai voulu dans l'équipe. Si je te demande de te baser sur des faits, c'est pour que tes raisonnements soient inattaquables devant une cour et que ce qui s'est passé la dernière fois ne se reproduise pas. Ça ne signifie pas de faire abstraction de ta personnalité. Fais ce que tu sais faire. Oublie un instant la réalité et concentre-toi sur l'essence même des éléments dont tu disposes.

— Je rêve où tu es en train de me faire un compliment ? dit Zeller en se forçant à sourire.

— Pousse pas trop ! J'ai tout donné.

46

20 octobre – 14 h 30
Nîmes – Groupement de gendarmerie départementale du Gard

La nouvelle était tombée deux heures plus tôt. Malgré l'acharnement des chirurgiens, Rémi Alban ne s'en était pas sorti. Il était mort sur la table d'opération et ne pourrait jamais livrer sa version.

L'équipe de la brigade de recherches, épaulée de Zeller et de Marie Ettori, écoutait religieusement l'enregistrement des dernières minutes de la vie du jeune homme. La confusion était le maître mot de son état d'esprit. Ses paroles ne devaient avoir de sens que pour lui. Seul l'échange avec Xavier Doucet était intelligible, même si la teneur du message restait absconse.

Peu avant que le père d'Océane ne s'exprime, Rémi avait reproché aux gendarmes de n'avoir jamais rien compris et surtout d'avoir laissé partir Xavier Doucet. Pour Domitille, ce blâme ne pouvait signifier qu'une chose. Rémi était persuadé de la culpabilité de son otage. Zeller ne partageait pas cette idée.

— C'est pourtant clair, insista Domitille. Rémi ajoute : « Il aurait fini par vous le dire. »

— J'ai entendu comme toi. On ne sait simplement pas ce que Doucet aurait fini par nous dire.

— Qu'il avait cherché à tuer sa fille !

— Si Rémi en était convaincu, il ne nous aurait pas attendus pour se venger.

— On ne sait pas combien de temps Rémi a détenu Karine Alban et Vincent Hachemin avant de les asphyxier, contrecarra Domitille.

— Mais on sait qu'il a réglé le compte de Mathieu Witowski en quelques heures. Rémi ne se contrôlait déjà plus. Il a frappé Xavier Doucet jusqu'à lui casser plusieurs côtes. Je pense pour ma part qu'il cherchait à le faire parler.

— Pour qu'il avoue ! rétorqua-t-elle, ne démordant pas de son idée.

— Pour qu'il nous explique ce qui s'était passé. Pas cette année, mais huit ans plus tôt.

Domitille fit une pause, désarçonnée. Elle n'avait pas pensé devoir remonter aussi loin dans le temps.

— Sur quoi tu te bases pour avancer ça ?

Zeller s'apprêtait à répondre mais Marie Ettori le devança.

— De nouveau, je sais que notre méthode donne parfois l'impression de ralentir volontairement le mouvement, dit-elle de façon posée. Cela peut paraître frustrant, je l'entends parfaitement, mais je crois que Gab a raison. Si Rémi avait été persuadé que Romane était dans le coma à cause de Xavier Doucet, il l'aurait tué à la minute même où il le tenait en joue. Les derniers mots de Doucet en disent long. Il ne cherche pas à se défendre de cette accusation, il invective Rémi au sujet du passé. « Qu'est-ce que tu as fait à ma petite fille ? » cita-t-elle en reprenant ses notes. « Qu'est-ce que tu lui as mis dans la tête ? »

— Au mieux Xavier Doucet cherche à comprendre pourquoi sa fille n'est pas retournée chez elle dès qu'elle en a eu l'occasion, commença Zeller.

— Au pire Rémi vient de l'accuser de tout autre chose, termina Marie Ettori sans se donner la peine de développer.

Le visage de Domitille se fit plus grave. Elle commençait à comprendre le raisonnement de la DiANE.

— Vous pensez que Xavier violait sa fille ?

— Nous suggérons que Rémi le pensait, répondit Marie Ettori.

47

20 octobre – 16 h 30
Nîmes – Groupement de gendarmerie départementale du Gard

Rémi Alban neutralisé, les enquêteurs pouvaient enfin prendre le temps d'approfondir leurs recherches sans craindre de nouvelles victimes. Malo en avait profité pour aller s'entraîner. Pour être plus précis, Domitille l'y avait forcé. Le lieutenant avait besoin d'évacuer son trop-plein d'énergie et ce n'était pas en compilant des données qu'il y parviendrait.

Zeller s'était penché quant à lui sur l'étude de personnalité de Karine Alban. Il voulait la comprendre avant de s'attaquer à celle d'Océane Doucet. Pourquoi cette femme avait enlevé cette fille de douze ans ? Elle avait forcément eu ses raisons.

Gab Zeller relisait ses notes avec Marie Ettori, assise face à lui. Les deux officiers de la division des *cold cases* travaillaient en silence, comme ils en avaient l'habitude. Ils avaient aussi coutume d'attendre la fin de leur analyse pour confronter leurs idées. Zeller fut le premier à relever la tête. Il attendit patiemment que sa supérieure soit disposée à l'écouter.

— Karine Alban se pensait du côté des gentils, dit-il en introduction dès qu'il estima le moment opportun.

— Ce n'est pas vraiment ce que laisse suggérer son CV.

— La lettre R.

— Je t'ai déjà connu plus prolixe.

— Son obsession pour cette lettre. Simon est persuadé que ce détail a son importance, je commence à le rejoindre. Karine Alban avait trouvé un sens à sa vie avec cette légende de Rémus et Romulus. Elle était la louve. Cet animal qui avait pris soin de deux nourrissons dont on avait souhaité la mort en les abandonnant à eux-mêmes. Karine était une gentille. Elle prenait soin des plus faibles. C'est ce que lui avait fait comprendre son père adoptif.

— Sauf que ce mythe parle de vengeance, de fratricide, de quête de pouvoir !

— Ce pan de l'histoire, Karine ne voulait ou ne pouvait pas l'entendre. Admettre que cette légende n'était pas aussi belle qu'elle l'imaginait revenait à remettre en question toute sa croyance. Son comportement atypique l'empêchait de développer de vraies relations avec la société, elle devait au contraire attirer des cas sociaux, mais surtout des prédateurs. Des individus prêts à tirer profit de la situation. Karine était influençable, facile à manipuler. Pourtant, à sa manière, Karine gardait son cap, n'agissait pas contre sa nature. Je me répète, Karine était une gentille !

— Désolée mais dois-je te rappeler qu'elle droguait ses chats ?

— Tu l'as dit toi-même, je ne suis pas un spécialiste en la matière, mais j'ai toujours entendu dire que les chats étaient assez indépendants. Quand bien même Karine Alban les traitait comme des princes, ils devaient parfois s'affirmer. Refuser de rester sagement dans leur berceau, par exemple.

— Méphisto a beau être sociable, c'est lui qui fait la loi, confirma Ettori.

— Simon nous a dit que Karine les forçait à ingérer l'anxiolytique pour les rendre plus dociles et ainsi s'assurer leur amour. Je crois pour ma part qu'elle le faisait surtout pour s'en occuper correctement.

— Ça reste de la soumission chimique.

— Pas dans son esprit. Elle avait recours à ce stratagème parce qu'elle pensait que c'était ce qu'il y avait de mieux pour eux. Elle pouvait plus facilement les choyer.

— OK, admettons, mais tu fais quoi de son activité parallèle ?

— Le fait d'avoir joué les entremetteuses ? Là encore, tout est histoire de point de vue. Karine Alban voit débarquer chez elle une voisine qui avait gardé ses distances jusqu'ici. Chantal Courtet se livre, lui avoue qu'elle ne pourra jamais se libérer de l'emprise de son mari. Karine comprend vite que cette femme est en pleine dépression. Elle lui conseille de prendre des antidépresseurs et quand elle se rend compte que ça ne suffira pas, elle lui suggère de traiter le problème à la racine.

— Elle lui propose donc de se prostituer pour gagner son indépendance financière, continua Marie Ettori, et avoir les moyens de quitter son mari.

— Ce n'était pas une solution idéale mais c'était tout ce qu'elle avait à lui proposer.

La responsable de la DiANE attrapa un croquant – spécialité nîmoise que Kylian avait tenu à lui faire découvrir – et le trempa longuement dans son café, les yeux dans le vague.

— Je te suis, finit-elle par dire. Je vais pousser le raisonnement pour toi. Karine était convaincue qu'enlever Océane était la meilleure chose à faire pour cette petite.

Gab Zeller acquiesça en silence.

— Elle avait déjà accepté de recueillir Rémi, continua Marie Ettori, elle s'imaginait capable de s'occuper d'un deuxième enfant.

— Reste à savoir ce qui l'a amenée à prendre cette décision. Soit Rémi a fait la connaissance d'Océane et a raconté je ne sais quoi à Karine Alban pour qu'elle la prenne sous son aile, soit Karine a croisé la route de la gamine et a fait ce constat d'elle-même.

— Tu as interrogé la direction du collège d'Océane ?

— La police l'avait fait à l'époque, ça n'avait apporté aucun éclairage. Pourquoi ?

— Une idée, comme ça. Si Karine était infirmière, peut-être qu'elle a travaillé dans cet établissement.

— Si elle avait eu un diplôme officiel, on en aurait trouvé la trace depuis longtemps.

— On parle d'une femme qui n'hésitait pas à falsifier des documents pour répondre à ses besoins.

Zeller était déjà en train de chercher les coordonnées. Il regrettait de ne pas avoir été le premier à y penser.

48

22 octobre – 12 heures
Nîmes – Appartement de Samia Doucet

Pauline marchait de long en large dans le salon, incapable de se calmer, encore plus de réfléchir posément.

Samia se trouvait depuis plus de trois heures à la gendarmerie. Même le juge d'instruction chargé de l'affaire était présent quand les gendarmes étaient venus la chercher. Ils l'avaient encadrée comme une vulgaire criminelle. Samia n'avait pas dit un mot, elle ne s'était pas rebellée. Elle avait pris son manteau accroché à la patère de l'entrée et s'était retournée pour adresser à Pauline un triste sourire.

Pauline avait cherché toute la matinée de quoi s'occuper. Elle avait passé l'aspirateur dans chaque pièce, frotté avec énergie le moindre recoin de la cuisine, s'attardant parfois sur des taches qu'elle seule voyait. Elle avait essayé à plusieurs reprises de pratiquer des exercices de relaxation. Chaque tentative s'était soldée par un échec. Il était midi passé et Pauline n'avait toujours aucune nouvelle.

Sans même en avoir conscience, elle se dirigea vers le meuble au fond du salon qui ressemblait à s'y méprendre à un secrétaire. Elle ouvrit le plateau rétractable qui cachait à la vue de tous les alcools forts de la maison. Elle saisit la première bouteille qui se présenta et ingurgita plusieurs lampées à même le goulot. L'eau-de-vie de prune la fit tousser.

Pauline ne buvait jamais d'alcool, ou plutôt, Pauline n'était plus censée boire d'alcool. C'était déjà le deuxième écart en quelques jours. Elle savait pourtant que c'était une mauvaise combinaison avec ses antidépresseurs. Elle savait aussi que c'était un premier pas vers ses anciens travers. Elle avait mis trop de temps à reprendre le contrôle de sa vie pour commettre cette erreur. Oui, Pauline savait tout cela, mais beaucoup trop d'événements étaient survenus depuis une semaine pour qu'elle puisse y voir clair.

Rien ne serait arrivé si elle n'avait pas envoyé cette maudite lettre de dénonciation. C'est elle qui avait déclenché cet enchaînement infernal. Samia ne lui avait encore adressé aucun reproche mais elle finirait forcément par le faire.

Si Xavier Doucet était plongé dans le coma, c'est uniquement parce qu'elle l'avait pointé du doigt avec toutes ces accusations. Elle, Pauline, et personne d'autre. Un des enquêteurs ne s'était d'ailleurs pas gêné pour le faire savoir à Samia, en pensant s'adresser à l'auteur de la lettre. Samia avait encaissé l'attaque sans rien dire. Elle n'avait pas renvoyé la faute sur Pauline. Samia avait tout de même rapporté cet incident le soir même au dîner. Elle l'avait dit d'un air détaché, mine de rien, mais le message était passé.

Comment Pauline aurait-elle pu deviner que ce garçon de vingt-deux ans souhaiterait venger Océane ? Personne ne connaissait son existence jusqu'à ce que le procureur en parle devant toute la presse. Il était mort quarante-huit heures plus tôt et les médias s'étaient tous emparés du sujet. Aucun d'eux ne disposait de suffisamment d'informations pour en brosser un portrait affiné, pour autant, chacun y allait de son interprétation.

Il se disait que Rémi Alban était un jeune homme fragile et névrosé. Un docteur en psychiatrie parlait de trouble de la personnalité de type borderline. Sa peur de l'abandon due aux premières années chaotiques de sa vie l'aurait amené à avoir des relations inconstantes et des difficultés à contrôler ses émotions, générant chez lui un comportement impulsif. Sur une autre chaîne, un de ses confrères évoquait au contraire une personnalité obsessionnelle compulsive, dépeignant Rémi Alban comme un être perfectionniste, rigide et obstiné. En somme, personne ne connaissait ce garçon, mais tout le monde s'accordait à dire qu'il était instable et que les meurtres qu'il avait perpétrés auraient difficilement pu être anticipés.

Samia n'apportait que peu d'intérêt à toutes ces théories. Ce n'était pas le cas de Pauline. Elle avait besoin d'entendre que Rémi Alban souffrait d'un désordre psychologique pour se dédouaner, pour s'assurer que le coup de sang qu'elle avait eu et qui l'avait menée à écrire ce message ne pouvait être le seul responsable des derniers événements. Que Xavier végète sur un lit d'hôpital entre la vie et la mort était déjà difficile à supporter, que Samia puisse être inquiétée pour avoir une quelconque responsabilité dans tout cela était au-delà de ses forces. Si Samia n'était pas de retour d'ici quelques heures, Pauline craquerait, elle se connaissait.

Pauline avala une autre rasade d'eau-de-vie qui, sans l'apaiser, ne lui brûla plus la gorge. Elle feuilleta plusieurs magazines avant de les balancer par terre. Elle jeta une fois de plus un œil à la télévision et alluma sa première cigarette depuis deux ans. Les différents journaux tournaient maintenant en boucle sur une visite surprise du chef de l'État dans un pays quelconque du Golfe, dont nul ne se souciait en dehors de quelques férus d'économie ou de géopolitique. Pourquoi ne parlaient-ils plus de l'affaire Alban ? Les journalistes s'étaient-ils déjà lassés ? Ou alors, avaient-ils reçu pour mot d'ordre de ne plus rien divulguer, de taire des éléments qui pourraient entraver l'enquête ? Pauline secoua la tête. Il ne fallait surtout pas qu'elle entre dans cet état d'esprit. Cette pente était dangereuse. Elle ne devait pas l'emprunter au risque de replonger.

Pauline regardait à présent la bouteille quasi vide qui se trouvait dans sa main. Avait-elle tout bu ou bien ce tord-boyaux était-il déjà largement entamé avant qu'elle ne jette son dévolu dessus ? Quelle que soit la réponse, elle n'en avait cure. Elle se sentait mieux. Elle avait même l'impression de réfléchir nettement plus clairement que toutes ces dernières semaines.

Elle n'hésita pas à répondre quand la sonnerie stridente du téléphone fixe de l'appartement retentit. Elle s'amusait déjà à l'idée de rembarrer le démarcheur. Qui d'autre appelait encore sur une ligne fixe en pleine journée ?

Pauline mit du temps à réaliser qu'elle avait répondu « oui » quand son interlocutrice lui avait demandé si elle était bien Samia Doucet. Un réflexe sûrement, à moins que la pudeur ne l'ait empêchée de dire qu'elle était sa compagne. Les idées de Pauline s'entrechoquaient. Elle n'eut d'autre choix que de faire répéter celle qui continuait à lui parler. La personne se présenta de nouveau, presque mécaniquement. Elle avait tenté de joindre Samia à plusieurs reprises et s'étonnait qu'elle n'ait pas rappelé l'hôpital pour donner suite au dernier message.

Quand Pauline entendit le mot « hôpital », elle termina la bouteille d'alcool d'une traite, pensant boire de l'eau pour se rafraîchir la tête. La voix pâteuse, elle s'enfonça dans son mensonge. Oui, elle était bien Samia Doucet et avait perdu son téléphone portable. Que lui voulait-on ?

Pauline, subitement prise de nausée, se retint à la console de peur de tomber.

Océane était sur le point de se réveiller.

49

22 octobre – 12 h 30
Nîmes – Groupement de gendarmerie départementale du Gard

L'interrogatoire de Samia Doucet touchait à sa fin.

Le juge Perfetti avait finalement décidé de la convoquer à la gendarmerie en tant que simple témoin et non comme témoin assisté. Même si cette femme avait menti aux enquêteurs huit ans plus tôt, elle ne l'avait pas fait sous serment. Elle ne pouvait donc pas être poursuivie pour témoignage mensonger.

Gab Zeller n'avait pas caché son soulagement. En tant que témoin assisté, Samia Doucet aurait pu réclamer la présence d'un avocat qui lui aurait à coup sûr conseillé de garder le silence. L'idée de cette entrevue était au contraire de l'inciter à se confier.

Domitille Fourest menait l'interrogatoire avec Malo, cette finalité en tête. Elle se montrait parfois douce et compréhensive. La minute suivante, ses questions étaient sèches, voire blessantes. Elle savait alterner les deux registres avec une facilité déconcertante.

Le juge Perfetti, la lieutenant-colonel Ettori et Gab Zeller suivaient l'échange par écran interposé. Qu'ils obtiennent leurs réponses ou non, le juge d'instruction n'aurait d'autre choix que de mettre fin à l'interrogatoire d'ici une heure.

Si Samia Doucet, les premiers temps, avait gardé sa morgue habituelle, son armure s'était peu à peu fissurée. Elle avait admis du bout des lèvres que son couple était loin d'être parfait.

Elle avait toujours su que Xavier lui était infidèle et qu'il ne serait jamais resté si elle ne l'y avait pas forcé dès le début. Oui, il était arrivé à Samia d'avoir recours au chantage affectif. De faire croire à son époux qu'elle mettrait fin à ses jours s'il la quittait. Non, elle n'en éprouvait aucune fierté mais elle était persuadée à l'époque que cet homme était fait pour elle. Après l'arrivée d'Océane, la situation avait semblé s'améliorer. Xavier n'était peut-être toujours pas amoureux mais il donnait l'impression de ressentir le bonheur d'être père et d'avoir construit une famille.

Domitille avait évité tout commentaire durant ce laïus avant de passer sans transition à un autre sujet.

— Quelles étaient les relations avec votre mère ?

Le corps de Samia se raidit perceptiblement. La capitaine posa à nouveau sa question, d'une voix plus douce, faisant mine de l'aider. Contre toute attente, Samia finit par livrer une part de son intimité.

— Ma mère ne m'aimait pas, dit-elle. Je n'ai jamais su pourquoi mais elle ne m'aimait pas.

Samia avait prononcé cette phrase avec froideur mais ses yeux brûlaient d'émotion.

Elle continua d'un ton détaché, comme si elle déroulait un exposé. Sa mère était une femme dure qui ne supportait pas la moindre contrariété. Se retrouver veuve avec deux enfants de quatre et neuf ans l'avait rendue encore plus acariâtre. Elle s'en prenait systématiquement à Samia, la considérant comme suffisamment grande pour encaisser toute sa haine. Elle la tenait pour responsable du moindre problème. Samia, qui avait toujours été choyée par son père, avait tout tenté pour se faire aimer de cette femme sans jamais y parvenir. Elle aurait certainement fugué s'il n'y avait pas eu son petit frère.

— Il est mort dans un accident de car scolaire, dit-elle alors en abaissant son regard. Il avait dix ans. Il était mon seul rayon de soleil. Ma mère est devenue encore plus agressive avec moi mais cela n'avait plus d'importance. Je suis restée un an de plus sous son toit, le temps de gagner un peu d'argent, et je suis partie un matin avec juste un sac à dos sur les épaules. Je n'ai jamais revu ma mère et, à ce que je sache, elle n'a jamais cherché à me retrouver.

Domitille laissa s'écouler de longues secondes après cette confidence. La défiance qui se lisait dans le regard de Samia depuis des jours s'estompait peu à peu.

Dans l'autre pièce, Gab Zeller pétrissait son ourson. Il attendait que Domitille abatte leur carte maîtresse. Une donnée que Marie Ettori et lui avaient récoltée et qui expliquerait peut-être pourquoi Karine Alban avait décidé d'enlever Océane Doucet.

Domitille sortit les deux clichés de Karine Alban et les posa sans un mot sur la table.

— Votre collègue me les a déjà montrés, dit Samia placidement. Je suis désolée mais cette femme ne me dit rien.

— Karine Alban n'est pas à son avantage sur ces photos mais je vais vous demander un petit effort.

— Pas à son avantage ? releva Samia, sarcastique, en saisissant le cliché pris à la morgue. Vous avez le sens de la formule !

Domitille sourit en retour pour afficher une certaine complicité.

— Peut-être pourriez-vous vous concentrer sur sa photo d'identité ?

— Pardon, mais on dirait deux personnes totalement différentes.

— Elles ont été prises avec trente ans d'écart.

Samia souffla et regarda plus attentivement les deux portraits, passant de plus en plus vite de l'un à l'autre.

— J'aimerais vous dire que je la connais mais vraiment je ne vois pas. Si vous me disiez plutôt où je suis censée l'avoir croisée, ça m'aiderait peut-être.

Domitille aurait préféré que l'information provienne du témoin. Comprenant qu'elle était dans une impasse, elle répondit à sa place.

— Cette femme a travaillé un temps dans l'école de votre fille. Elle y était infirmière.

Samia fronça les sourcils avant de s'exprimer.

— Ce n'était pas elle, j'en suis certaine. Si mes souvenirs sont bons, celle qui travaillait là-bas à l'époque s'appelait…

— Cécile Breton.

— C'est ça !

— Il y a huit ans, Mme Breton s'est cassé la jambe en faisant du ski. C'était le dernier jour des vacances d'hiver, à la fin du mois de février.

Samia haussa les épaules. Elle ne voyait pas en quoi cette information avait un intérêt.

— Forcément, la responsable du collège de votre fille, Mme Etcheverry, n'a eu d'autre choix que de la faire remplacer en urgence. Une semaine plus tard, l'académie de Montpellier lui envoyait une infirmière contractuelle.

Samia comprit aussi vite et reprit la photo d'identité entre ses mains.

— La principale du collège se souvient parfaitement de Karine Alban, continua Domitille. Une femme singulière et sans filtre mais à l'écoute des enfants. Elle n'est restée que trois semaines, le temps pour Mme Breton d'être de nouveau apte à exercer.

Samia restait toujours silencieuse mais son regard avait changé. Une ride profonde s'était creusée au milieu de son front.

— Ça me revient maintenant, finit-elle par dire. Elle est passée me voir un soir à la maison. J'avais oublié son visage mais pas les mots qu'elle a prononcés. C'est elle qui a enlevé ma petite fille, c'est ça ?

— C'est ce que nous pensons, en effet. Nous cherchons cependant à savoir pourquoi.

Samia mit une main tremblante devant sa bouche, les yeux larmoyants.

— Elle ne m'a pas crue, dit-elle d'une voix prête à se rompre.

— Qu'est-ce qu'elle n'a pas cru, madame Doucet ?

Samia tournait la tête de gauche à droite, ne cherchant plus à retenir ses larmes.

Zeller, qui se trouvait toujours dans la pièce d'à côté, s'était rapproché instinctivement de l'écran. Le juge Perfetti et la responsable de la DiANE avaient cessé tout mouvement, de peur de ne pas entendre la suite. Domitille, quant à elle, attendait patiemment que Samia reprenne ses esprits.

— Océane était passée à l'infirmerie un peu plus tôt dans la journée, dit-elle en reniflant. Elle avait des maux de ventre et avait oublié d'emporter ses médicaments. Quand elle m'en a parlé en rentrant de l'école, je ne me suis pas inquiétée. Ce n'était pas la première fois que ça arrivait. Elle m'a dit qu'elle avait vu une nouvelle infirmière qui lui avait posé tout un tas de questions. Ça aussi, j'y étais habituée. J'ignore ce qu'Océane lui a dit exactement ce jour-là, mais cette femme a tout compris de travers. Elle est venue me voir en début de soirée. Xavier n'était pas encore rentré. Elle m'a balancé des horreurs, des propos complètement délirants !

Samia fit une nouvelle pause mais Domitille voyait l'heure tourner. Sans la brusquer, elle l'incita à continuer.

— Elle m'a expliqué qu'Océane somatisait ses symptômes. Ce n'était pas la première à me sortir une chose pareille mais personne ne connaissait ma fille comme moi. Je lui ai rétorqué de ne pas s'en mêler, qu'Océane était traitée et que ses crises s'espaçaient de plus en plus. Elle a affirmé que je me voilais la face. Qu'elle savait parfaitement pourquoi Océane s'infligeait de telles souffrances. Qu'elle avait même fini par le lui avouer.

— Qu'est-ce qu'Océane lui a avoué, madame Doucet ?

— On s'en fout ! cria cette fois Samia, en larmes. Ce n'était pas Océane le problème, c'est cette femme ! J'ai parlé à ma petite fille juste après. Elle m'a juré qu'elle n'avait jamais dit tout ça !

— Je suis obligée d'insister, la coupa Domitille d'un ton ferme. Que vous a raconté Karine Alban ce soir-là ?

50

22 octobre – 13 heures
CHU de Nîmes

Pauline Marchand était garée depuis dix minutes sur le parking du CHU de Nîmes. Son cœur battait encore à tout rompre. Elle avait évité de justesse une collision en empruntant le dernier rond-point. Le conducteur d'un utilitaire l'avait klaxonnée furieusement alors qu'elle venait de lui griller la priorité. Elle en avait perdu le contrôle de son véhicule un court instant et ses roues avaient percuté le trottoir. Elle avait fini sa course les jambes tremblantes.

Pauline n'estimait pas avoir trop bu. Elle imputait cette minute d'inattention à ses pensées qui se bousculaient.

Océane était sur le point de se réveiller.

Pauline avait tenté de joindre Samia mais était tombée sur sa messagerie. Elle avait hésité à prévenir la gendarmerie avant de se faire la réflexion que les enquêteurs avaient forcément été avertis eux aussi. Samia devait donc déjà être à l'hôpital. Pauline aurait aimé qu'elle la prévienne. Qu'elles vivent ensemble cet événement qui allait à coup sûr chambouler leur vie.

Pauline franchit les portes du CHU sans en avoir réellement conscience. Elle était nerveusement épuisée. Sans doute le contrecoup du stress et de la fatigue accumulés. Elle avait évité de prendre ses médicaments à l'heure du repas. Elle voulait avoir les idées claires, se débarrasser de cette ouate qui enveloppait chaque jour son esprit. De toute façon, elle n'avait rien avalé. L'eau-de-vie de prune avait eu le mérite de lui donner un coup de fouet. Elle ne voulait plus se sentir à la traîne. Attendre que Samia décide enfin de tout partager avec elle. Il était temps qu'elle prenne les choses en main.

Pauline se dirigea vers les ascenseurs sans avoir à demander son chemin. Elle avait accompagné Samia plusieurs fois pour voir Océane, mais elle n'avait jamais pu franchir le seuil de la chambre. Samia voulait être seule au chevet de sa fille. Pauline avait bien l'intention de s'imposer à partir de maintenant.

Les portes de l'ascenseur s'ouvrirent sur un couloir désert. Une odeur de détergent mêlée à celle des plateaux-repas laissés à l'abandon sur un chariot lui souleva le cœur. Elle s'adossa quelques secondes au mur, le front perlé de sueur. Sa vision périphérique diminuait et elle devait s'y prendre à deux fois pour faire le point. Elle s'obligea à respirer lentement et amplement plusieurs fois avant de poursuivre son chemin.

Pauline s'étonnait de ne croiser personne. Elle distinguait des conversations au loin mais l'étage paraissait inoccupé. Ni infirmières, ni même gendarmes venus recueillir le premier témoignage d'Océane. Ils étaient peut-être tous dans la chambre avec Samia.

La porte 314 était grande ouverte. Il n'en émanait aucun bruit. Pauline s'était trompée de chambre ou alors Océane avait été transférée. Elle s'avança de quelques pas pour en avoir le cœur net.

Océane était allongée et semblait dormir paisiblement. Deux machines affichaient ses constantes et une perfusion était encore reliée à sa main droite. Sans cet attirail, Pauline aurait pu croire que la jeune femme était en parfaite santé.

Elle était belle. Peut-être encore plus belle que Samia.

Pauline restait figée, la gorge serrée. Samia n'allait pas tarder, c'était forcé. Que penserait-elle en la voyant ici, immobile, à regarder sa fille ? Océane incarnait l'autre vie de Samia. Celle où elle vivait encore avec Xavier. Dès que Pauline prononçait le nom d'Océane, Samia la regardait comme si elle n'en avait aucun droit. Elle acceptait pourtant que des milliers d'inconnus lui parlent de sa fille par le biais des réseaux. Ils lui disaient partager sa peine et Samia accueillait ces messages à bras ouverts. Alors pourquoi adoptait-elle cette attitude avec Pauline ?

Ses idées étaient de plus en plus confuses. Elle se réjouissait d'être là, seule avec Océane, et pourtant sa cage thoracique se comprimait. Que dirait-elle à cette jeune femme si elle se réveillait, là, tout de suite ? « Bonjour, je suis la compagne de ta mère. C'est moi qui l'ai consolée toutes ces années alors que tu avais disparu et que ton père l'avait abandonnée. » Ce n'était pas la meilleure entrée en matière mais elle ne voulait pas lui mentir. Se faire passer pour une amie quelconque de sa mère. Pauline était bien décidée à s'octroyer une place dès à présent dans cette famille sur le point de se recomposer. Océane ne l'éclipserait pas comme avait failli le faire Xavier. C'était fini ! Plus personne ne se mettrait en travers de son bonheur. Samia n'en avait peut-être pas conscience mais leur couple était ce qu'il y avait de plus important. Le retour de sa fille ne devait pas venir tout perturber.

Plus Pauline réfléchissait, plus une colère sourde grondait en elle. Elle se mit à psalmodier ses pensées à voix haute. « Pourquoi tu es revenue, Océane ? Ta mère commençait enfin à être heureuse. Tu vas lui faire du mal, je le sais.

Tu ne la voudras que pour toi alors que je suis la seule à réellement l'aimer. »

Pauline s'était rapprochée du lit, mue par une force invisible. Sa main gauche caressait tendrement les cheveux de la jeune femme alors que l'autre tirait l'oreiller sur lequel sa tête reposait.

Des larmes coulaient à présent sur les joues de Pauline. Sa voix s'était cassée.

Ses mots n'avaient plus aucun sens tandis qu'elle enfonçait à deux mains l'oreiller sur le visage d'Océane.

51

22 octobre – 14 h 30
CHU de Nîmes

— Alors, capitaine Fourest ? attaqua Dusier. Vous attendez quoi exactement pour mener à bien cette affaire ? Vous trouvez qu'on n'a pas eu assez de morts ?

Le procureur avait préféré s'adresser à la responsable de la brigade de recherches plutôt qu'au juge d'instruction ou au major de la DiANE qui se trouvaient également dans la salle de réunion mise à disposition par l'hôpital. Domitille ouvrit la bouche pour répondre mais le juge Perfetti s'interposa.

— Comme vous l'aurez compris, monsieur le procureur, l'affaire Océane Doucet est plus compliquée qu'il n'y paraît. Concernant sa disparition, les enquêteurs sont sur le point d'apporter des réponses. C'est une histoire de jours, tout au plus. Pour le reste, il faut nous laisser travailler. On a cherché à attenter à la vie de cette jeune femme à deux reprises. Même si on en connaît l'auteur à présent, on n'a aucune idée de son mobile. On ne sait même pas si c'est en rapport avec les meurtres de ces dernières semaines.

Le procureur était suffisamment fin pour comprendre qu'il faisait face à une équipe soudée. Il préféra changer d'approche.

— Soit, mais que sait-on exactement de cette Pauline Marchand ? Elle connaissait les autres victimes ?

— Nous n'en savons rien. Les médecins l'ont transférée dans leur pôle de soins psychiatriques, sous bonne garde. Elle n'est pas en mesure de nous parler pour l'instant.

Un peu plus tôt, une infirmière était passée vérifier l'évolution des constantes dans la chambre d'Océane. Elle avait cru l'espace d'un instant que la femme, de dos, penchée sur le visage de la patiente, était sa mère. Rien de plus normal, l'hôpital l'avait prévenue du réveil imminent de sa fille.

L'infirmière s'était rapprochée avant de comprendre ce qui se déroulait devant ses yeux. Une personne qu'elle n'avait jamais vue auparavant tentait d'étouffer Océane à l'aide d'un oreiller. Elle l'avait tout de suite saisie par la taille tout en hurlant à l'aide. Pauline Marchand s'était débattue mais elle n'avait pas la force de l'infirmière, habituée à manipuler des corps parfois deux fois plus lourds qu'elle.

Alertés par les cris, deux aides-soignants étaient entrés en trombe dans la chambre tandis que le responsable du service de réanimation appelait la police.

Tout s'était enchaîné très vite.

Une voiture s'était garée, sirène hurlante, devant l'accès des urgences. Trois policiers en uniforme en avaient surgi. Ils avaient traversé les couloirs et monté quatre à quatre l'escalier à un rythme soutenu. Le plus âgé d'entre eux avait gardé la main sur son holster durant toute sa course. Arrivés à l'étage, les policiers avaient pu reprendre leur souffle tranquillement. L'agresseuse avait déjà été maîtrisée.

Le procureur avait aussitôt été alerté et avait lui-même relayé l'information au juge Perfetti alors que l'interrogatoire de Samia Doucet venait tout juste de se terminer.

Toute l'équipe de la gendarmerie avait franchi les portes du CHU de Nîmes au pas de course.

Samia Doucet avait pu les accompagner, même si elle avait été tenue à l'écart la première heure. On l'avait ensuite laissée s'entretenir avec le personnel médical.

Nul ne pouvait prédire si Océane mettrait plusieurs heures ou plusieurs jours avant d'être totalement éveillée. Il n'existait aucune règle. Tout dépendait du patient. Le médecin qui la suivait se félicitait néanmoins qu'Océane puisse désormais respirer sans l'aide de la ventilation mécanique assistée. Quant à sa récente agression, il était confiant et ne craignait pas de séquelles supplémentaires. L'infirmière était arrivée à temps.

Samia Doucet avait fondu en larmes. Les derniers événements avaient eu raison de ses forces. Son point de rupture avait été largement dépassé.

52

22 octobre – 16 h 30
CHU de Nîmes

Samia Doucet était au chevet de sa fille depuis deux heures. Océane n'était toujours pas réveillée, mais elle pouvait enfin coller son visage au sien, lui caresser les cheveux et l'embrasser.

À l'extérieur de la chambre, Domitille et Zeller observaient cette mère sur le point de retrouver son enfant après des années d'un combat acharné. Ils auraient aimé la laisser en paix, qu'elle puisse profiter plus longuement de cet instant. À plusieurs reprises au cours de l'enquête, Domitille s'était projetée dans cette situation. Aurait-elle espéré aussi longtemps que Samia, connaissant mieux que quiconque les statistiques dans les cas de disparition ? Une énième façon détournée de ne pas répondre à la seule question qui la travaillait depuis plusieurs semaines : serait-elle une bonne mère ?

Quelques heures plus tôt, Samia avait fini par leur livrer les propos exacts tenus par Karine Alban quatre mois avant la disparition d'Océane.

Celle qui fut moins d'un mois infirmière scolaire dans le collège de sa fille avait débarqué un soir sans prévenir, le souffle court et les idées mal ordonnées. Elle n'avait clairement pas toute sa tête, avait tenu à préciser Samia. C'est pourquoi elle n'avait jamais accordé de crédit à ses accusations et encore moins relayé l'information.

Karine Alban avait affirmé que Xavier Doucet violait sa fille depuis plusieurs années. Océane n'en avait prétendument jamais parlé à sa mère, de peur de lui faire de la peine. Samia s'était empressée de démentir les accusations de cette folle devant les enquêteurs.

Elle avait interrogé sa fille dès que l'infirmière était partie. Océane avait été catégorique. Elle n'avait jamais rien dit de tel. Et Xavier ne pouvait pas avoir commis une telle ignominie, avait ajouté Samia, il aimait trop sa fille.

Domitille avait récolté ces propos avec l'objectivité dont se devait tout officier de police judiciaire. Elle n'avait pas cherché à influencer Samia de quelque manière que ce soit. Elle lui avait demandé de faire un effort de mémoire. Quand la santé de sa fille avait-elle commencé à décliner ? Samia avait-elle dû s'absenter quelques jours à une ou plusieurs reprises ? Avait-elle été malade au point de ne pas pouvoir s'occuper d'Océane ? Samia avait toujours répondu par la négative. Elle n'avait même pas d'activité récurrente comme une séance de gym ou un cours quelconque. Jamais elle ne la laissait seule.

Les enquêteurs ne remettaient pas en cause la bonne foi de Samia, ils savaient néanmoins qu'une présence sans faille était tout simplement impossible. Sans compter le fait que Xavier avait très bien pu se faufiler dans la chambre de sa fille en pleine nuit.

Le juge Perfetti avait déjà envoyé les officiers perquisitionner le domicile de Xavier Doucet, saisir son ordinateur et son téléphone, dans l'espoir d'y trouver des preuves de sa culpabilité. Le magistrat n'envisageait pas encore une mise en examen. Il lui fallait pour cela attendre la sortie de coma de Xavier Doucet.

Quelles que soient les conclusions de l'enquête, tout portait à croire que Karine Alban avait enlevé Océane dans l'unique but de l'arracher aux griffes de son père. Elle avait dû estimer que c'était le seul moyen à sa disposition, étant donné que la mère se refusait à l'écouter. Xavier Doucet avait cru reconnaître le visage de l'infirmière, elle avait dû l'épier dans son quartier.

Si les enquêteurs avaient envisagé un temps que Xavier Doucet avait tenté de tuer sa fille le 27 septembre dernier pour qu'elle ne rapporte jamais ce qu'il lui avait fait subir, l'intervention de Pauline Marchand laissait entrevoir une autre vérité. À moins bien sûr qu'ils n'aient été complices.

Pauline Marchand n'était toujours pas en mesure d'être interrogée. Les médecins avaient été obligés de la sédater pour la calmer. Domitille et Zeller espéraient que Samia Doucet leur en apprendrait plus à son sujet.

Ils profitèrent du fait qu'une aide-soignante entre dans la chambre d'Océane pour faire signe à sa mère de les rejoindre dans le couloir.

Le visage de Samia était marqué. Domitille imaginait facilement ses pensées. Une heure plus tôt, elle défendait son ex-mari d'avoir pu commettre des atrocités sur leur fille. Maintenant, elle devait accepter le fait que sa compagne avait tenté de tuer son enfant.

Ils retournèrent dans la salle mise à leur disposition et Samia se laissa tomber sur une chaise, vidée de toute énergie.

— Ça n'a aucun sens ! dit-elle avant même que les deux officiers n'aient dit un mot. Pauline ne connaissait même pas ma fille. Pourquoi aurait-elle voulu lui faire du mal ?

— C'est ce que nous aimerions comprendre, répondit Zeller en lui tendant un verre d'eau.

Contrairement à ce qui avait été suggéré un peu plus tôt par le juge Perfetti, Gab Zeller ne pensait pas que les deux tentatives d'homicide à l'encontre d'Océane soient en lien direct avec les autres meurtres. Il aborda donc l'entretien avec une approche différente en tête.

— Comment Pauline a-t-elle vécu le retour d'Océane ? dit-il en s'asseyant face à Samia.

— Bien, j'imagine. Elle avait l'air heureuse pour moi.

— Elle vous l'a dit ?

— Non, mais je ne vois pas ce que ça change. Pauline savait que j'attendais ce moment depuis huit ans.

— Que lui avez-vous dit quand vous avez appris la nouvelle ?

— Je ne comprends pas votre question, répondit Samia, méfiante.

— Je ne cherche pas à vous piéger, madame Doucet, je vous demande simplement comment vous l'avez annoncée à Pauline.

— Je ne me rappelle plus. Je crois lui avoir dit ne pas oser me réjouir. J'avais trop peur qu'Océane ne se réveille jamais. Mais vous savez comment c'est ? On a beau se raisonner, on ne peut pas s'empêcher d'espérer.

— Cet espoir s'est traduit de quelle façon ?

— J'ai commencé à imaginer la vie avec Océane une fois qu'elle serait de retour à la maison. J'ai parlé des aménagements que j'avais envie de faire dans sa chambre pour qu'elle ressemble moins à celle d'une fille de douze ans. Ce genre de choses.

— Intégriez-vous Pauline dans cette projection ?

— C'est-à-dire ?

— Pauline faisait-elle partie du décor ? Parliez-vous de créer une nouvelle famille toutes les trois ?

Samia Doucet se rembrunit, saisissant où l'officier voulait en venir.

— Je ne lui ai jamais dit de partir si Océane revenait, se défendit-elle, plus agressive.

— Vous ne lui avez pas non plus affirmé le contraire, je me trompe ?

— Qu'est-ce que vous êtes en train d'insinuer ? Que c'est ma faute si Pauline s'en est prise à ma fille ?! Vous m'avez déjà accusée tout à l'heure d'avoir laissé son père lui faire du mal alors que ce n'est pas vrai, vous cherchez quoi à la fin ? À me dire que je suis la pire des mères ?

— Vous n'êtes pas responsable, madame Doucet. Nous cherchons juste à comprendre les raisons de Pauline Marchand. S'est-elle montrée agressive auparavant ?

— Jamais ! Pauline est une femme douce. Délicate et attentionnée. Elle a eu des problèmes par le passé mais c'est fini maintenant.

— Quel genre de problèmes ?

Samia souffla comme s'il lui en coûtait de parler ainsi de sa compagne malgré ses récents agissements.

— Elle a fait plusieurs dépressions avant qu'on ne se rencontre. Elle suivait une thérapie et prenait des antidépresseurs. Mais c'est du passé. Elle va très bien depuis deux ans.

— Elle est toujours médicamentée ?

— Non, elle n'en a plus besoin. Elle va bien, je vous dis.

— Son geste laisse plutôt penser le contraire. Elle n'a pas eu de comportement inhabituel ces derniers temps ? Dit ou fait quelque chose qui vous aurait choquée ?

Samia ouvrit la bouche pour la refermer aussitôt. Son regard avait tout à coup changé.

— Madame Doucet ?

— J'ai cru qu'elle avait fait ça par jalousie, répondit Samia désemparée.

— Fait quoi ?

— La lettre. Je veux dire : le message que vous avez reçu.

Domitille fut la première à réagir.

— Vous êtes en train de nous expliquer que Pauline Marchand était le corbeau ?

Samia confirma d'un mouvement de la tête.

— Ça ne m'a pas paru très grave sur l'instant. J'ai même trouvé ça assez touchant.

— Et quand vous avez appris que votre ex-mari était entre la vie et la mort à cause de cette lettre, vous n'avez pas jugé utile de nous en parler ?

— Pauline ne savait pas qu'un fou en liberté s'en prendrait à lui ! Et de vous à moi, si Xavier a vraiment fait ce dont vous êtes prêts à l'accuser, alors ce n'est certainement pas moi qui irais le pleurer !

53

23 octobre – 12 h 30
Nîmes – Groupement de gendarmerie départementale du Gard

Pauline Marchand avait été transférée à la gendarmerie. Si elle n'avait jamais fait preuve d'une présence très affirmée, ses yeux ne reflétaient plus la moindre lumière. Gab Zeller se demandait si elle avait seulement conscience de ce qui lui arrivait.

Marie Ettori était retournée à Paris la veille, estimant que son major avait à présent toutes les clés en main pour agir seul. Zeller avait passé la fin de journée et une bonne partie de la nuit à préparer cet interrogatoire.

En un temps record, les enquêteurs avaient pu se faire une idée de la personnalité de Pauline Marchand. Zeller s'était entretenu longuement avec le responsable du service psychiatrique du CHU de Nîmes, il avait également échangé avec de vieilles connaissances de Pauline ainsi qu'avec ses parents. Il avait récolté suffisamment de témoignages pour dresser un profil et l'associer à un modèle souvent étudié en psychocriminologie. Au petit matin, Malo, Coline et Kylian savaient ce qu'ils devaient chercher.

Gab Zeller n'avait laissé transparaître aucun doute en présentant sa position à l'équipe.

Pauline Marchand souffrait d'un trouble de la personnalité dite dépendante. Cela se traduisait par un manque flagrant de confiance en soi, une tendance à se sous-estimer, à prendre toute critique ou désapprobation comme une preuve de son incompétence. En résultait généralement un comportement de soumission vis-à-vis d'autrui, en particulier vis-à-vis d'un partenaire. Pauline avait dû voir quelqu'un de fort en Samia, apte à prendre soin d'elle. De nombreuses études relevaient qu'une femme atteinte de ce trouble pouvait attendre de son conjoint qu'il lui dise comment s'habiller ou même qui fréquenter. Elle se refusait à prendre soin d'elle-même de peur de mal faire. De même, la crainte de perdre le soutien de l'autre l'empêchait de s'affirmer ou même d'évoquer un simple désaccord. Elle taisait toute colère pour s'assurer de garder l'être aimé à ses côtés. Lorsque cette maladie était diagnostiquée, une thérapie était proposée, la plupart du temps accompagnée par la prise d'antidépresseurs, le patient présentant souvent d'autres symptômes comme la dépression, l'anxiété ou encore la consommation excessive d'alcool ou de stupéfiants.

Partant de ce point de vue, les motivations de Pauline devenaient claires et ses actes faciles à analyser.

Zeller avait illustré sa démonstration à partir du message de délation. Tout comme Océane, Xavier était revenu sur le devant de la scène sans que Pauline puisse rien y faire. Samia, sans le vouloir, avait envenimé la situation en hébergeant son ex-mari. Pauline avait dû vivre cette situation comme une trahison. La preuve qu'elle était incapable de contenter celle qu'elle aimait. En envoyant son mail, Pauline imaginait éliminer cet ennemi de l'équation.

Concernant sa tentative d'homicide, là encore Zeller avait une interprétation. Il avait évoqué une décompensation psychique avant de s'expliquer plus longuement.

Pauline avait dû considérer le retour d'Océane comme une menace sérieuse pour son couple. Samia retrouvant sa fille, elle aurait eu moins de temps à lui accorder, et se serait entièrement focalisée sur le bien-être de cette enfant qu'elle avait déifiée au fil des années.

Pauline avait dû taire ses angoisses afin de ne pas effrayer Samia. Elle avait sans doute prié en secret pour qu'Océane ne se réveille jamais. L'appel de l'hôpital avait provoqué chez elle un électrochoc et rompu son équilibre psychologique déjà précaire. L'alcool qu'elle avait ingurgité avait fait voler en éclats ses dernières barrières. Son passage à l'acte était l'expression de sa frustration. L'unique solution pour mettre un terme à son tourment.

Zeller était le premier à admettre que cette démonstration comportait une lacune : elle n'expliquait pas ce qui avait poussé Pauline Marchand à s'en prendre à Océane le 27 septembre dernier.

Domitille considérait à présent cette femme sous un nouveau jour. Jusque-là, elle ne lui avait jamais prêté une grande attention. Elle avait attribué son attitude effacée à de la pudeur ou de la timidité. L'analyse de Zeller collait nettement mieux à la réalité. Assise face à eux depuis dix minutes, Pauline Marchand ne disait pas un mot et les observait avec les yeux d'une enfant craignant une remontrance.

— Encore une fois, madame Marchand, garder le silence ne vous aidera pas.

Contre toute attente, Gab Zeller s'était proposé pour mener l'entretien. Domitille avait accepté sans se faire prier.

— Nous savons que vous avez pris conseil auprès d'un avocat, continua-t-il d'une voix posée. Il vous sera très utile pour la suite de la procédure mais, pour l'heure, je vous suggère de répondre à nos questions si vous ne voulez pas que nous en tirions de mauvaises conclusions. Le juge d'instruction se basera sur notre rapport d'enquête pour décider de votre motif d'inculpation.

Au mot « inculpation », Pauline Marchand sembla se réveiller.

— L'avocat m'a dit que je ne serais pas tenue responsable, dit-elle sans une once d'arrogance. J'avais bu. Je sais que c'est contre-indiqué avec mes médicaments, mais j'étais trop stressée.

— Vos médicaments ? Vous êtes toujours sous antidépresseurs ?

Zeller connaissait la réponse mais voulait que Pauline l'admette. Elle se contenta de hocher la tête. Il l'incita à répondre de vive voix.

— J'ai recommencé à les prendre depuis un peu plus de deux mois, maintenant.

— Votre compagne, Samia Doucet, était au courant ?

Pauline ne réussit pas à dissimuler un sentiment de honte.

— Je ne souhaitais pas l'inquiéter. Elle disait qu'elle était fière de moi, de mon parcours de ces deux dernières années. Je n'ai pas osé lui dire que j'avais repris une thérapie.

— Qu'est-ce qui vous a motivée ?

— On avait passé un été merveilleux avec Samia et… avec la rentrée, le travail, j'ai commencé à avoir des angoisses. Samia était, elle aussi, plus nerveuse. Elle attendait que l'enquête sur la disparition de sa fille soit reprise par vos services. Je crois que j'ai paniqué. J'avais tellement aimé les semaines qui venaient de s'écouler. J'ai préféré tout de suite consulter. C'était hors de question que je traverse une nouvelle dépression. Je n'en ai rien dit à Samia. Elle aurait forcément été déçue.

Au cours de sa carrière, Domitille avait recueilli de nombreuses dépositions de femmes battues. Si Pauline ne l'avait jamais été, elle adoptait à peu de chose près leur comportement. Une culpabilité difficilement compréhensible pour qui ne connaissait pas le sentiment de servitude.

— Vous êtes à l'origine du message dénonçant Xavier Doucet, continua Zeller d'une voix toujours calme. Pourquoi avez-vous fait cela ?

Pauline porta un pouce à ses lèvres et le rongea.

— Madame Marchand ?

— Je savais qu'il avait menti à la police, murmura-t-elle après plusieurs secondes. Je me suis dit qu'il fallait que vous le sachiez.

— C'est la seule raison ?

— Vous l'auriez vu se pavaner au bras de Samia ! dit-elle cette fois d'une manière beaucoup plus affirmée. Il croyait quoi ?! Qu'il pouvait revenir dans la vie de Samia aussi facilement ? Il l'avait abandonnée alors qu'elle avait besoin de lui !

Zeller ne s'étonna pas de cette saute d'humeur. Cela prendrait du temps avant que Pauline ne retrouve un semblant d'équilibre. Les médecins s'étaient tout d'abord opposés à ce qu'elle soit interrogée si rapidement. Ils avaient accepté à condition qu'elle réintègre le service de psychiatrie en fin de journée. Une conciliation validée par le juge d'instruction qui ne souhaitait de toute façon pas mettre Pauline Marchand en examen avant d'avoir étoffé son dossier.

— Samia nous a dit que c'est elle qui vous a révélé toutes ces informations. Enfin presque toutes.

— Je sais ce que vous allez me demander, dit Pauline Marchand, déjà calmée. Comment j'ai su que Xavier était à Nîmes le jour où vous avez retrouvé Océane ?

— En effet. Samia, elle, n'était pas au courant.

— Je n'aurais jamais dû vous le dire. Je suis sûre qu'elle m'en veut depuis. Elle ne m'a rien dit mais je vois bien qu'elle n'est plus pareille.

— Ne vous préoccupez pas de Samia, pour l'instant. C'est de vous que nous parlons. Comment avez-vous eu connaissance de la présence de Xavier Doucet, madame Marchand ?

— Je l'ai vu, c'est tout.

— Vous avez vu qui ? Xavier ?

— Oui. Il était dans un café dans lequel j'ai pour habitude d'aller. C'est place des Herbes, dans le centre.

— Vous êtes tombée sur lui par hasard ?

— J'étais sûre que vous ne me croiriez pas mais c'est la vérité ! Je vous le jure.

Domitille n'avait pas quitté Pauline Marchand des yeux. Rien n'indiquait qu'elle mentait.

— Alors si c'était une rencontre fortuite, pourquoi n'en avez-vous pas parlé à Samia ? demanda Zeller toujours posément.

Pauline redoutait manifestement cette question. Elle s'agita sur sa chaise, peut-être à la recherche d'une réponse acceptable.

— Seule la vérité nous intéresse, la relança Zeller pour couper court à ses tergiversations.

— Ce café se trouve en bas de chez ma psy. Je m'y rends toujours après une séance, histoire de faire le vide avant de rentrer à la maison. Je ne voulais surtout pas que Samia me demande ce que je faisais dans ce quartier à cette heure de la journée. J'aurais eu du mal à lui mentir. Je n'ai jamais su le faire. Alors j'ai préféré me taire. Et je ne savais pas comment elle aurait pris le fait que son ex-mari était de passage à Nîmes et qu'il n'ait pas pensé utile de la prévenir. Samia était suffisamment à cran pour ne pas en rajouter.

— Et avant votre séance de thérapie, où étiez-vous ?

— Au travail. Pourquoi cette question ?

— Hier, vous avez tenté d'étouffer la fille de Samia Doucet. Or ce n'était pas la première fois qu'on cherchait à l'éliminer.

54

5 novembre – 15 h 30
Nîmes – Groupement de gendarmerie départementale du Gard

Coline Foucaud continuait d'incrémenter tous les matins les dates clés de l'enquête au tableau. Cela faisait maintenant deux semaines que Pauline Marchand était entrée dans la chambre d'hôpital d'Océane avec l'intention de la tuer. Les vacances scolaires et jours fériés avaient ralenti les investigations des enquêteurs, mais l'unité dirigée par Domitille Fourest travaillait ardemment, sous la houlette du juge Perfetti.

Tous les appareils électroniques de Xavier Doucet avaient été analysés par les services techniques. Son appartement fouillé, son entourage interrogé. Rien n'indiquait jusqu'ici que le père d'Océane puisse être un pédocriminel. Son ordinateur et son téléphone étaient cependant assez récents, ses patients le connaissaient à peine, quant à ses amis, ils ne savaient pas grand-chose de son passé. Selon les dires, Xavier n'était pas du genre à se confier.

Malo Prigent avait réussi à retrouver la trace de deux femmes avec qui Xavier avait entretenu une courte relation. Elles n'avaient rien à lui reprocher si ce n'était son manque d'implication. L'homme avait tendance à se débiner dès qu'il était question d'engagement.

Si Xavier Doucet s'avérait être sexuellement attiré par les enfants, il avait su rester discret.

Parmi les photos numériques de sa fille ou celles encadrées dans son appartement, aucune n'évoquait une pose suggestive ou même ambiguë. C'étaient pour la plupart les mêmes que celles exposées chez Samia Doucet.

Domitille s'entretenait quotidiennement avec Gab Zeller depuis qu'il était retourné au siège de la DiANE, en région parisienne, sa présence dans le Gard n'étant plus indispensable. En réponse à l'un des rapports envoyés, Zeller avait rappelé que Xavier Doucet avait tout à fait pu avoir une relation incestueuse avec Océane sans ressentir pour autant de désir physique pour les petites filles. L'histoire qu'il avait eue avec la jeune fille de quinze ans alors que lui-même en avait vingt-quatre ne pouvait pas être inscrite dans ce registre. Il était jeune et la pensait majeure. Il avait d'ailleurs mis un terme à cette relation dès qu'il avait compris son erreur. Pour Océane, c'était bien évidemment différent. Des études avaient mis en lumière le témoignage de certains parents, père ou mère, affirmant que les caresses qu'ils prodiguaient à leur enfant étaient l'expression d'une émotion pure, d'un amour immaculé. Xavier avait du mal à s'engager auprès des femmes. Peut-être Océane avait-elle éveillé en lui des sentiments qui lui étaient jusque-là inconnus. Un amour inconditionnel et total, une tendresse qu'il avait sublimée au point de la faire basculer dans la sensualité et l'érotisme.

Domitille avait cru que Zeller cherchait à justifier le comportement de Xavier Doucet avant de comprendre qu'il bâtissait au contraire son argumentaire si aucune preuve matérielle n'était trouvée. Elle enrageait de ne pouvoir confronter Xavier Doucet.

Le père d'Océane était maintenu dans le coma. Il avait fait une hémorragie, obligeant les chirurgiens à l'opérer de nouveau. Le juge Perfetti se tenait régulièrement informé de son état de santé. Cette attente affectait son humeur. Il se faisait l'effet, malgré lui, d'être un prédateur attendant le réveil de sa proie. Un comble dans sa profession.

Comme s'y était engagée la lieutenant-colonel Marie Ettori, les équipes de la DiANE avaient continué à se pencher sur le parcours de Vincent Hachemin et de Mathieu Witowski.

Les enquêteurs n'avaient pas appris grand-chose de nouveau sur l'homme d'affaires, ni même réussi à découvrir l'identité de la mère de son fils.

La piste de Vincent Hachemin avait été en revanche nettement plus fructueuse. Plusieurs clients de son activité parallèle avaient été identifiés grâce à son répertoire professionnel que leur avait transmis l'agence de recrutement pour laquelle il travaillait. À force de recoupements, ils avaient été en mesure de confondre deux directeurs des ressources humaines et une dirigeante d'entreprise. Seul l'un des hommes avait eu des réticences à avouer qu'il faisait régulièrement appel aux services de Vincent Hachemin. Les deux autres estimaient qu'ils n'avaient rien à se reprocher. Tout se passait entre personnes consentantes. Ils avaient pris un air outré à l'évocation des mots « proxénétisme » et « prostitution ».

Les trois suspects travaillaient dans le Gard et avaient confirmé que la maison d'Uzès louée par Hachemin servait de point de rencontre. Ils payaient l'homme en liquide et appréciaient sa discrétion. Vincent Hachemin avait le talent pour dénicher la perle rare qui correspondait à leurs envies. Excepté une fois, avait tout de même avoué Rachel Laffaille, la chef d'entreprise. Elle avait vécu une très mauvaise expérience trois ans plus tôt.

Rachel Laffaille avait un penchant pour le voyeurisme. Elle aimait maîtriser son fantasme, aussi fournissait-elle toujours un scénario en amont à Vincent Hachemin. Elle se permettait parfois d'intervenir si les acteurs n'étaient pas assez convaincants à son goût, avait-elle précisé avec assurance. Elle avait été particulièrement déçue par la prestation d'un jeune couple pour lequel c'était une nouvelle expérience.

Malheureusement, rien ne s'était passé comme elle l'avait imaginé. Cachée derrière une porte entrouverte, la femme d'affaires avait longuement observé les deux protagonistes avant de perdre patience. Les deux nigauds se comportaient comme des amants amoureux et respectueux l'un de l'autre. Rachel Laffaille avait grimacé à l'idée de ce souvenir. Si elle voulait du romantisme, il lui suffisait d'allumer son téléviseur ! Elle était entrée furibonde dans la chambre à coucher. Ils avaient feint la stupéfaction, ce qui correspondait parfaitement au script, mais, face à leur air interdit, elle leur avait ordonné de pimenter leurs ébats. Elle voulait absolument que l'un d'eux se comporte en dominateur. Les deux amants ne réagissant toujours pas, elle avait détaché sa ceinture et fouetté les fesses de la jeune femme pour étayer son propos. L'amant s'était alors emporté et l'avait frappée en plein visage. Rachel Laffaille avait perdu connaissance. À son réveil, le couple avait disparu, tout comme son portefeuille.

Lorsque les enquêteurs lui avaient présenté les portraits de Rémi et de Romane Alban, elle n'avait pas hésité un seul instant. Oui, c'était bien le couple qui l'avait agressée et dévalisée, avait-elle dit impudemment.

Ce témoignage laissait à lui seul entrevoir la raison pour laquelle Vincent Hachemin avait été assassiné après avoir été violé et castré. Rémi Alban et Océane, alias Romane, s'étaient certainement retrouvés embarqués à leur insu dans le trafic d'Hachemin. Comment le proxénète avait-il convaincu les deux amants de se rendre dans sa maison d'Uzès et comment s'était-il assuré qu'ils s'accoupleraient ? À ces questions, Zeller avait suggéré une réponse. Rémi et Romane vivaient à cette époque à Alès chez Karine Alban. Ils étaient officiellement frère et sœur et ne pouvaient donc pas s'afficher librement. Vincent Hachemin l'avait deviné et leur avait alors proposé un peu d'intimité en leur prêtant les clés de son pied-à-terre. En s'assurant un créneau précis, il avait pu mener à bien son entreprise.

Rémi et Romane avaient attendu trois ans pour se venger. Quel avait été le déclencheur ? Le jeune homme n'était plus là pour le dire, les enquêteurs espéraient donc que cet éclairage leur serait apporté par Océane. Encore fallait-il qu'elle en soit capable.

Océane Doucet avait ouvert les yeux pour la première fois dix jours plus tôt. Son réveil ne s'était pas déroulé sereinement. Prise de panique en découvrant le monde extérieur, elle avait cherché à arracher la sonde qui l'alimentait. Elle avait tenté de se lever mais ses blessures l'avaient vite rappelée à l'ordre. Sa mère avait essayé de la calmer, lui prodiguant des caresses et des mots tendres. Océane l'avait regardée comme si elle était une parfaite étrangère.

Océane s'était ensuite murée dans le silence. Les médecins avaient attendu trois jours supplémentaires avant qu'elle n'accepte de participer à quelques tests cognitifs afin d'évaluer les déficits et les capacités préservées à la suite de son accident.

Le chef de service de neurologie du CHU de Nîmes avait rapidement diagnostiqué une amnésie rétrograde post-traumatique. Rien d'étonnant après un traumatisme crânien, avait-il expliqué. D'autres examens avaient été pratiqués les jours suivants. Si Océane n'avait plus aucun souvenir datant d'avant son accident, elle était en mesure d'en emmagasiner de nouveaux, ce qui semblait être une bonne nouvelle pour les médecins.

Samia Doucet avait pleuré à chaudes larmes en découvrant que sa fille ne la reconnaissait pas. Le neurologue avait insisté sur le fait que cet état pourrait s'avérer provisoire. L'intervention d'un psychologue serait nécessaire pour vérifier que cette amnésie était uniquement liée à son traumatisme. Il craignait que sa vie clandestine et la double identité qu'elle avait dû endosser ne compliquent son rétablissement.

55

8 novembre – 13 h 30
TGV – Paris-Nîmes

Gab Zeller relisait une fois de plus ses notes en mangeant son sandwich. Il aurait pu se contenter de transférer ses rapports à Domitille ainsi qu'au juge Perfetti. Le parquet de Nanterre tout comme Marie Ettori estimaient avoir eu suffisamment de réponses au sujet de la disparation d'Océane. Le reste de l'enquête relevait de la compétence de la brigade de recherches de Nîmes. Le pôle des affaires non élucidées avait préféré confier un autre dossier au major de la DiANE, les effectifs n'étant pas extensibles.

Zeller, pour sa part, avait le sentiment d'abandonner un travail inachevé. Bien sûr, il avait fait avancer l'enquête pour la partie sur laquelle il avait spécifiquement été mandaté. Océane avait été enlevée par Karine Alban ce fameux 21 juin. Elle avait vécu clandestinement durant huit ans avant d'être retrouvée. Elle n'avait pas été maltraitée pendant ce laps de temps et avait même eu droit à un semblant de vie. Qui avait tenté de la tuer sur le tertre dominant la route départementale 907 ? Ce serait aux équipes de Domitille de résoudre cette énigme. Pauline Marchand restait leur principale suspecte. Ses collègues de bureau n'avaient pas pu affirmer avec certitude qu'elle s'était présentée le 27 septembre au matin. Ils travaillaient tous dans des pièces séparées. Xavier Doucet demeurait lui aussi dans la ligne de mire des enquêteurs.

Zeller, qui se méfiait par principe des coïncidences, ne savait toujours pas comment analyser cette rencontre fortuite entre Pauline et le père d'Océane, en plein cœur de Nîmes. Une complicité était-elle possible ?

Rémi Alban endosserait à titre posthume les meurtres de Karine Alban, Vincent Hachemin et Mathieu Witowski. Là encore, ce ne serait pas à Gab Zeller de trancher si Océane Doucet, ou plutôt Romane, avait été sa complice pour les deux premiers.

Pour atténuer sa frustration, Zeller avait demandé l'autorisation de s'entretenir une dernière fois avec Océane Doucet. Marie Ettori avait tout d'abord rétorqué que ce déplacement n'avait pas de sens puisque la jeune femme n'avait toujours aucun souvenir. Elle était revenue deux heures plus tard dans son bureau pour lui signifier son accord. Gab Zeller n'avait pas compris ce retournement mais il s'était hâté de réserver son billet.

En réalité, le major ignorait pourquoi il ressentait le besoin de retourner à Nîmes. Il avait effectivement l'intention d'échanger avec Océane, même s'il ne se faisait aucune illusion. Le neurologue qui la suivait et avait émis la possibilité d'une amnésie temporaire craignait à présent le contraire. Zeller espérait tout de même sonder le regard d'Océane, y lire quelque chose qui lui aurait échappé. Et il y avait l'équipe de la brigade de recherches. Domitille, Malo, Coline et Kylian. Zeller avait pratiquement passé un mois en leur compagnie. Au risque de paraître sentimental, il souhaitait les saluer plus chaleureusement qu'il ne l'avait fait.

Domitille l'attendait à la sortie de la gare, au volant de sa voiture. Le ciel se couvrait mais les épisodes cévenols n'étaient plus qu'un vieux souvenir. Le CHU de Nîmes ne se trouvait en théorie qu'à une vingtaine de minutes, ils eurent l'opportunité d'échanger nettement plus longtemps. Des travaux rendaient certains axes quasi impraticables.

La capitaine affichait un visage plus détendu. Le rythme des enquêteurs avait changé radicalement. Il n'était plus question d'urgence ou de course contre la montre. Zeller constata aussi que les sièges de la voiture avaient été nettoyés. Il ne subsistait plus aucune miette de crackers.

— Et sinon, tu te sens comment ? interrogea-t-il après avoir écouté Domitille lui faire un résumé des dernières avancées.

— Vidée. Je crois que je commence à ressentir le contrecoup. Et toi ?

— Insatisfait, mais ma mère te dirait que c'est un de mes principaux traits de caractère.

— Et elle dirait quoi d'autre ?

— Que j'ai une sale mine et que j'ai maigri. Mais elle me dit ça chaque fois que je la vois, donc ça ne compte pas.

Domitille sourit. Ces échanges informels avec Zeller lui avaient manqué.

— J'ai entamé ma douzième semaine, dit-elle à brûle-pourpoint.

— Je sais.

— Tu tiens les comptes ?

— Disons que je m'attends à tout moment à ce que tu me demandes d'être parrain.

— Coline se doute de quelque chose, répondit-elle en retour, un sourire aux lèvres.

— J'aimerais te dire que ça fait d'elle une bonne enquêtrice, mais je m'inquiète surtout de la capacité d'observation des hommes de ton équipe, s'amusa Zeller.

— Ça ne se voit pas tant que ça !

Zeller, habile, s'abstint de répondre. Domitille feignit tout de même la vexation, par principe.

— J'ai l'intention de le garder, annonça-t-elle avant qu'un silence ne s'installe.

— Tu es sûre de ton choix ?

— Non.

— Alors c'est que ce doit être le bon.

C'était la première fois que Domitille exprimait sa décision à haute voix. Elle ne pensait pas l'avoir prise encore ce matin. Elle sourit une fois de plus mais cette fois pour elle-même.

— Tu as pu t'entretenir avec Samia Doucet récemment ? reprit Zeller plus sérieusement.

— Non, pourquoi ?

— En relisant les PV dans le train, j'ai buté sur une phrase qu'elle a prononcée au cours d'un de nos échanges et que je ne m'explique pas.

— Laquelle ?

— Quand je lui ai demandé pourquoi elle n'en voulait pas à Pauline d'avoir envoyé son message de délation, alors qu'il avait eu de lourdes conséquences pour Xavier, elle a répondu que si son ex-mari était responsable de ce dont on l'accusait, alors elle n'irait pas le pleurer.

— Je m'en souviens, et alors ? Ça me paraît plutôt normal comme réaction.

— Sur le principe, je suis d'accord. C'est la temporalité qui me pose un problème.

Domitille venait de s'arrêter à un feu rouge et se tourna vers Zeller pour entendre son explication.

— Durant son interrogatoire, Samia cherchait à nous convaincre que son ex-mari n'avait fait aucun mal à leur fille. Quelques heures après, elle apprend que Pauline a tenté de tuer son enfant. Plutôt que de s'en prendre à sa compagne, Samia s'emporte et envisage tout à coup la possibilité que Xavier ait pu commettre un inceste. Ce revirement me paraît pour le moins surprenant.

— Qu'est-ce que tu en conclus ?

— Samia a toujours su ce qu'il se passait sous son toit.

— Elle n'aurait rien révélé même après la disparition d'Océane ?

— Ce ne serait pas la première fois qu'une mère s'enfermerait dans le déni. Dire la vérité l'aurait obligée à admettre qu'elle n'avait rien fait pour protéger sa fille.

— Si tu as raison, alors le fait que Pauline soit à l'origine de ce message a dû arranger ses affaires. Ce n'était pas elle qui pointait du doigt son ex-mari et pour autant ça nous incitait à nous intéresser de plus près à lui.

— Je me suis renseigné, Samia n'est jamais allée dans la chambre de Xavier à l'hôpital. Elle n'a même pas demandé de ses nouvelles.

— Elle préférerait qu'il ne se réveille pas ?

— Et qu'Océane reste amnésique toute sa vie, confirma Zeller. Tant que sa fille est incapable de se rappeler son passé, Samia peut continuer à endosser son rôle de mère parfaite.

Domitille sursauta en entendant les klaxons. Le feu était passé au vert. Elle passa la première alors que ses pensées se bousculaient.

Les deux officiers se dirigèrent directement vers la chambre d'Océane. Elle avait été transférée dans le service de soins de suite où un lit avait été installé pour sa mère.

Pauline, pour sa part, était toujours soignée dans l'unité de psychiatrie. Le juge Perfetti avait ordonné des expertises médicales avant de statuer sur son cas. Il avait été décidé de la garder au CHU en attendant. Domitille savait que

Samia avait cherché à la voir mais elle avait essuyé un refus de la part du corps médical.

Parvenus à destination, Zeller et Domitille ne trouvèrent qu'une chambre vide. La table supportant le plateau du déjeuner avait été repoussée, les draps étaient défaits. Une infirmière les rejoignit après les avoir vus entrer.

— Elles sont parties faire une marche digestive, dit-elle en aérant la pièce. Ça fait plaisir ! Je crois bien que c'est la première fois. Sa mère a pourtant tout fait pour la motiver.

— Elles sont sorties à l'initiative d'Océane ? se renseigna Zeller.

— Aucune idée. Ça lui fera du bien de prendre un peu l'air. Cette petite a l'air tellement malheureuse, ça fait mal au cœur. J'espère sincèrement qu'elle va s'en sortir. Heureusement que sa mère est là. Elle est aux petits soins pour sa fille.

Zeller hocha la tête sans réussir à sourire. Il s'approcha du plateau et constata qu'Océane n'y avait quasiment pas touché.

— Elle ne s'alimente pas ?

— Elle a un appétit d'oiseau.

Le major fixait toujours la table, conscient que quelque chose le perturbait. Il resta figé encore quelques secondes avant de se tourner vers l'infirmière.

— Quelqu'un est venu dans cette chambre après leur départ ?

— Pas que je sache, pourquoi ?

— Je vois qu'elle a mangé une partie de sa viande mais il n'y a plus de couteau sur le plateau.

56

8 novembre – 14 heures
CHU de Nîmes

Gab Zeller sortit en coup de vent de la chambre sans même prendre le temps de s'expliquer. Domitille le talonna.

Zeller arrêta sa course à la moitié du couloir pour s'approcher d'un des murs. Arrivée à sa hauteur, Domitille constata qu'il observait le plan du bâtiment.

Avec une capacité de plus de deux mille lits, l'hôpital universitaire, qui ne cessait de se développer sur le plateau de Carémeau, avait la réputation d'être immense. Domitille ne savait même pas ce que Zeller cherchait.

— Il y a un patio juste là, dit-il, répondant de fait à sa question. C'est là qu'elles doivent se trouver. On devrait y accéder plus rapidement en prenant l'escalier de l'autre aile.

Il avait repris sa course à peine sa phrase achevée.

Domitille courait cette fois à ses côtés. Au risque d'être encore plus essoufflée, elle lui demanda ce qui leur valait ce sprint effréné.

— La mère et la fille sortent prendre l'air pour la première fois et il manque un couteau sur le plateau, dit-il sans relâcher sa foulée.

— OK, et... ?

— Océane est constamment surveillée, elle n'est pour ainsi dire jamais seule avec sa mère.

Domitille commençait à comprendre où Zeller voulait en venir mais peinait à y croire.

— Quoi, Samia a décidé d'éliminer sa fille ? lâcha-t-elle alors qu'elle sentait monter un point de côté.

— Possible, si Océane montre des signes de rémission, répondit Zeller en ouvrant la porte qui donnait sur l'escalier.

— Elle a peur que sa fille l'accuse ouvertement d'avoir protégé Xavier tout ce temps ?

— Imagine la déflagration que ce serait pour Samia. Cette mère aimante, cette combattante qui n'a jamais cessé de chercher son enfant, confirma Zeller qui dévalait les marches quatre à quatre.

— Ça pourrait aussi être le contraire, répondit Domitille, toujours sur ses pas. Océane a peut-être décidé de s'en prendre à sa mère. Ses souvenirs revenus, sa simple présence dans la chambre lui aura donné des envies de meurtre.

Zeller ne chercha pas à débattre. Quelle que soit la vérité, ce couteau laissait présager le pire.

Une fois au rez-de-chaussée, il leur avait fallu moins d'une minute pour les repérer. Océane et Samia s'étaient isolées dans un coin reculé du patio. Le ciel de nouveau menaçant, aucun autre patient ne s'y était aventuré.

Emmitouflées dans des manteaux, brunes toutes les deux et de morphologie à peu près similaire, il était difficile de les différencier.

Domitille s'apprêtait à pousser la porte vitrée quand Zeller la retint d'une main ferme pour l'inciter à observer la scène.

La mère et la fille se tenaient les mains fermement.

— On dirait qu'elles prient, dit Domitille tout en happant l'air à la recherche d'oxygène.

Zeller ne répondit rien, les mâchoires serrées. Domitille regarda alors plus attentivement les deux femmes. Une pointe métallique émergeait de leurs doigts emmêlés. Impossible de dire qui tenait le couteau.

Domitille retrouva aussi vite ses réflexes d'agent de terrain. Elle repéra d'un coup d'œil toutes les issues de la cour intérieure et fit quelques signes à Zeller pour lui proposer une tactique d'approche. L'idée était de prendre les deux femmes à revers, en cisaille. À son ordre, Zeller fit le tour du bâtiment en empruntant le couloir nord tandis qu'elle suivait le chemin opposé.

Les parois transparentes leur permettaient de se coordonner.

Une fois en position, Domitille attendit encore plusieurs secondes avant d'abaisser sa main. Les deux enquêteurs firent irruption dans la cour par les deux portes qui jouxtaient Samia et Océane.

L'effet de surprise leur donna un avantage notable. Ils ceinturèrent la mère et la fille par l'arrière avant qu'elles n'aient le temps de réagir.

Les deux femmes hurlèrent tout en se débattant. Zeller tenait Samia fermement alors qu'elle lui donnait des coups de pied. Elle réussit à lui percuter une rotule avec violence, il resserra d'autant plus son étreinte. Domitille, de son côté, peinait à maîtriser Océane. La jeune femme, furieuse, basculait d'avant en arrière.

Zeller réussit enfin à éloigner Samia des griffes de sa fille et la bloqua de son corps contre une des parois vitrées. Domitille profita d'avoir plus d'espace pour balayer la jambe droite d'Océane avant de la plaquer à terre.

Les deux enquêteurs, encore chargés d'adrénaline, prirent enfin le temps de se regarder. Zeller s'autorisa même à respirer avant de remarquer le sang sur les mains de Domitille.

57

8 novembre – 16 h 30
CHU de Nîmes

— C'est quoi l'idée, capitaine Fourest ? Vous n'aimez plus vos locaux et avez décidé de vous installer dans cet hôpital pour avoir tous les suspects à portée de main ?!

Pour une fois, le cynisme du procureur Dusier amusa Domitille. Elle n'avait de toute façon plus assez de force pour s'opposer à lui. Elle regardait son bandage et imaginait déjà la complexité de son quotidien maintenant que sa main directrice ressemblait à une poupée.

Zeller, quant à lui, reprenait des couleurs. À la vue du sang, il avait craint pour la vie de sa partenaire avant de s'inquiéter pour celle d'Océane. Domitille s'en sortirait avec une belle cicatrice, Océane avec de simples hématomes.

La situation était maintenant sous contrôle. Océane avait été raccompagnée dans sa chambre, dorénavant sous surveillance, et jusqu'au dénouement de l'affaire. Elle s'était depuis réfugiée dans un mutisme clairement affiché. Les mâchoires serrées et le regard brûlant, elle défiait les enquêteurs de la faire parler. Samia, elle, avait reçu un léger tranquillisant et attendait dans une autre pièce d'être interrogée.

Domitille et Zeller se postèrent au pied du lit de Samia Doucet alors qu'elle était allongée. Sa tension était encore élevée mais le juge Perfetti avait eu le feu vert des médecins.

Samia regardait tour à tour les deux officiers d'un air inquiet alors que l'un comme l'autre gardaient le silence. Zeller avait proposé cette méthode à Domitille pour prendre acte de la première réaction de Samia.

— Qu'est-ce que vous a dit ma fille ? attaqua cette dernière en tentant de se redresser.

— Que pensez-vous qu'elle nous ait dit ? répondit Domitille calmement.

— Vous avez bien vu par vous-mêmes, elle n'a plus toute sa tête ! Je ne sais pas si c'est à cause du choc qu'elle a reçu ou si ce sont les gens qui l'ont enlevée qui lui ont fait croire des horreurs, mais elle ne va pas bien, c'est évident !

— De quelles horreurs parlez-vous ?

— D'aucune en particulier, se ravisa aussi vite Samia. Mais on ne tente pas de tuer sa mère sans raison.

— Sur ce point, je vous rejoins. Pourquoi Océane aurait pu s'en prendre à vous ?

— Mais je n'en sais rien ! s'agaça Samia. Elle a sorti un couteau comme ça, sans crier gare ! Elle s'est mise à me hurler dessus, à crier que tout était de ma faute. Je n'ai aucune idée de quoi elle parlait !

— Vous en êtes sûre ?

Cette fois le ton de Domitille était devenu cassant. Elle fixait froidement Samia, imitée par Zeller.

Samia esquiva de nouveau la question en insistant sur le fait qu'Océane avait dû perdre la raison. Sa petite fille était convalescente, elle avait forcément les idées embrouillées avec tout ce qui lui était arrivé. Samia les supplia encore une fois de ne pas apporter de crédit à ce qu'Océane leur racontait, mais les deux officiers demeuraient impassibles, ne lui offrant aucune prise. À bout d'arguments, les traits affaissés, elle versa quelques larmes. Là encore, Domitille et Gab restèrent de marbre. Samia Doucet gardait le silence, si bien que Domitille estima qu'il était temps de passer à l'offensive.

— Vous saviez, n'est-ce pas ?

— Je savais quoi ?

— Vous saviez que votre mari violait votre fille dès que vous aviez le dos tourné !

Samia resta interdite face à cette accusation, le visage blême.

— Océane finira par nous le dire, madame Doucet. Peut-être pas aujourd'hui mais un jour, elle le fera, n'en doutez pas.

— Elle ne vous dira rien du tout parce qu'il n'y a rien à dire ! répondit cette fois Samia d'un ton glacial.

— Il y a huit ans, continua Domitille, votre fille a eu le courage d'en parler à Karine Alban qui elle-même vous l'a rapporté. Si, comme vous nous l'avez déclaré, vous avez posé clairement la question à Océane dans la foulée, votre fille a dû vous le confirmer. Si au contraire vous ne lui avez rien demandé, que vous ayez rayé d'un trait les révélations de Karine Alban, Océane a fini par comprendre avec le temps que vous étiez au courant et que vous n'avez pas agi pour la sauver.

58

8 novembre – 19 h 30
Nîmes

L'équipe de la brigade de recherches s'était retrouvée en début de soirée dans le centre-ville. Malo voulait absolument tester un nouveau bar à bière installé sur l'esplanade Charles-de-Gaulle, à quelques encablures des Arènes. Domitille n'avait pas eu le cœur de refuser et avait même estimé que ce serait le meilleur moyen d'évacuer la pression accumulée. Zeller s'était joint à eux sans se faire prier. Il avait, lui aussi, besoin de se sentir entouré et n'était pas pressé de retrouver l'ambiance austère de sa chambre au cercle mixte de la gendarmerie.

L'interrogatoire de Samia Doucet ne s'était pas déroulé comme Zeller l'avait espéré. Après l'offensive de Domitille, Samia s'était totalement barricadée. Elle n'avait plus dit un mot ni même affiché la moindre expression. La capitaine devrait trouver une autre stratégie les jours prochains.

Le juge Perfetti allait faire un point avec le procureur. Si Océane s'obstinait à garder le silence et à ne pas porter plainte, il incomberait au parquet de s'autosaisir pour donner suite aux viols incestueux commis par Xavier Doucet.

Samia se verrait alors poursuivie pour complicité ou non-dénonciation de crime.

Malo Prigent s'était rendu à Uzès avec Kylian dans la journée pour mener une enquête de voisinage. Cette virée les avait manifestement rapprochés. Malo s'adressait à lui comme s'il faisait maintenant partie intégrante de l'équipe. Les deux enquêteurs s'étaient donné pour mission de consolider le dossier concernant l'activité parallèle de Vincent Hachemin. Malo et Kylian avaient récolté assez de preuves pour affirmer que sa maison d'Uzès servait bien de lupanar, comme l'avait joliment inscrit Kylian dans son compte rendu. Après quelques ajustements, le rapport avait été transmis à la brigade de répression du proxénétisme de Nîmes.

Malo racontait par le menu cette escapade depuis une vingtaine de minutes. Il débordait d'énergie. Il avait repris l'entraînement et ne cessait de vanter les bienfaits du sport alors qu'il commandait déjà sa deuxième pinte de bière.

— Domi, pendant que j'y suis, je te commande autre chose ? dit-il assez fort pour couvrir le brouhaha ambiant.

— Je n'ai pas fini mon Coca.

— Je parlais d'une bière. Ils en ont une qui est brassée dans la région. Chauvine comme tu es, ça devrait te plaire !

Coline souffla ostensiblement en faisant les gros yeux à Malo.

— Quoi ? Tant qu'elle ne m'aura rien dit, je continuerai d'insister lourdement !

Domitille saisit à cet instant que toute son équipe avait compris depuis fort longtemps qu'elle était enceinte. Elle esquissa un sourire gêné avant d'accepter les félicitations d'usage et d'offrir sa tournée.

La soirée continua dans une ambiance bon enfant. Zeller paraissait plus détendu, mais Domitille sentait qu'il demeurait préoccupé.

— On finira par tout savoir, lui dit-elle en aparté.

— Je sais, dit-il complaisamment. Ça prendra certainement du temps mais vous y arriverez. Je pense qu'il vous faudra examiner le passé de Samia pour la faire parler. Son histoire personnelle expliquera peut-être son comportement. Pourquoi elle a laissé son ex-mari maltraiter son enfant.

— J'ai commencé à fouiller, intervint Coline qui avait suivi l'échange discrètement. Je voulais attendre demain pour vous en parler, vu la journée que vous avez passée.

— Tu as trouvé quelque chose d'intéressant ? s'enquit Domitille.

— C'est plutôt ce que je n'ai pas trouvé qui m'ennuie.

— On t'écoute.

— Je n'ai pas encore réussi à mettre la main sur la mère de Samia, ce qui en soi n'a rien d'étonnant si elle a bien quitté le pays depuis plusieurs années. J'ai lancé quelques pistes mais ça risque de prendre un peu de temps avant qu'on me réponde.

— Où est le problème, alors ?

— Le problème est que je n'ai pas non plus retrouvé la trace de son petit frère. Ni acte de naissance, ni même de décès. À croire qu'il n'a jamais existé.

59

10 novembre – 10 heures
Nîmes – Groupement de gendarmerie départementale du Gard

D'une simple phrase, Coline Foucaud avait apporté la pièce qu'il manquait à Gab Zeller pour enfin comprendre l'engrenage dans lequel Océane s'était retrouvée. Il était resté sur la réserve en quittant le bar à bière, mais avait ressassé les mots de la jeune lieutenante toute la nuit. Au petit matin, il avait établi la liste de tous les points qu'il devait éclaircir avec l'équipe de Domitille.

Le juge Perfetti avait accepté que les interrogatoires se déroulent en simultané dans les locaux de la gendarmerie, au grand soulagement du personnel de l'hôpital qui n'avait pas caché sa lassitude de servir d'annexe aux forces de l'ordre. Océane avait été déposée par des ambulanciers. Des gendarmes s'étaient chargés d'amener Samia Doucet. Les deux femmes avaient été installées dans des salles séparées et leur arrivée avait été coordonnée pour qu'elles aient à peine le temps de se croiser. Samia avait tenté de dire un mot à sa fille, Océane l'avait ostensiblement ignorée.

Une stratégie bien définie avait été mise en place. Domitille mènerait l'interrogatoire d'Océane Doucet. Gab

Zeller, celui de sa mère. Le script du major laisserait peu de place à l'improvisation.

*

* *

Domitille respira profondément avant d'entrer dans la pièce spécialement aménagée. Océane était déjà là, son regard plus noir que jamais.

L'enregistrement fut lancé et Océane déclina son identité d'une voix atone. Sans que Domitille intervienne, elle précisa que, durant huit ans, elle avait vécu sous le nom de Romane Alban.

— Et aujourd'hui ? Comment souhaitez-vous être appelée ?

— Ça n'a plus aucune importance.

Domitille ressentit malgré elle un pincement au cœur. Elle était face à une jeune femme de vingt ans qui avait un regard plus désabusé que ne l'aurait eu un gendarme en fin de carrière.

— Nous vous avons convoquée pour éclaircir plusieurs points avec vous. Nous avons pu répondre à beaucoup de questions, mais nous aurions besoin que vous nous confirmiez certaines informations et que vous répondiez à celles encore en suspens.

Océane ne dit pas un mot mais un léger sourire s'afficha sur son visage. Le même que celui dessiné sur le portrait de Rémi Alban.

— J'ai l'impression que vous ne me croyez pas. Je peux vous assurer que nous avons travaillé jour et nuit pour comprendre ce qui vous est arrivé depuis vos douze ans et même durant votre enfance.

— Vraiment ? Il ne fallait pas vous donner cette peine !

— Voici ce que je vous propose, répondit Domitille, patiemment. Je vous dis ce que nous pensons avoir compris, vous me dites si je me trompe ou si certains faits méritent plus d'explications. Qu'en pensez-vous ?

Océane ne réagissant pas, la capitaine se lança sans attendre son approbation.

— Nous savons maintenant pourquoi Karine Alban vous a enlevée lorsque vous aviez douze ans. Elle voulait vous retirer des griffes de votre père après avoir tenté vainement d'alerter votre mère. Elle vous a élevée jusqu'à vos dix-sept ans. Nous sommes également en mesure de prouver que vous étiez en couple avec Rémi qui avait été recueilli par Karine Alban à la demande de son père biologique, Mathieu Witowski. Nous sommes aussi à peu près sûrs que vous avez vécu une mauvaise expérience par la faute de Vincent Hachemin, il y a de cela trois ans.

Domitille fit une pause volontaire devant l'attitude butée de son vis-à-vis.

— C'est tout ? ponctua Océane froidement.

— Disons que pour le reste, nous ne pouvons que supposer.

— Le reste ?

— Vous n'êtes pas sans savoir que Rémi est déjà considéré comme responsable des meurtres de Karine Alban, Vincent Hachemin et Mathieu Witowski. Ce dernier crime a été perpétré alors que vous étiez déjà à l'hôpital, vous ne serez donc pas inquiétée. Pour les autres…

— Vous avez tué Rémi et maintenant vous lui collez tous ces meurtres sur le dos ? réagit Océane pleine de hargne. Ben voyons, c'est pratique !

— Rémi n'a rien à voir dans ces meurtres ?

— Vous n'avez décidément rien capté !

*
* *

Zeller ignorait ce qu'il se passait dans la salle d'à côté. C'était un risque à prendre. Il avait été convenu que Domitille et lui feraient une pause toutes les demi-heures pour se consulter. La simultanéité leur permettait de faire planer le doute quant aux discours tenus par les deux suspectes.

Le major de la DiANE avait très peu, voire aucune question à poser à Samia. Il était persuadé qu'il ne pourrait pas se fier à ses réponses. Il préférait lui exposer ses réflexions et attendre sa réaction.

— Il y a quelque temps, j'ai commis une erreur. Cela arrive à tout le monde, me direz-vous, mais celle-ci a eu des conséquences que j'ai encore du mal à assumer. J'ai fait l'erreur de croire à l'innocence d'une femme que pourtant tout accusait. Cette femme était douée : elle m'a convaincu qu'elle était la victime d'une machination qu'elle avait en réalité elle-même orchestrée.

Zeller fit une pause pour laisser le temps à Samia de digérer chacun de ses mots avant de poursuivre sur le même rythme posé.

— De votre côté, vous n'avez commis qu'une seule erreur, madame Doucet. Vous n'auriez jamais dû évoquer la mort de votre petit frère. Sans cette information, nous n'aurions peut-être pas fouillé dans votre passé et votre seul tort aurait été d'avoir fermé les yeux sur les horreurs que faisait subir votre ex-mari à votre fillc. Mais cette information, que vous nous avez livrée comme pour nous narguer, nous l'avons vérifiée et il se trouve que vous n'avez jamais eu de frère.

Zeller crut déceler un léger pincement de lèvres et continua sur sa lancée.

— En nous basant sur votre témoignage et sur les données recensées par notre chère administration française, nous avons appris que vous viviez à Najac, un charmant village de l'Aveyron, à l'époque où votre prétendu frère est mort dans un accident de car scolaire. Et le fait est qu'un accident a bien eu lieu cette année-là, à quelques kilomètres à peine de chez vous. Un drame qui a causé la mort de douze enfants et qui a certainement bouleversé toute la région. En tant qu'agents enquêteurs, il nous a été facile de récupérer la liste des victimes. Le nom de Noham n'y figurait pas, mais ce n'est pas une surprise, n'est-ce pas ? Aucun enfant décédé n'était lié à votre famille. Partant de là, comprenez que nous n'avons eu d'autre choix que de tout remettre en perspective. De regarder l'ensemble de cette affaire sous un autre angle. Une femme qui ment une vie entière à son entourage en s'inventant un frère mort. Une femme qui n'hésite pas à exposer dans son salon la photo d'un petit garçon qui lui est totalement étranger, de quoi d'autre pourrait-elle être capable ?

*

* *

— Qu'est-ce que nous n'avons pas capté, Océane ? releva Domitille.

— Vos collègues ont cru n'importe quoi, il y a huit ans, tout comme vous aujourd'hui !

— Ils n'ont effectivement pas su déceler vos problèmes familiaux mais…

— Mes problèmes familiaux ? Je serais morte si Karine n'était pas intervenue !

— Elle pensait effectivement vous sauver en vous enlevant…

— Mais vous êtes sourde ou quoi ?! s'énerva ouvertement Océane. Karine ne m'a pas enlevée !

Domitille accusa l'information avec autant de détachement que possible. Elle s'attendait à des révélations mais pas à celle-là.

— C'est Rémi qui vous a enlevée ?

— Ça vous arrangerait de croire ça, hein ! Rémi, le mauvais garçon, le tueur sanguinaire, le kidnappeur d'enfant. Vous avez tout faux ! Rémi n'avait que deux ans de plus que moi. C'était le garçon le plus gentil qu'il m'ait été donné de connaître. Le seul qui m'ait toujours protégée, qui m'ait vraiment aimée. Il était tout pour moi et vous l'avez tué !

Domitille s'obligea à garder le silence de longues secondes, le temps pour Océane de recouvrer son calme.

— Et si vous me racontiez plutôt ce qu'il s'est passé, il y a huit ans ? finit-elle par demander, complaisante.

— Karine a été la première à m'écouter, répondit Océane plus posément. À m'écouter vraiment, je veux dire. Je n'avais pas forcément les bons mots pour m'exprimer, je ne savais d'ailleurs pas tout à fait ce qui se passait mais, que ce soient les docteurs ou les infirmières de l'école, tous tiraient des conclusions sans jamais chercher à comprendre les réelles causes de mon mal. Elle, elle l'a fait. Elle a imaginé qu'en parlant à ma mère, les choses s'amélioreraient. Ça a eu l'effet inverse. Ma vie est devenue un enfer. Mes parents se sont mis à s'engueuler tous les jours et moi j'étais de plus en plus malade. J'ai tenu quelques mois et j'ai fini par supplier Karine de me venir en aide. Elle m'avait laissé son numéro. Karine m'a expliqué qu'elle ne pouvait pas m'emmener voir la police, que ça lui poserait des problèmes. Elle m'a parlé de Rémi qu'elle avait recueilli clandestinement. J'ai envié ce garçon. Karine était tellement gentille. Je lui ai demandé si elle était d'accord pour m'accueillir moi aussi.

— C'est vous qui avez décidé de partir, conclut Domitille. Pour échapper aux maltraitances de votre père.

Océane laissa retomber sa tête en arrière en soufflant. Quand elle regarda de nouveau Domitille, une grande lassitude se lisait sur ses traits.

— Il y a beaucoup de choses que je pourrais reprocher à mon père, mais il ne m'a jamais touchée.

*
* *

Samia Doucet n'avait pas cherché à démentir, elle était assez intelligente pour savoir que c'était inutile. Elle savait aussi qu'elle ne pourrait pas être inquiétée pour avoir menti sur son passé et sur la mort d'un petit frère qui n'avait jamais existé. Elle se permettait donc de défier Zeller du regard.

— Je vais vous dire comment je vois les choses, madame Doucet. Vous avez perdu votre père alors que vous étiez très jeune. Sur ce point, vous ne nous avez pas menti. Cela a dû être dur, très dur. D'autant que nous avons interrogé vos voisins de l'époque et ils ont confirmé une autre information que vous nous avez confiée. Votre mère n'avait pas un caractère facile. Elle s'énervait souvent contre vous, vous adressait toutes sortes de reproches, n'hésitait pas à vous corriger, parfois physiquement, même en public. Mme Charnay, qui vous gardait régulièrement, se souvient parfaitement de vous. Vous lui faisiez de la peine. Vous étiez sans cesse en train d'attendre l'approbation de votre mère. Lorsque votre père est mort, une solidarité bienveillante s'est mise en place dans le village pour que vous trouviez un peu de réconfort. Votre mère étant incapable de vous offrir son amour, chaque voisin, à sa façon, a tenté de vous apporter un peu de compassion et de tendresse. Vous étiez devenue en quelque sorte la mascotte de Najac. Je pense que vous vous êtes nourrie de toute cette attention, vous y avez puisé votre force, votre singularité.

Samia Doucet fronçait les sourcils. Elle ne niait rien mais affichait clairement son incompréhension.

— Vous vous demandez pourquoi je vous dis tout cela, releva Zeller.

— On ne peut rien vous cacher.

— Je voulais juste vous dépeindre l'image que j'avais à présent de vous avant de continuer.

La seule réaction de Samia fut de hausser les épaules.

— En relisant vos dépositions de ces huit dernières années, poursuivit Zeller sur le ton de la discussion, j'ai été frappé par votre constance. Vous avez toujours tenu les mêmes discours, que ce soit au sujet de votre relation avec votre fille ou bien celle de votre ex-mari avec elle. En dehors de votre petite incartade au tout début de l'enquête, vous n'avez jamais cessé de défendre Xavier dès que quelqu'un se permettait de s'interroger sur son comportement. Vous l'avez toujours soutenu. Toujours, jusqu'à ce que votre compagne, Pauline Marchand, cherche à étouffer Océane. C'est comme si son acte vous avait tout à coup ouvert les yeux sur une possibilité que vous vous refusiez à imaginer. En un rien de temps, exit le père aimant. Vous étiez prête à le condamner sur-le-champ. J'avoue que j'ai trouvé ce revirement étrange.

— C'est vous qui m'avez ouvert les yeux, comme vous dites. Vous m'avez expliqué que Xavier avait commis des atrocités sur ma fille.

Zeller grimaça pour exprimer sa contrariété.

— Nous n'avons rien affirmé de tel, madame Doucet. Nous avons simplement envisagé cette piste.

— Ça revient au même.

— Des pistes, il y en a eu beaucoup en huit ans. Vous-même en avez proposé plus d'une aux enquêteurs de l'époque. La possibilité que votre mari ait pu maltraiter votre enfant avait déjà été évoquée. Votre réaction était toujours la même. Nous étions fous ou stupides de songer à une chose pareille.

— J'ai arrêté de me voiler la face. Ma fille avait déjà failli mourir deux fois, je ne voulais pas que Xavier lui fasse encore du mal s'il se réveillait.

— C'est très noble de votre part, madame Doucet. Le problème, c'est que je n'en crois pas un mot. Vous n'avez jamais cherché à accuser votre mari parce que vous saviez parfaitement qu'il n'avait rien fait à votre fille… Contrairement à vous.

*

* *

— Que vous faisait votre mère, exactement ?

Océane avait pensé surprendre Domitille en dédouanant son père. Elle comprit par cette simple question que les enquêteurs avaient fini par conclure que le problème ne venait pas de lui, contrairement à ce que Domitille lui avait fait croire en attaquant l'interrogatoire.

— Elle faisait tout pour me rendre malade, dit Océane la gorge serrée. Karine a tenté de me faire croire que ce n'était pas sa faute. Qu'elle avait un problème psychologique. Elle s'en prenait à moi pour attirer l'attention sur elle. Pour que les gens s'occupent d'elle, qu'ils la plaignent. Karine disait qu'elle souffrait d'une maladie assez rare…

— Le syndrome de Münchhausen par procuration, continua Domitille pour Océane.

— C'est ça.

— Ça pourrait être une explication, en effet, même si nos experts estiment que son cas est un peu plus complexe.

— Complexe ?! Ma mère est folle, elle est là la vérité ! Tout le monde considère que c'est une mère parfaite qui a tout sacrifié pour mon bien-être. Tu parles ! Elle aurait pu me tuer. J'ai eu largement le temps de me renseigner sur ce syndrome de Münchhausen. Les spécialistes disent que ça s'apparente à de la maltraitance infantile. Y a plein d'enfants qui en meurent. Genre 10 %. Vous vous rendez compte ?! Soi-disant, c'est compliqué à détecter parce que les personnes qui en sont atteintes sont les premières à manipuler le corps médical ou les services sociaux. Ça signifie bien qu'elles savent ce qu'elles font, non ? Alors, qu'on ne vienne pas me dire qu'elle est malade !

Domitille devinait qu'Océane avait dû chercher longtemps à comprendre les agissements de sa mère, à essayer de se convaincre qu'elle n'était pas responsable de ses actes. Cela lui aurait permis de croire que Samia l'avait aimée malgré ce qu'elle lui avait fait endurer.

— Je me souviens que ça a commencé quand je suis entrée en primaire, poursuivit Océane. J'étais super heureuse à l'idée d'aller dans cette nouvelle école sauf que j'étais toujours malade. J'y allais à peine un jour sur deux. Le reste du temps, elle me traînait chez des médecins. Chaque fois un différent. Je me rendais aussi au moins une fois par mois à l'hôpital. On me faisait tout un tas d'examens. Des radios, des prises de sang. Et ma mère a commencé à se fâcher avec tout le monde. Elle avait pris la décision de me soigner elle-même. Elle disait que tous ces docteurs n'étaient que des charlatans. Elle m'a fait prendre des tonnes de médicaments. Ça a duré des années avant que je finisse par en avoir marre. J'ai décidé d'arrêter de les prendre. En cachette. J'avais confiance en ma mère mais j'avais envie d'avoir une vie normale comme mes copains. J'en avais ras le bol d'avaler toutes ces pilules du matin au soir. Les premiers jours, ça ne s'est pas trop mal passé. Puis mon organisme a ressenti le manque. Les crampes d'estomac sont revenues. Ce n'était pas tout à fait pareil mais j'avais mal. Je suis allée à l'infirmerie. Il y avait une remplaçante. C'était Karine Alban. Elle m'a demandé si je suivais un traitement. Je n'ai pas osé lui mentir. Je lui ai dit que j'avais fait exprès de ne pas le suivre. Elle a regardé les médicaments qui se trouvaient dans mon sac, et elle n'en a pas cru ses yeux. Elle a voulu savoir qui d'autre était au courant et là je n'ai pas su quoi répondre. Cela faisait longtemps que je ne voyais plus aucun médecin.

— Et Karine est venue chez vous pour voir votre mère.

— Oui, ce qui l'a rendue folle furieuse. Dès que Karine est partie, elle m'a traitée de sale menteuse. D'ingrate. Je ne me rendais pas compte de la chance que j'avais de l'avoir comme mère. Et que si d'aventure je rapportais ces mensonges à qui que ce soit, je le regretterais amèrement. J'avais douze ans. Je ne savais pas en quoi consistait sa menace mais, dans le doute, j'ai préféré me taire.

— Et votre père dans tout ça ?

— Mon père ? Il était comme tous les autres. Selon lui, ma mère était une sainte qui passait sa vie au chevet de son enfant malade. Quand bien même je lui aurais raconté la vérité, il ne m'aurait jamais crue.

— Possible, en effet.

Domitille laissa filer quelques secondes avant de passer à la question suivante. Le moment était venu de voir si Zeller avait correctement analysé la situation.

— Pourquoi avoir attendu si longtemps pour affronter votre mère ?

— Vous voulez parler de la scène à l'hôpital ? Vous étiez tout le temps sur mon dos. J'ai dû feindre l'amnésie pour que vous me lâchiez un peu. Je ne pensais pas que vous alliez encore débarquer.

— Je ne parle pas d'avant-hier, Océane. Je parle du 27 septembre.

*

* *

Zeller était arrivé à la conclusion qu'Océane était maltraitée par sa mère. Il n'avait même pas besoin d'en attendre la confirmation, aussi n'avait-il pas hésité à exposer ce fait comme une vérité.

Une fois de plus, ne sachant pas quels éléments les enquêteurs avaient en main, Samia Doucet avait préféré garder le silence. Elle aurait pu persister et crier qu'Océane n'avait plus toute sa tête, mais elle avait pleinement conscience que cet argument ne fonctionnait plus. Sa fille se trouvait dans une salle à côté. Zeller ne cherchait de toute façon pas à obtenir des réponses. Il s'exprimait comme si tout ce qu'il avançait n'était plus qu'une succession de faits avérés.

— Vous pourrez bien sûr évoquer le syndrome de Münchhausen par procuration, un avocat ne manquera pas de vous le conseiller, mais au vu de tous vos actes, je pense que les experts estimeront ce diagnostic incomplet. Vous avez fait du mal à votre fille pour attirer l'attention et la compassion, c'est un fait, mais vous n'en étiez pas à votre coup d'essai.

— Vraiment ? le provoqua Samia.

— À partir du moment où vous avez quitté votre village, le fait d'avoir perdu votre père n'était plus un argument suffisant pour que l'on s'intéresse à vous. Vous n'étiez plus si jeune et perdre un parent est assez courant. Vous avez certainement inventé cette histoire de jeune frère mort pour vous sentir de nouveau soutenue. Le sort s'acharnait sur vous, il était normal qu'on vous plaigne. Ensuite est survenue votre fausse couche, réelle ou pas…

— Elle était bien réelle ! réagit-elle vivement pour la première fois.

— Est donc survenue votre fausse couche et vous avez constaté le pouvoir d'un malheur sur votre couple. Xavier vous avait déjà fait savoir que votre relation ne le satisfaisait pas. Après cet incident, il a décidé de rester à vos côtés pour surmonter cette situation avec vous. Puis Océane est arrivée. Sa santé était fragile, votre pédiatre nous l'a confirmé. Cette nouvelle épreuve vous auréolait encore un peu plus. Quelle femme courageuse vous étiez d'endurer tout ça ! Sortie d'affaire, Océane aurait pu mener une vie normale mais vous en avez décidé autrement. Tant qu'elle était malade, Xavier n'allait pas vous quitter. Les années passant, il était toujours présent mais vous était de plus en plus infidèle. À chaque écart, Océane en payait le prix. À l'approche de l'adolescence, votre fille a manifesté des désirs d'indépendance alors que votre mari était de plus en plus absent. La situation vous échappait. Vos disputes avec Xavier s'intensifiaient et Océane en faisait encore une fois les frais. C'est là qu'il n'est plus question de syndrome de Münchhausen, madame Doucet, on parle ici de violence vicariante. Vous ne cherchiez plus la compassion de votre entourage. Vous vouliez le blesser. Vous avez intentionnellement maltraité votre fille en réponse aux errances de votre mari. Un chantage dont il n'avait même pas conscience et auquel il a cédé en restant à vos côtés. Votre combat pour retrouver votre fille après sa disparition en dit long, là encore. Le sort d'Océane vous importait peu tant que le monde se focalisait sur vous. Je ne parle même pas de Pauline Marchand qui était prête à tout sacrifier pour vous. Il n'a jamais été question que de vous, madame Doucet. De vous et rien que de vous.

Samia regardait à présent le major avec fureur. Ses lèvres ne dessinaient plus qu'un trait, ses mâchoires étaient contractées, ses poings serrés.

— Et comme vous aimez tout contrôler, continua Zeller avec assurance, j'ai beaucoup de mal à croire que Xavier et Pauline se soient croisés sans que vous soyez au courant. Peu adepte des coïncidences, je n'étais pas franchement à l'aise avec cette rencontre fortuite décrite par Pauline Marchand. Cependant, j'étais et reste persuadé qu'elle nous a dit la vérité. Enfin, sa vérité. Elle ne pouvait pas savoir qu'elle apercevrait Xavier Doucet dans ce café où elle avait pour habitude de souffler en sortant de ses rendez-vous. Vous, en revanche, vous le pouviez. Vous le pouviez parce que c'est vous qui avez tout manigancé.

Zeller fit une pause, le temps d'observer la réaction de Samia. Il sentait que sa superbe s'effritait.

— Pauline Marchand vivait sous votre toit, vous partagiez son quotidien. Difficile d'imaginer une seule seconde que vous n'ayez pas remarqué que votre compagne avait repris une thérapie et qu'elle était de nouveau sous médication. Vous êtes bien trop observatrice pour cela, madame Doucet. Pauline nous a confirmé qu'elle était retournée voir la psychologue qui la suivait au moment de votre rencontre. Il aurait suffi d'un simple coup d'œil à son agenda pour connaître ses jours et heures de rendez-vous. Cela aussi, nous l'avons vérifié.

Samia attrapa le verre d'eau face à elle et but lentement, les yeux baissés. Elle devait craindre de se trahir, songea Zeller.

— Passons maintenant à votre ex-mari. Lors de son interrogatoire, il nous a dit qu'il s'était rendu place des Herbes le 27 septembre, à la demande de son ancienne maîtresse. Il pensait avoir effacé le mail qu'elle lui avait envoyé mais nos techniciens l'ont facilement retrouvé après avoir eu accès à son ordinateur. Ils auront tout le temps nécessaire pour analyser le vôtre. Peut-être avez-vous été plus prudente et avez-vous envoyé votre message d'un cybercafé, mais je suis confiant. Nos spécialistes réussiront d'une manière ou d'une autre à vous identifier. Soit techniquement, soit par un autre biais. Grâce à la stylométrie par exemple. Un mot utilisé plutôt qu'un autre, une faute d'orthographe récurrente qui vous aura échappé. Ils trouveront. Sans parler du fait que vous n'étiez pas nombreux à savoir que Sophie Granier avait été la maîtresse de Xavier et qu'elle avait accepté de mentir aux policiers huit ans plus tôt.

— Pauline le savait, intervint Samia froidement. Et je vous rappelle qu'elle n'a pas hésité à vous envoyer un message de délation anonyme.

— C'est vrai, vous avez raison. Mais pourquoi aurait-elle donné rendez-vous à Xavier place des Herbes ? Quel aurait été son intérêt ?

— Aucune idée, à vous de le découvrir. Ce qui est sûr, c'est que moi je n'en avais aucun !

— C'est là que nos opinions divergent, madame Doucet. Vous nous avez déclaré avoir passé toute la journée chez vous, le 27 septembre. Vous étiez seule puisque Pauline travaillait. Un alibi, vous en conviendrez, assez léger, mais nous n'avions pas de raison d'en douter. En organisant cette rencontre entre Pauline et Xavier, vous vous assuriez une porte de sortie si jamais nous nous intéressions d'un peu plus près à vous. Vous saviez que, d'une manière ou d'une autre, nous finirions par apprendre que Xavier se trouvait à Nîmes à cette date précise. Nos soupçons se tourneraient alors tout naturellement vers lui. Je vais donc vous reposer la question, madame Doucet. Où étiez-vous le 27 septembre ?

60

10 novembre – 10 h 20
Nîmes – Groupement de gendarmerie départementale du Gard

— Vous dites que votre mère a essayé de vous tuer, répéta Domitille platement.

— Je savais que vous ne m'écouteriez pas !

— Qu'est-ce qui vous fait dire cela ?

— Il suffit de regarder votre tête ! Je m'y attendais de toute façon. Depuis huit ans, ma mère passe pour une sainte aux yeux du monde entier. Pour une femme incroyable qui, après m'avoir soignée dans mon enfance, n'a eu de cesse de me chercher. Sa communauté l'admire, les médias parlent de sa dignité. Qui pourrait croire qu'elle a tenté de me tuer ?!

— Moi, répondit Domitille. Je suis prête à vous entendre. Je pense cependant que l'histoire est plus compliquée qu'il n'y paraît, je me trompe ?

— Je ne comprends pas ce que vous voulez dire.

— Nous savons que l'arme qui vous a transpercé le pancréas est la même que celle utilisée contre Karine Alban.

Domitille laissa Océane prendre acte de cette information tout en espérant que la jeune femme ne lui demanderait pas d'apporter la preuve de ce qu'elle venait d'avancer.

— J'avais le poinçon avec moi, c'est vrai, mais je n'avais pas l'intention de m'en servir.

— Que s'est-il passé exactement ?

— Je n'ai jamais envisagé revoir un jour ma mère. Je voulais au contraire l'oublier, tirer un trait. Et il s'est passé plusieurs trucs qui m'ont fait changer d'avis.

— Plusieurs trucs ?

Océane lui jeta un regard mauvais et Domitille sentit qu'elle allait la perdre. Elle aurait tout le loisir d'y revenir un peu plus tard.

— Soit, il s'est passé plusieurs trucs, dit-elle, reprenant volontairement ses mots, et après ?

— J'ai voulu la voir. J'avais besoin qu'elle me dise en face pourquoi elle m'avait fait autant de mal. Je voulais qu'elle m'explique et surtout qu'elle s'excuse. Alors je l'ai appelée.

— Quand ça ?

— Je ne sais plus. Je crois que c'était deux jours avant qu'on se voie.

— Elle devait être heureuse de vous entendre, d'apprendre que vous étiez toujours en vie.

— Ça n'a pas duré longtemps. Elle a vite compris que je ne l'appelais pas pour qu'elle me serre dans ses bras. Elle m'a proposé de venir chez elle pour discuter. Moi je n'avais aucune envie de remettre les pieds dans cet appartement. Je lui ai donné rendez-vous en haut de la colline. Celle qui s'est affaissée.

— Pourquoi là-bas ?

— Parce que j'aimais bien cet endroit. Rémi et moi y allions souvent quand on voulait trouver la paix. C'est là qu'il m'a embrassée la première fois. J'ai demandé à Rémi de m'y déposer ce jour-là. Il souhaitait m'accompagner, mais je lui ai expliqué que j'avais besoin d'être seule. Je lui ai menti. Je lui ai fait croire que j'avais rendez-vous avec mon père. Je ne voulais pas que Rémi s'inquiète pour moi.

Domitille comprenait à présent pourquoi Rémi s'en était pris à Xavier Doucet et non à Samia.

— Et votre mère a accepté de vous retrouver au milieu de nulle part ? relança-t-elle.

— Oui, ça devait l'arranger. Je suis sûre qu'elle n'a prévenu personne que je l'avais appelée. Elle m'a rejointe et nous nous sommes vite disputées. Elle n'avait plus la mainmise sur moi et elle enrageait. Elle disait que je me faisais des films, que je disais n'importe quoi et surtout que personne ne me croirait si j'osais répéter tout ça. À un moment, elle s'est approchée brutalement et j'ai eu peur. J'ai sorti mon poinçon. Un cadeau de Rémi pour que je puisse graver le bois, il savait que j'adorais ça. Je ne m'en séparais jamais.

Océane fit une pause à l'évocation de ce souvenir.

— Et ensuite ? insista Domitille.

— Ma mère a continué à s'avancer. Je ne voulais pas la toucher. Juste me défendre au cas où elle m'attaquerait. C'est ce qu'elle a fait. Elle a été plus rapide que je ne l'avais imaginé et me l'a pris des mains avant de me l'enfoncer dans le ventre. Je suis restée allongée des heures sans pouvoir bouger. La douleur était tellement forte. Il s'est mis à pleuvoir des cordes. J'ai senti la terre bouger et après plus rien. Quand je me suis réveillée, j'étais à l'hôpital.

Domitille n'émit aucun commentaire. Elle comparerait la version d'Océane avec celle obtenue par Zeller. Elle avait un dernier point à aborder et devait maintenir la pression.

*
* *

— Un accident, vous dites.

— Océane était folle, elle me hurlait dessus en pointant son arme. Elle avait complètement perdu pied. Moi, j'essayais de la raisonner mais il n'y avait rien à faire. Elle était comme possédée. Elle s'est jetée sur moi. J'ai fait un pas de côté, ce qui l'a déséquilibrée. Elle est tombée et s'est enfoncé l'arme dans l'estomac.

— Et plutôt que d'appeler les urgences, vous êtes partie en la laissant là.

— Le réseau était mauvais et elle pesait trop lourd pour que je la porte jusqu'à ma voiture. Je suis redescendue avec l'intention d'appeler les secours une fois sur la route.

— Mais vous ne l'avez pas fait.

— J'ai cru que… je ne sais pas. J'ai cru qu'elle s'en sortirait toute seule et que c'était mieux comme ça.

Samia se mordit l'intérieur des joues et Zeller vit apparaître une larme au coin de son œil.

— Pardonnez-moi si je ne m'émeus pas, madame Doucet. Vous avez sciemment abandonné votre fille alors qu'elle se vidait de son sang en haut de cette colline. Sans parler du fait que vous ne vous êtes pas arrêtée là.

*
* *

— Vous dites que vous avez appelé votre mère deux jours avant ce rendez-vous.

— C'est ça. Enfin je crois.

— Ce devait donc être le 25 septembre. C'est intéressant. Notre légiste estime que la mort de Karine Alban est survenue la veille. Est-ce que cet événement fait partie des « trucs » que vous évoquiez tout à l'heure ?

Océane souffla longuement. Son attitude n'avait plus rien à voir avec les premières minutes de son interrogatoire. Elle était abattue et n'avait plus la force d'esquiver. Savoir que les gendarmes étaient prêts à l'écouter au sujet de sa mère semblait lui avoir fait perdre toute agressivité.

— Rémi n'a fait que m'accompagner, dit-elle les yeux dans le vide. Je ne peux pas le laisser assumer tous ces meurtres pour moi.

— Pourriez-vous être plus précise ?

En quittant Alès avec Rémi, Océane avait cru qu'elle pourrait enfin profiter d'un nouveau départ, que les drames de sa vie ne seraient plus que de mauvais souvenirs. En réalité, elle n'avait fait que reporter l'inéluctable. Le mal était fait. Chaque nuit, elle se réveillait en sueur et en larmes. Elle n'arrivait pas à se reconstruire malgré tout l'amour de Rémi. D'autant qu'il était impossible de partager avec lui tous ses traumatismes.

Quelques années plus tôt, Océane avait rencontré Mathieu Witowski sur les conseils de Karine Alban. Sa mère de substitution, comme elle l'appelait, lui avait dit que le père de Rémi souhaitait la rencontrer. Après tout, il était normal qu'il veuille faire la connaissance de la petite amie de son fils. Océane ne s'était pas méfiée. Elle s'était rendue au rendez-vous, confiante et un peu impressionnée. Très vite, elle avait senti que la situation allait déraper. Elle avait tenté de s'enfuir mais Mathieu Witowski, malgré son âge, était nettement plus fort qu'elle. Il l'avait plaquée au mur et avait commencé à lui presser les seins. Il avait été jusqu'à mettre une main dans sa culotte. Si une femme de ménage n'avait pas frappé à la porte de sa chambre d'hôtel, Mathieu Witowski ne se serait certainement pas arrêté. Elle l'avait mordu de toutes ses forces et avait réussi à s'échapper.

— Je ne pouvais pas en parler à Rémi. Il ne voyait pas souvent son père mais je savais que cet homme comptait pour lui. Je n'ai jamais compris l'attachement qu'il lui portait. Witowski refusait de le reconnaître officiellement et le faisait venir à son hôtel les yeux bandés. Rémi m'expliquait que c'était pour le protéger. Ben voyons ! Il devait surtout craindre que son fils ne cherche à s'incruster dans sa vie. Mais Rémi avait besoin de cette relation, alors je n'ai rien dit. J'ai préféré garder ça pour moi. J'ai cru que je pourrais gérer.

Domitille laissait Océane s'exprimer sans jamais l'interrompre. Elle aurait d'autres occasions d'obtenir des éléments plus factuels.

— Peu de temps après, il y a eu cette histoire avec ce porc de Vincent Hachemin ! s'énerva Océane, le regard de plus en plus sombre. Cet homme a cherché à salir la seule belle chose qui me soit arrivée dans la vie. Il savait que Rémi et moi étions amoureux mais que Karine ne voulait surtout pas que ça se sache. Il nous a proposé sa maison pour qu'on puisse profiter d'un peu d'intimité. Et moi, comme une conne, je l'ai remercié ! Il s'est servi de nous. Il nous a prostitués sans nous le dire. Qui fait ça, hein, qui ?! Je lui en voulais tellement. J'en voulais à Karine, aussi. C'est elle qui nous avait certifié qu'on pouvait se fier à Hachemin. Quand on lui a raconté ce qu'il avait fait, elle a eu l'air de tomber des nues. Non pas parce qu'il s'était servi de nous pour son petit commerce, mais parce qu'on s'était enfuis après avoir frappé la cliente d'Hachemin, cette perverse. Karine était persuadée qu'on avait compris de quoi il retournait en acceptant ce rendez-vous. Qu'on voulait juste se faire un peu d'argent. Je me suis mise à lui hurler dessus et c'est là qu'elle a osé me traiter d'ingrate.

D'ingrate ! Exactement les mêmes mots que ma mère. Elle m'a rétorqué qu'élever deux enfants revenait cher. Le père de Rémi lui versait de l'argent mais, en ce qui me concernait, elle avait été seule à m'assumer. Il était temps que je l'aide un peu en retour. Rémi a pris ma défense. Il lui a dit d'arrêter de contrôler ma vie. Ils s'étaient déjà engueulés plusieurs fois à mon sujet. Karine me faisait prendre des anxiolytiques depuis deux ans sous prétexte que c'était pour mon bien. Que ma mère m'avait laissé des séquelles psychologiques et que ces cachets m'aideraient. En réalité, elle me droguait comme ma mère avant elle ! Karine était censée me protéger. Tout ce qu'elle me faisait, c'était du mal. Après cela, j'ai supplié Rémi qu'on parte faire notre propre vie. J'ai arrêté de prendre mes médicaments et j'ai cru un temps pouvoir être enfin libre. Rémi prenait soin de moi. Nous n'étions plus que tous les deux. Mais ça n'a pas marché. Je n'arrivais pas à oublier. La méchanceté de ma mère, l'agression de Witowski, la traîtrise d'Hachemin ou encore les mots de Karine. Il fallait que je règle mes comptes.

Océane ne développa pas. Elle devait considérer que ce n'était pas la peine. Domitille lui enjoignit de poursuivre.

— J'ai tenu le plus longtemps possible, mais c'était trop dur, murmura-t-elle. Je ne parvenais pas à me reconstruire. Rémi a remarqué que j'étais en train de dépérir. Je lui ai expliqué que j'avais au moins besoin de me confronter à Hachemin pour avancer. Rémi, lui, était prêt à tout pour que je sois heureuse. Alors nous sommes allés à Uzès. Tout ce que je voulais, c'était qu'Hachemin s'excuse. À la place, il m'a ri au nez. J'ai vu rouge et puis tout a dérapé. Je l'ai giflé et il a voulu me frapper en retour. Rémi s'est interposé et l'a immobilisé. Il a continué à se moquer de moi, alors je l'ai brûlé avec ce cigare qu'il aimait fumer quand il venait chez nous à Alès et qui empestait dans toute la maison bien après son départ. Il n'a jamais voulu reconnaître ses torts. Ça m'a rendue dingue ! J'ai attrapé un couteau. Je ne me souviens plus exactement de ce que j'ai fait, mais quand je me suis arrêtée, je me sentais bien. Enfin.

Domitille osait à peine déglutir. Tous les témoins avaient parlé d'une jeune fille triste et fragile. Océane était en fait au bord de la rupture et personne ne s'en était réellement inquiété.

— Et Karine Alban ? demanda-t-elle doucement.

— Karine, c'est autre chose. Pour Rémi, ça a été dur. Il l'aimait beaucoup. Elle s'était toujours bien occupée de lui. Moi aussi je l'aimais et c'est certainement pour cette raison que je lui en voulais autant. J'avais confiance en elle et elle m'avait trahie. Que ce soit pour Hachemin ou pour Mathieu Witowski, elle avait sa part de responsabilité. C'est elle qui nous avait présenté Hachemin, c'est elle aussi qui m'avait conseillé d'aller voir le père de Rémi à son hôtel. Il fallait que je règle mes comptes avec elle également. Mais elle aussi a refusé de s'excuser.

Domitille se sentait de plus en plus affligée par toutes ces révélations. Océane avait encaissé les maltraitances sans rien dire, jusqu'à ce que son esprit vacille.

— Il y a tout de même un point que je ne m'explique pas, poursuivit Domitille. Si Rémi n'était pas au courant de ce que vous avait fait son père, pourquoi s'en est-il pris à lui si sauvagement ?

Le menton d'Océane se mit à trembler. Cet aveu semblait lui coûter.

— C'est ma faute. Quand j'ai commencé à m'en prendre à Karine, je lui ai craché tout ce que j'avais sur le cœur, tout ce que je lui reprochais. J'étais tellement hors de moi que j'ai oublié un instant que Rémi était dans la pièce.

Domitille avait obtenu la quasi-totalité des réponses à ses questions. Elle en posa une dernière qui lui brûlait les lèvres.

— Et les chats ?

— Quoi les chats ?

— Pourquoi avoir torturé les chats de Karine Alban ?

— Parce qu'elle ne m'écoutait pas, répondit froidement Océane. Chaque fois que je lui racontais un truc, elle me parlait de ses chats. Eux, au moins, étaient reconnaissants, disait-elle. Ils étaient gentils avec elle, ils l'aimaient. Karine parlait d'eux comme s'ils étaient ses enfants. Mais c'était nous ses enfants ! Rémi et moi. Pas ces putains de chats ! J'ai voulu la faire souffrir, autant qu'elle m'avait fait souffrir. Je vous l'ai dit. J'avais confiance en elle et elle m'a trahie. Exactement comme ma mère.

61

11 novembre – 11 heures
Nîmes – Gare TGV – Pont du Gard

Domitille et Zeller s'étaient installés dans le seul café de la gare ouvert en ce jour férié. Domitille avait tenu à l'accompagner malgré le bandage qui lui handicapait la main. Zeller avait eu l'occasion, la veille au soir, de saluer chaleureusement le reste de l'équipe. Si l'enquête était toujours en cours, ils s'étaient tout de même permis de célébrer le travail abattu.

Une ordonnance de mise en accusation avait été émise par le juge Perfetti à l'encontre d'Océane Doucet. Ses aveux justifiaient à eux seuls qu'elle soit renvoyée devant une cour d'assises pour l'assassinat de Karine Alban et de Vincent Hachemin. Il faudrait plus de temps et d'éléments tangibles pour confondre sa mère. Samia Doucet avait démenti tous les faits qui lui avaient été reprochés et les enquêteurs ne disposaient à ce jour que d'un faisceau de présomptions et du témoignage de sa fille.

— Quand je pense qu'elle est à l'origine de tout ce mal et qu'elle ne sera peut-être même pas inquiétée ! se renfrogna Domitille pour la énième fois depuis la fin des interrogatoires.

— Le juge pourra retenir la maltraitance sur enfant et la non-assistance à personne en danger, répondit Zeller en touillant mollement son café.

— Ce n'est pas cher payé ! Elle a quand même tenté de tuer sa propre fille !

— Ce sera la parole d'Océane contre la sienne. Si Perfetti réussit à faire comparaître Samia devant un jury populaire, elle n'aura aucune chance. La comédie qu'elle a jouée toutes ces années plaidera en sa défaveur. Ceux qui ont eu pitié d'elle pendant tout ce temps seront les premiers à la condamner. Surtout si nous parvenons à prouver qu'elle a cherché à éliminer sa fille à deux reprises.

Zeller était convaincu que Samia Doucet ne s'était pas contentée d'abandonner sa fille agonisante sur cette colline au beau milieu de nulle part.

Océane l'avait contactée parce qu'elle était déterminée à la confondre. Après leur violente altercation, Samia avait cru le problème réglé. Sa fille se vidait de son sang quand elle l'avait abandonnée sur cette colline. La jeune femme n'avait pas de téléphone sur elle, son corps n'était pas visible de la route. Personne n'aurait pu la sauver à temps. Mais Océane s'en était sortie. Un miracle qui n'arrangeait pas les affaires de Samia. À partir de ce jour, elle avait dû craindre son réveil et un plan s'était imposé pas à pas dans son esprit.

En deux ans, Samia avait forcément compris de quoi souffrait Pauline, qui dépendait entièrement d'elle et était prête à toutes les soumissions pour lui plaire. Elle avait dû instiller dans l'esprit de sa compagne la crainte qu'Océane ne revienne et qu'elle ne fasse exploser leur couple. Samia avait sciemment joué avec la fragilité mentale de Pauline Marchand. Elle l'avait manipulée. Jamais Pauline n'aurait cherché à étouffer Océane si sa compagne ne l'y avait pas insidieusement incitée. Quand il avait terminé par cette accusation à la fin de l'interrogatoire, Samia avait affiché un sourire mauvais avant de lui dire d'une voix posée qu'il ne pourrait jamais le prouver.

— Je sais que vous réussirez ! dit soudain Zeller, devançant ainsi les doutes de Domitille. Vous trouverez de quoi la mettre hors jeu. Elle ne s'en tirera pas, rassure-toi.

— Il n'est pas question de me rassurer. Je suis simplement moins confiante que toi. Sa communauté va être vent debout derrière elle tant qu'on n'apportera pas la preuve de sa culpabilité. Tu sais aussi bien que moi comment ça va se passer. Il sera question de complot, d'acharnement judiciaire.

— Détrompe-toi. Ce qui attend cette femme est son pire cauchemar. Les gens n'aiment pas qu'on se moque d'eux. Sa communauté, comme tu l'appelles, va lui tourner le dos. Au mieux, elle l'ignorera, au pire, elle la lynchera. Elle qui a tout fait pour être aimée finira détestée.

Domitille aurait aimé partager son assurance. Samia était une femme intelligente, ce qui en faisait une adversaire redoutable.

— Je n'en reviens pas de m'être tant plantée au sujet d'Océane, dit-elle pour changer de sujet.

— C'est-à-dire ?

— J'ai longtemps pensé qu'elle n'était qu'une victime dans tout ça.

— Elle l'a été.

— Jusqu'à ses douze ans, mais après…

— Après, Océane a enchaîné les mauvaises rencontres. Karine avait de bonnes intentions, mais si elle avait réussi à s'occuper de deux adolescents, elle a perdu pied face à leur besoin d'indépendance. Surtout celui d'Océane. Elle était persuadée de la protéger en la gardant près d'elle et en lui faisant prendre ces médicaments. Océane l'a vécu comme une spirale infernale. Karine a été dépassée. Rémi et Océane devenant de jeunes adultes, elle ne trouvait plus sa place. Sa place de louve. Elle a dû croire qu'il était temps pour eux d'affronter le monde comme l'avaient fait Rémus et Romulus. Sans le savoir, elle les a jetés dans un univers à peu près aussi accueillant que celui de la légende. La vie qu'a menée Karine par la suite laisse penser qu'elle a souffert de ce constat. Comme tu l'as tout de suite relevé, Karine n'était pas atteinte du syndrome de Diogène. Elle s'était construit cette muraille pour ne plus avoir affaire au monde extérieur. Elle s'était délibérément isolée avec ses chats qui, dans son esprit, auraient toujours besoin d'elle. Et pour en revenir à Océane, sa vie n'aura été qu'une longue descente vers l'abîme, une route jonchée de nuisibles. Mis à part Rémi. Ces deux-là s'aimaient d'un amour sincère.

— À t'entendre, Océane n'est pas responsable de ce qu'elle a fait.

— Je ne cherche pas à l'excuser, Domi, je te dis juste ce qu'il en est. Le chemin d'Océane était tout tracé. Elle n'avait aucune chance de s'en sortir. Karine Alban, sans en avoir conscience, lui a fait subir autant de trahisons et de mensonges que l'avait fait sa mère. En réalité, chaque coup qu'Océane a porté, c'est à sa mère qu'elle l'assenait.

Zeller regarda sa montre. Son train n'allait plus tarder. Domitille nota qu'il tenait son ours en mousse en le faisant passer d'un doigt à l'autre.

— Tu ne m'as jamais dit. Il a une histoire, cet ourson ?

— Il en a une, répondit Zeller, un sourire triste sur les lèvres.

REMERCIEMENTS

Comme toujours, je tiens à remercier en premier lieu ma famille, mon clan, qui a toujours cru en moi, à tous les âges, et quel que soit le domaine dans lequel je décidais de m'aventurer. Vous êtes ma force. Et vous êtes sacrément solides ! Merci à toi, Tita, d'être toujours là. Et merci à toi, mon p'tit frère, de veiller sur moi. Et même si ce n'est pas un remerciement, je profite de l'instant pour te souhaiter la bienvenue, Éléonore !

Plus sérieusement, j'aimerais remercier Édith Leblond et Renaud Leblond de m'avoir accueillie au sein des Éditions XO. Merci de la confiance que vous m'avez accordée. Vous avez chamboulé tous mes projets pour mon plus grand bonheur. Merci également à toute l'équipe qui m'accompagne depuis, avec une mention spéciale pour mon éditrice, Camille le Doze. Je me nourris de votre énergie.

Je tiens, en revanche, à présenter mes excuses à toutes les personnes qui auront reconnu qui leur nom, qui leur prénom, au fil des pages. Certains d'entre vous ont pris plus cher que d'autres, je l'admets. N'y voyez aucune malignité de ma part, bien au contraire. Nous avons vécu une expérience incroyable tous ensemble et je tenais à en garder une trace, à ma manière.

Aux professionnels des services police-justice, une fois encore, je compte sur votre indulgence quant aux libertés qu'il m'arrive de prendre parfois avec les grades ou les procédures pour la fluidité de la narration. Mais je vous sais conciliants.

Cela étant, et à ce titre, je souhaite remercier chaleureusement Olivier Mathé de ses conseils avisés en matière d'instruction judiciaire ainsi que Max Barteam, un ancien gendarme qui a troqué le képi pour la plume, et ce pour notre plus grand plaisir.

Bien évidemment, comment oublier les blogueurs, les libraires, les représentants… Tous ceux qui œuvrent, souvent dans l'ombre, pour que nos mots arrivent jusqu'à toi, lecteur, sans qui cette aventure n'aurait pas la même saveur. Merci à vous tous, donc !

Pour finir, et parce que c'est désormais devenu une tradition, je ne peux clore cet exercice sans remercier mon mari, qui ne comprendrait toujours pas de ne pas être cité. Croyez-moi, il le mérite amplement !

Composition et mise en pages
Nord Compo à Villeneuve-d'Ascq

Soucieuses de la préservation de l'environnement, les Éditions XO utilisent du papier issu de forêts gérées de manière responsable.

Impression réalisée par CPI BUSSIÈRE
Saint-Amand-Montrond (Cher), en septembre 2025

N° d'édition : 5461/01 – N° d'impression : 2085392
Dépôt légal : octobre 2025

Imprimé en France